AutorenEdition bei C. Bertelsmann, München

Herausgegeben von
Uwe Friesel Gerd Fuchs Richard Hey Uwe Timm

Franz Josef Degenhardt

Brandstellen

Roman

AutorenEdition

Gesamtherstellung Richterdruck Würzburg
ISBN 3-570-05936-7 · Printed in Germany

Erster Teil

I

Kurz vor Hannover merkte Bruno Kappel, daß er verfolgt wurde.
Er war dösend gefahren, kaum über einhundertzehn, hatte Musik gehört, »Quadrophonia« von Pete Townshend und The Who, über vier Lautsprecher, Rekorder voll aufgedreht. Das entspannte ihn. Als er sich reckte, den Rücken ins Polster drückte, die Arme streckte, Hände um das Lenkrad ballte, aufwachte aus diesem Halbschlaf, wußte er auch, daß er den BMW Zwoacht, weiß, wie sein eigener, die ganze Zeit über mit halbgeschlossenen Augen im Rückspiegel beobachtet hatte.
Mal sehen, sagte er laut und vollwach, stellte die Musik ab, fuhr auf die linke Spur, gab Gas. Der BMW hinter ihm folgte, folgte auch, als er später hinter einem VW-Bus wieder rechts einrückte. Noch einmal machte Kappel das gleiche Manöver, noch einmal machte der Wagen hinter ihm mit.
Man läßt einen typ- und farbgleichen Wagen folgen, überlegte Kappel, man will also, daß ich weiß, ich werde observiert. Warum?
Lange vor der Einfahrt zur nächsten Raststätte blinkte er, bog ein, lenkte an der Tankstation vorbei auf den Parkplatz. Der BMW HH DM 893 folgte, parkte zwei Wagen neben ihm. Kappel nahm aus dem Handschuhfach eine Schusterahle, steckte sie ein, stieg aus, schloß ab.

Ein Endzwanziger, bißchen kleiner als Kappel, bartlos aber mit langen Koteletten, ging vor ihm her, zögerte im Lokal, setzte sich dann an den Nebentisch. Kappel bestellte Jägerschnitzel und Cola. Der Mann am Nebentisch bestellte das gleiche.
Ich werde ihn Bobo nennen, so sieht der aus, sagte Kappel zu sich, stand auf und sagte zu dem Mann am Nebentisch: Der gleiche Wagen, die gleiche Speise, ist das nicht doch übertrieben, mein Freund? ging weiter in Richtung Ausgang – Toilette, tauchte unter in einer Belegschaft Betriebsausflügler, die lachend und laut und schon ziemlich benebelt hereinkamen.
Draußen drückte er sich am Gebäude vorbei, ging auf einem Umweg zum Parkplatz. Der lag hinter hohen Büschen und war vom Lokal aus nicht einzusehen. Niemand war in der Nähe.
Er zog die spitze Schusterahle aus der Tasche, holte mit gestrecktem Arm von hinten aus, stach zu in den rechten hinteren Reifen, und die drei anderen Reifen stach er genauso an.
Ohne sich noch einmal umzusehen, setzte er sich in seinen Wagen und fuhr wieder los.

Bruno Kappel, 34, Rechtsanwalt in Hamburg, war auf der Fahrt zur goldenen Hochzeit seiner Eltern in seiner Geburts- und Heimatstadt im südlichen Ruhrgebiet. Gezeugt, geboren, erwachsen war er da und hatte sie dreitausendmal und noch mehr verflucht, diese Stadt, und geliebt und gehaßt: den Ruß, der im Westwind flockte, und den Gestank von gelöschtem Koks im Nordwind und immer den Mief aus Stielmus und Angst und Flieder; die Kumpanen, ach ja die Kumpanen; die Höhlen am Bahndamm und

erstes Vögeln bei den Kaninen; und Doris und Tom und die anderen, Spormanns zum Beispiel, trocken und wortarm, arbeitend für ihre Klasse Tag und Nacht; und Tore jagen im Schnee, und bei Sonne auf Asche; die Schule, ach ja die Schule, und das Geschrei von Mauerseglern am Abend; der quakende, schleppende Slang (»bisse au ma widda da?«); Tante Threse mit der Gardine, singend und kreischend vor dem Altar in Strathmanns Garten; Flieder und Amselflöten zur Maiandacht; und die Mutter, rothaarig und lachend, und schlagend und schimpfend vor Angst und Schrecken vor allem, was so passierte (»eigenartig, als wenn ich es geahnt hätte!«), der Vater, schwerhörig und fromm, bespucktes Flüstergitter im Beichtstuhl, violett, die Farbe der Buße, die Farbe vom Flieder (»dreimal allein und zehnmal mit anderen, nein, mit Mädchen, und unterm Holderstrauch«); schwere Hämmer auf schweres Blech und Fässerrollen, und Quietschen und Rollen auf dem Rangierbahnhof, und die Glocken von Sankt Anna. Kappel war satt davon. Heimahat, Haheimat, sang er.
Ausgestiegen war er da, aufgefahren in den Himmel – und jetzt kam er mal wieder zurück.
Im Bahnhofsrestaurant Hannover wollte er vorher noch Karin Kunze treffen. Darüber dachte er nach. Vielleicht wollte man diesen Treff verhindern. Das wäre eine Erklärung für die auffällige Verfolgung.
Kappel erinnerte sich jetzt: Der weiße BMW war ihm gefolgt, seit er vom Gericht aus losgefahren war. Und auch im Gericht war ihm einiges aufgefallen, zum Beispiel der Mann auf der Pressebank. Überhaupt war das eine merkwürdige Verhandlung gewe-

sen, einer jener Nachfolgeprozesse in einer Hausbesetzungssache. Die Haupttäter waren längst verurteilt, nacheinander nahm man sich jetzt die Nebenfiguren vor, wie den Schüler Olaf Janssen, der nur für ein Stündchen oder zwei dabeigewesen war. Auf Unterstützung einer kriminellen Vereinigung in Tateinheit mit gemeinschaftlichem Hausfriedensbruch lautete die Anklage – aber das war natürlich Unsinn; bißchen Terror wollte man machen gegen minderjährige Mitläufer.

Kappel nahm die Angelegenheit nicht wichtig. Er kam auch zu spät, und man hatte die Sache schon aufgerufen, als er sich in die Verteidigerbank setzte, die Akten blätterte, in Gedanken ziemlich weit weg. In der Nacht zuvor hatte er wieder ziemlich lange im »Tante Tai« gestanden, viel getrunken, und war dann mit Tina losgezogen, hatte natürlich kaum geschlafen, und deshalb sah er wenig um sich herum.

Das erste, was er hörte, war die Stimme von Baller, der sich neuerdings französisch aussprach: Staatsanwalt Ballèr.

Haben Sie, Herr Verteidiger, eine Erklärung für den abenteuerlichen Aufzug Ihres Mandanten?

Kappel verneinte das, ohne aufzusehen, und erst als Richter Klein erklärte: Mehr als abenteuerlich, besah er sich seinen Mandanten, den sechzehnjährigen Oberschüler Janssen. Der trug wahrhaftig einen Blaumann. Nein, sagte Kappel noch einmal, und Baller schwatzte los: Um die Würde des Gerichts ginge es beileibe nicht, nein, aber vielleicht um eine andere Würde, nämlich ob er, der angeklagte Schüler Janssen, wisse, was er da trüge. Das nämlich sei die Arbeitskleidung von Millionen Industriearbeitern, die

es unter anderem ihm, dem angeklagten Schüler Janssen, ermöglichten, ein Gymnasium zu besuchen. Ob er sich wirklich nicht schäme, dieses Kleidungsstück zu mißbrauchen, indem er es sozusagen als Narrenkostüm benutze. Olaf, hast du dir das eigentlich überlegt?
Olaf Janssen sagte, er zöge an, was ihm beliebe.
Quatschkopp, sagte Baller, er meine wohl, dieser Aufzug sei von einigem Originalitätswert, da täusche er sich aber, andere hätten das vor ihm probiert undsoweiter.
Kappel hörte sich das Gelaber an, wurde dabei allmählich wach, besah sich Baller, seinen alten Kumpel, Mitreferendar, Aufrührer wie er, Kappel, auch, Landfriedensbrecher, Springerhausbelagerer aus den Roaring Sixties, heute auf dem Sprung in den Vorstand der SPD-Landesorganisation. Der trug neuerdings einen Schnurrbart und Brille mit getönten Gläsern in Tropfenform. Kappel fragte sich, warum der so einstieg heute morgen und in dieser unbedeutenden Sache.
Wo bist du politisch organisiert, fragte Baller, und Olaf Janssen sagte: Dazu verweigere ich die Aussage.
Die beiden Schöffen, eine Mutter im Kostüm mit Bröschchen und ein CVJM-Funktionär, sahen erschrocken den Richter an, aber der grinste wie Baller und Kappel.
Kiek an, sagte Baller, ein Illegaler. Die Zahnarztsöhnchen spielen jetzt Revolution ...
Nanana, unterbrach Kappel da. Er war fast wachgeworden und ärgerlich, weil er die Sache gern gemütlich durchgezogen hätte. Das sei in hohem Maße unsachlich, oder müsse er, sagte er eine Spur schär-

fer, als Baller ihn seinerseits unterbrechen wollte, an die Pfarrerssöhnchen erinnern, die vor nicht allzulanger Zeit den Anspruch auf Führung der Arbeiterklasse erhoben, sich alsdann einer Parteikarriere verschrieben und den Talar eines Staatsanwalts übergeworfen hätten, diesen sozusagen als Narrenkostüm mißbrauchend ...

Ich bitte Sie, meine Herren, unterbrach Richter Klein, und die Verhandlung hatte begonnen. Die Zeugen, drei Polizisten und drei junge Leute, wurden hinausgeschickt, Olaf Janssen zur Person befragt, seine Mutter begrüßt, und dann stand Baller auf und verlas die Anklageschrift:

Der Schüler Olaf Janssen wird angeklagt, durch eine und dieselbe Handlung an einer Vereinigung, deren Zwecke oder Tätigkeit darauf gerichtet sind, strafbare Handlungen zu begehen, sich als Mitglied beteiligt oder eine solche Vereinigung zumindest unterstützt zu haben, in das befriedete Besitztum eines anderen widerrechtlich eingedrungen zu sein, und zwar gemeinschaftlich mit mehreren, indem er sich einer größeren Gruppe von Personen anschloß, die das Haus Eckhofstraße 39 besetzte, sich dort verbarrikadierte, von dort aus zahlreiche strafbare Übergriffe auf Polizeibeamte, Passanten sowie Fahrzeuge verübte und sich für den Fall einer Räumung des Hauses durch staatliches Einschreiten mit einer Vielzahl von Gegenständen versah, Molotow-Cocktails, Feld- und Mauersteinen, Nagelbrettern, Katapulten mit Glas- und Metallkugeln, Schlagstöcken und ähnlichem, die der Begehung von strafbaren Handlungen wie Körperverletzung,

Widerstand gegen Vollstreckungsbeamte und Sachbeschädigung dienen sollten, indem er sich jedenfalls nach der Besetzung des genannten Hauses dort hinein begab und sich für mindestens zwei Stunden dort aufhielt ...

undsoweiter. Kappel fand diese Subsumtionslitaneien schon lange nicht mehr lustig.
Er hörte nicht hin, dachte an Tina, und als er den Flachmann mit Korn aus der Tasche zog, einen langen Schluck nahm, bemerkte er erstmals den Mann auf der Pressebank.
Jugendgerichtsverfahren über Angeklagte unter achtzehn Jahren sind nicht öffentlich, unterbrach er Ballers Verlesen, warum ist die Pressebank besetzt?
Aus besonderen Gründen nach Paragraph achtundvierzig Absatz zwei, Satz zwei, sagte Baller.
Über solche Art Zulassung befindet einzig und allein der Vorsitzende, sagte Kappel, nicht der Vertreter der Staatsanwaltschaft, selbst dann nicht, wenn dieser Rechtsberater seines Parteifreundes, des Innensenators, ist.
Es sind besondere Gründe, unterbrach Richter Klein.
Genauer! sagte Kappel. Vergleiche BGH Band eins und Reichsgericht Band siebzig.
Ich sag's trotzdem nicht, sagte Klein.
Ins Protokoll, sagte Kappel und wußte jetzt, warum Baller so groß einstieg.
Olaf Janssen rief noch: Bullen raus, aber darüber lachten alle.
Die Verhandlung war dann weitergelaufen, ein paar Mal noch hatten Kappel und Baller Wortgefechte, das machte ihnen Spaß, darauf verstanden sie sich.

Richter Klein, rollengerecht als liberaler Fallklempner, nicht ohne Humor, hatte geschlichtet und schließlich war Olaf Janssen zu einer Woche Dauerarrest in den Sommerferien verurteilt worden – und auch das nur wegen seiner wilden Sprüche.
Nach der Verhandlung hatten Kappel und Baller in dessen Dienstzimmer noch einen Kaffee getrunken, bißchen herumgeblödelt, und schließlich hatte Kappel gefragt, warum sie dieses Theater, Schöffengericht, drei Polizeizeugen undsoweiter wegen diesem netten Jungen aufgezogen hätten. Warum der V-Mann auf der Pressebank, habt ihr was vor?
Baller, ganz Durchblicker auf hoher Informationsebene, sagte: Ja, Bruno, wir wollen nämlich genau wissen, wer bei dieser Sache mitgemischt, wer diese netten Jungen in die verbarrikadierten Häuser geschickt hat.
Darüber mußte Kappel laut lachen. Baller blieb aber ernst, machte ihm Zeichen, legte den Finger auf den Mund, sah an die Decke, hob die Schultern. Dann schrieb er etwas auf ein Stück Papier, reichte das Kappel. Der las: Karin? Wo?
Kappel zeichnete auf die Rückseite eine Art Drachen, malte einen Punkt in den Kopf, schrieb darunter: Peking, legte den Zettel auf den Schreibtisch und sagte sehr laut und zur Decke hin: Lang lebe der erste Vorsitzende. Auf Wiedersehen, Genosse Baller. Dann war er gegangen.

Bruno Kappel lachte wieder, als er an diese Szene dachte. Er fuhr jetzt konzentriert und schnell. Er, Bruno Kappel, Karin Kunze und Martin Baller hatten eine Zeitlang einiges zusammen gemacht.

66 hatten sie Martin Baller kennengelernt. Damals waren Bruno und Karin gerade umgezogen in ein Mietshaus an der Hochallee. Nachts bis morgens hörten sie über sich reden, reden, Gemurmel, nie Musik; und eines Morgens stand Martin Baller in ihrem Zimmer, fragte um Milch und war ziemlich verlegen, weil Karin nackt am Fußende vom Bett saß und Marmelade aß, aus dem Glas.

Er wollte nicht mit ihnen frühstücken, bis Karin sich etwas übergezogen hatte, und dann saßen sie mittags noch am Tisch, und Baller redete, redete, über die große Koalition, Vietnam undsoweiter, diskutierte mit ihnen, und sie waren fast einer Meinung.

In den folgenden Wochen kam er fast täglich zu ihnen, und eines Tages ging Karin mit ihm hinauf und kam nicht mehr herunter.

Damals diskutierte man auch solche Angelegenheiten in »ihrem objektiven und politischen Zusammenhang«, trotzdem gab es Ärger zwischen ihnen dreien, aber bei den großen Demonstrationen 67 waren sie wieder vereint und zu dritt, Baller, Karin, Kappel, Arm in Arm wurden sie an jenem heißen Ostern 68 zusammengeschlagen von der Schutzpolizei, und zu dritt waren sie auch in den Roten Mai nach Paris gefahren, hatten Tränengastränen geweint hinter den Barrikaden am *Carrefour* und in der *Rue Monge*.

Das ist ja bald sieben Jahre her, dachte Kappel und erschrak, alle sieben Jahre häutet sich der Mensch, und heute waren Martin Baller Staatsanwalt, Bruno Kappel Rechtsanwalt und Karin Kunze Mitglied von einer Gruppe, die mit dem Anspruch auftrat *zentraler Bestandteil der revolutionären Strategie in der*

BRD und Teil der internationalen anti-imperialistischen Strategie bewaffneter Politik zu sein.
Über den Treff mit Karin heute nachmittag ab sechs Uhr im Bahnhofsrestaurant Hannover dachte Kappel nochmals nach. Vielleicht wußte Baller davon, hatte ihm diesen Bobo deshalb nachgeschickt, auffällig, damit er, Kappel, merkte: Baller wollte helfen. Vielleicht auch sollte Bobo ihn schützen. Das gefiel ihm nicht.
Ihm kam es so vor, als sei Bobo der V-Mann von der Pressebank. Der hatte ziemlich verkleidet ausgesehen – längere Haare, Brille, Kinnbart, Sachen, die sich schnell entfernen ließen. Die Haltung, diese Bewegung in den Schultern – die war dieselbe beim Mann auf der Pressebank wie beim Mann im weißen BMW mit den zerstochenen Reifen. Oder hatte er schon diesen Verfolgungstick? Das Ganze gefiel ihm nicht. Vieles gefiel ihm seit einiger Zeit nicht: dieses Doppelhören, Doppelsehen, Doppelreden, hinter jedem Satz eine angedeutete Information vermutend, die Agentenhysterie und das Eingeweihtengrinsen, überall diese Durchblickerpose, die Pfiffigkeiten – das alles nervte ihn.
Er hatte auch wieder angefangen, Schnaps zu trinken.
An der nächsten Tankstelle hielt er an, ließ Benzin nachfüllen und telefonierte mit seinem Büro. Liegt was vor? fragte er Susanne.
Sie waren eine Bürogemeinschaft zu dritt, und Susanne war Kappels Kompagnon. Sie sagte: Ja, Junge. In Hannover hat man letzte Nacht vier Leute verhaftet, sind schon nach hierher transportiert.
Karin Kunze? fragte Kappel.

Nein, sagte Susanne, die ist geflohen mit einem Mann. Hat eine Schießerei gegeben. Sie ist verletzt. Mehr wissen wir auch nicht.
Gib mir mal Renner, sagte Kappel.
Renner war der dritte Kompagnon, aber Susanne sagte, der sei seit zwei Stunden mit den vieren beim Untersuchungsrichter.
Soll ich kommen? fragte Bruno.
Wir meinen nein, mach dir ein happy week-end. In Sachen Willhäufer ·/. Kamphausen haben wir einen Vergleich geschlossen, Streitwert anderthalb Millionen, hübsch, gell?
Sehr hübsch, sagte Kappel und hängte ein.
Er fuhr an Hannover vorbei, schnell, konzentriert, in Richtung Ruhrgebiet, dachte an Karin Kunze, Karin hockend in einer leeren Hochhauswohnung mit Matratzen auf dem Boden, ausgehängter Tür über Tischlerböcken, Karin redend, redend über eine leere Tasse hinweg, durch ihn, Bruno, hindurch und durch Wände, Mauern, Häuserblocks, über Straßen, Plätze, zu irgend jemandem, irgendwo, am Rand von irgend etwas stehend, redend von der gefesselten Phantasie des Volkes, vom Griff zum Gehirn, von der alleswürgenden Gewalt, von der irrationalen Angst und der Möglichkeit der Lösung von dieser Angst durch Brechung des Gewaltmonopols, Befreiung des Gehirns, Durchschneiden der Fesseln, Karin, redend, redend von Signalen an das Volk, Signalen, daß Befreiung möglich ist, jetzt und hier, redend immer wieder von der Angst als einem Spannungszustand zwischen dem, was man tun sollte, und dem, was man tut, von der Angst als Graben, über den man springen müßte.

Kappel gab Gas, fuhr noch schneller, fühlte sich im Jagen entspannt und gleichzeitig erregt.
Oberkörper, die gestreckten Arme, Differential und Räder waren eins, und im Becken über Schenkel, Knie und Fuß fühlte er Vibration, Kraft.
Er blieb auf der Überholspur, blinkte, zog auf ein paar Meter an die Wagen vor ihm ran, ließ die Lichthupe nicht los, wedelte mit seiner rechten Hand: Weg da. Und Fahrer vor ihm wurden steif vor Wut, lenkten auf die rechte Fahrbahn, blickten ganz verbissen geradeaus, wenn er dann vorbeizog und sein Wedeln mit der Hand zum knappen Gruß geriet. Na, warum nicht gleich so, hieß das.
Diese Wut kannte er von früher, als er noch im 2 CV saß. Damals pinselte man noch keine Rechtfertigungssprüche hinten auf die Ente: »Aktion kleines Fahrzeug«, »Grips ist besser als PS«, »Nur Radfahren kommt billiger«, »Donald Duck quätsch, quätsch«, »Asterix« und ähnliches. Damals ärgerte man sich noch sichtbar und hörbar – zum Beispiel über den Mercedesfahrer, ganz in Beige, wie Sand auf Sylt, mit beigen Härchen auf dem beigen Handgelenk. Wie Bruno Kappel angesetzt hatte, um am Berg den Lkw zu überholen, langsam, langsam, mit dem ganzen Körper nachhalf, da war diese gepflegte Hand im Rückspiegel gewesen, und die wedelte: Weg da, wird's bald! Und Kappel hatte gebrüllt: Faschist, mit der Faust gedroht. Aber der Herr hatte weiter gewedelt, keine Spur Ärger im beigen Herrengesicht, nein, der sah ihn überhaupt nicht, wedelte bloß, knapp, so eben aus dem Handgelenk heraus. Echte Herrschaftsgeste war das, lernen konnte man das nicht mehr. Das war tausend Jahre alt und älter. Diese

Geste übte Kappel manchmal – so zum Spaß, meinte er.
Den Umweltschützer-Haß auf Autos hatte Bruno nie geteilt. Mit dem Auto, wußte er, war das Reiseprivileg der Herrschenden gefallen: Raus aus Kotten, Slum und Ghetto, aus den dunklen Leisetreterwohnungen und den hellheißen Anderthalbzimmern im siebten Betongeschoß, raus und fahren, fahren, fahren, irgendwohin, und die vier Blechwände schützten vor Regen und Kälte. Tausend Jahre hatten sie davon geträumt, die Fußgänger, am Wegesrand mit Kappe in der Hand, devoten Blick zum Herrn hinauf auf seinem Pferd, dienergebuckelt und vollgerotzt mit Räderdreck von Reisekutschen.
Bruno Kappel mochte Autos.
Der Verkehr wurde dichter, je näher er ans Revier herankam. Lkws drängten sich auf die linke Spur, graugrüne Mannschaftslaster von der Royal British Army in Kolonne hielten auf der rechten Fahrspur alles auf. Paar Tommys, Kinder in Kampfanzügen, grüßten mit dem V-Zeichen. Einige Überholer hupten und winkten zurück.

2

Die Sonne ging unter, und die gewaltige Smog-Wolke überm Revier schimmerte fast violett, und die Skyline aus Stahlöfen, Schloten, dampfenden Kühltürmen und Hochhäusern, zwischendurch zierlichen

Fördertürmen, kroch aus dem Dunst, als er die Autobahn hinterm Kamener Kreuz verließ und auf schmalen Straßen in den Ballungsraum eintauchte. Einmal hielt er kurz an, schaltete den Motor aus, drehte die Scheibe herunter und horchte auf den leisen und fernen und dröhnenden Summton, den man nur in den ersten Minuten beim Ankommen hört, und den die Gehörnerven später nicht mehr an das Gehirn weitersenden, und überm Summton hörte er einen weiten und kurzen Schrei und fauchendes Stöhnen: Irgendwo im Stadion unter Flutlicht war eine Torchance verpaßt. Aus offenstehenden Fenstern tönte das Tagesschauthema.

Bruno Kappel war zu Hause.

Ob er schon heimfahren sollte, überlegte er kurz, aber dann sah er sich sitzen am Wohnzimmertisch mit Vater, Mutter und Tante Threse und sagte laut: Nein, Green Lantern hält sich zurück auf der Zeitreise, verschiebt den return to the planet of apes.

In einer Kneipe würde er gern stehen an diesem Abend, zum Beispiel im »Tante Tai«, einem guten Musiker zuhören, Alexis Corner vielleicht oder John Mayall, oder einer Gruppe wie Rory Gallagher, die von Plattenaufnahmen hereinkamen und dann einfach losspielten, just for fun, bißchen reden mit der und dem, Leuten aus der Music-Scene, Producern und Roadies, oder mit richtigen alten Jazzern, wie am Abend zuvor mit Buddy Tate zum Beispiel, der früher bei Count Basie gespielt hatte, oder einfach mit Leuten, die dies und das machten, Trödel- oder Boutiquenzeugs verkauften oder unnütze Dinge anfertigten, Gürtelschnallen zum Beispiel, oder verrückte Blusen nähten.

Er ging ein paar Lokale durch in Dortmund, in Essen, wog ab. Nichts im Vergleich zu Old Hamburg, sagte er sich, startete und fuhr wieder los, und als er durch ein gemischtes Viertel kam mit Mietshäusern, paar Geschäften, winzigen struppigen Grünanlagen, Tankstelle und kleinen Werkstattbetrieben, las er an einem Haus über beleuchteter Bierreklame »Em Kotten. Gaststätte. Zimmer frei.« An dem Haus standen zwei breite Linden.

Es gibt Dinge, sagte er laut, um die ein Mann nicht herumreiten kann, parkte auf dem Platz neben dieser Kneipe, stieg steifbeinig aus, hörte Gelächter, Musik, stakste zur Tür, war Gun man Sam Bass aus Idahoe, von 1870 bis 1874 Gehilfe von Sheriff William F. Eagan in Denton-Texas, nach einem weiten und guten Ritt, öffnete, schob sich durch die nicht sichtbare Swing-door des Saloons, tippte den nicht sichtbaren Hut aus der Stirn, sagte: N'Abend Mesch'urs, und betrat eine der guten alten Schenken, die bald verschwinden, von denen es aber noch einige gab in der Gegend.

Kneipen dieser Art stammen gradlinig ab von der taberna, Tränke römischer Legionäre, und als die Legionäre verschwanden, kamen die Bauern vom Markt und fahrendes Volk herein, zankten und soffen, und als diese verschwanden, kamen Fuhrmann und Kutscher, Reisende, und es roch nach Branntwein und Pferdeschweiß, und als die verschwanden, kamen die landlosen Bauern und Hintersassen, die Handwerksburschen ohne ein Handwerk, verkauften am Tag ihre Arbeitskraft in Pütt und Fabrik und versoffen abends bis in die Nacht das Elend, die Wut und die Angst vor dem Neuen, und dann kamen die

Industriearbeiter und Kumpel, im Nebenzimmer gab's Politik, und dann kamen zwei Kriege, und vieles verschwand, das Fernsehen kam, und das hält die Leute im Sessel bei Laune und Bier, und die Frau ist zufrieden damit, ihre Jungen hocken in neuen Kneipen, Musikbox-Lokalen, bei Rotfunzellicht an Palisandertischchen, in Diskotheken, Pubs und Grillrooms, bunten Disneyland-Spelunken, Restaurants aus Resopal und Ketchup.
Aber diese gute alte Kneipe, in die Bruno Kappel trat, hatte überlebt. Sie war hell, aber nicht grell beleuchtet. An langen Tresen, knapp über Bauchnabelhöhe, blinkte der Nickelstahl matt, vor allem der Tabernakel, das Zapfkreuz mit den vier Hähnen. Neben Spüle und Tropfplatte steckten die Flaschen mit Schnaps in Eis, man sah nur die Spitzen der Ausgießer. Unterm Glassturz, halbrund und das Buffet zur Wand hin abschließend, lagen die Koteletts, Wurst- und Frikadellenhaufen, und auf der Marmorplatte vom Glassturz standen die Soleiergläser. Mächtig und bis zur Decke, dreiflügelig hinterm Tresen, stand die Stellage aus altem Birnenholz, und in diesem Triptychon standen die Trinkgefäße: Hänselbecher und Stiefel aus Glas und seltene Seidel oben, nach unten hin wurden die Gläser kleiner, gewöhnlicher, bis hin zum einfachen Pilsglas und Schnapspint, und in den Altarflügeln rechts und links reihten sich Flaschen, Korn aus der Gegend, Weinbrand und Wermuth, Möselchen; nichts Exotisches außer Wodka und Whisky. Keine modischen Blödeleien hatte man an die Wand gepinnt. Als Hausspruch hing ein gerahmter Vers: »Wenn der Wein ist in dem Manne, sitzt die Weisheit in der Kanne«, ob-

wohl hier natürlich niemand Wein trank. Der Schankraum war nicht zu groß, paar Tische gab es, an einem saßen Doppelkopfspieler, einen anderen hielten Rentner besetzt.

Und am Tresen stand eine Gruppe Männer, dem Rang nach gegliedert neben- und hintereinander: die Primatenhorde. Vorne gleich neben dem Zapfkreuz, den Tresen mit seinem Bauch berührend, der Platzboß, ihm seitlich und opponierend der Rangschnapper und Rivale, und um sie herum das Rudel: Kadetten, Zuträger, Vorbeißer, bis zu den rangtiefsten Männchen, die die Randzone fünf Meter vom Zapfkreuz entfernt frontal und seitlich besetzten. Erregtes Summen, Brummen, Blabbern und Lachen war im Raum, ein Knistern war über den Köpfen und zwischen allen. Und natürlich stand sie hinterm Tresen am Zapfkreuz und zapfte: die blonde Frau mit Melonenbrüsten unter dem gelben T-Shirt.

Bruno Kappel erfaßte das alles mit einem Blick. Einen großen Teil seines Lebens hatte er in solchen und ähnlichen Räumen verbracht, getrunken, gelacht, geweint und gelernt. Der Kumpel-Kommers war ihm abverlangt worden, freihändiges Trinken zum Beispiel, sämtliche Finger in die Löcher der Tropfplatte gesteckt, Bier- und Schnapsglas mit den Zähnen geschnappt, hochgerissen, geschluckt und vernäßt im Kumpanengelächter, Schwanzparade und Handstand am Tresenrand hatte er vorgeführt, Stiefelschlecken und Wasserprobe und noch viel mehr, von Doppelkopf, Flippern, Bierlachs und Knobeln zu schweigen.

Mal sehen, dachte er, ob ich das noch kann, unter die Leute kommen. Niemand beachtete ihn, als er ans

Ende vom Tresen zum Glassturz ging, über die Marmorplatte auf Kinnhöhe neben den Soleiergläsern zur Wirtin hin hüstelte, halblaut; Vertreter, der um ein billiges Zimmer bittet. Mehrmals mußte er husten, bis sie herankam, langsam, und dabei lauter und lauter mit dem Platzboß am Tresen weitersprach, den Kopf schließlich drehte, und, Kinn in Höhe der Marmorplatte, zu Kappel sagte: Na?
Kappel sah in aralblaue Augen, ärgerliche, und fragte, ob er ein Zimmer haben könnte für eine Nacht.
25 Mark, sagte sie, und Kappel nickte.
Sie klatschte den Anmeldeblock auf die Marmorplatte, schritt zurück zum Zapfkreuz, und Kappel schrieb: Sibo Jenssen, Pellworm, Strandhaferkuhle 3, Reisender; ging raus, holte Tasche und den gallischen Kapuzenmantel aus dem Wagen, wartete wieder, Kinn auf der Marmorplatte neben den Soleiergläsern.
Die Wirtin kam schließlich noch einmal, las, blickte hoch, Kinn auf der Marmorplatte, fragte: Wo liegt das denn, Pellworm? Und Kappel sprach im friesischen Tonfall: Ganz oben und in der Nordsee, da kreischen die Möwen, und Wellen schlagen an den S-tra . . .nd.
Die Wirtin sah ihn fast freundlich an. Zimmer 10, sagte sie, pflückte den Schlüssel vom Hakenbrett. Ob er was essen und trinken wolle.
Er kriege nichts runter jetzt, sagte Kappel, trinken ja, sogar schnell und viel. Er käm nämlich gerade von einem gräßlichen Unfall, könne auch deshalb einfach nicht weiterfahren nach Süden.
Unfall? Wo denn? rief die Wirtin halbseitwärts zu den Tresenkumpanen hin.
Einige blickten schon rüber.

Kappel trat zwei Schritte zurück, drehte sich auf dem Absatz zur Seite in ihre Richtung, wischte sich über die Augen, schlenkerte von der Hand etwas ab, wiegte den Kopf, ließ langsam Luft ab und machte: aieh, aieh, aieh, jeieieieieieieihei.
Jetzt sahen die meisten herüber. Der Platzboß, Polier, Zigärrchen zwischen den Fingern, der gerade paar Sprüche abließ, bemerkte jetzt erst die Unruhe bei seinen Leuten – viel zu spät, wußte Kappel –, sprach lauter, aber die anderen hörten auf ihn nur noch halb, blickten auf Kappel, der sich schüttelte.
Der Platzboß schwieg, hob sein Glas vom Tresen, trank, und beim Schlucken drehten sich seine Augen zur Seite und faßten Kappel. Er setzte das Glas wieder ab, wischte den Schaum vom Mund und entblößte den Eckzahn. Also hatte der Kampf begonnen.
Na, Junge, hassen Unfall gesehn, und nu ist dir schlecht, woll? sagte der Platzboß und lachte laut.
Kappel zeigte mit seinen Händen ein halbmeterlanges Stück in der Luft. Motorrad, sagte er, nach dem Aufprall.
Die Wirtin setzte Bier und Schnaps für ihn auf den Tresen, aber noch außerhalb von der Randzone, Kappel trank beides schnell.
Das gleiche noch mal, sagte er.
Die Gruppe öffnete sich etwas zu ihm hin. Wieder hatte der Platzboß einen Fehler gemacht. Natürlich hätte er sich zunächst heraushalten, erstmal ein paar seiner Leute auf Kappel zur Hänseljagd ansetzen müssen. So übernahm der alte Rivale und Rangschnapper, drahtiger Postangestellter, die Initiative, sagte: Na, wattdenn, erzähl mal.
Und während Kappel erzählte, wie die zwei Lkws

mit Hänger frontal aufeinanderprallten, sich berstend und brüllend und ineinander verrammt aufbäumten und niederbrachen und kippten und das eine Motorrad beim Aufprallen zum Spielzeugkrad wurde, ein zweites mit Fahrer und Sozius, ersterer ohne Kopf und blutsprudelnd noch zweihundert Meter raste, dann mit Salto über der Böschung verschwand, ein Lkw-Fahrer, mit seinem Oberkörper im Führerhaus verklemmt, am Unterkörper schon brannte und brüllte, man möge ihm bitte, bitte den Schädel zertrümmern, bevor er lebend verbrenne, und er, Kappel, der noch rechtzeitig hatte abbremsen können, mit schwerem Schraubenschlüssel sich über dem schreienden Mann niederließ, öffnete sich mehr und mehr der Kreis zu ihm hin, und Kappel trat ein, war mitten unter den Männern, bekam Bier und Schnaps gleich neben das Zapfkreuz gestellt.

Knapp zehn Minuten hatte die Schilderung angedauert, von Fragen und Schreckensrufen der anderen unterbrochen.

Unfall-, Peter- und Feuerwehrwagen ließ er abschließend zum Martinshornheulen heranjagen, schwitzend und ziemlich trocken im Hals endete er, griff zum Bier und prostete dem Platzboß zu, trank aus und sagte, eine Runde jetzt, bitte auf meine Rechnung.

Der Platzboß schnaufte, griff sein Bier. Nicht für mich, sagte er und ging rüber zum Doppelkopftisch.

Die aralblauen Augen von Hella, so hieß die Wirtin, sahen Kappel schon fast verlangend an, und deshalb beschloß er, eins zuzulegen.

Jetzt muß ich euch mal was erzählen, begann er,

als wohlige Rudelwärme bei einer Trinkpause im allgemeinen Geplauder über Unfälle aufkam. Das passierte bei uns in Pellworm und ist noch keine acht Tage her. Und Bruno Kappel, ausgehend von der Ballade »Nies Randers«, erzählte die Geschichte von einer vor Pellworm gestrandeten Yacht: Er, Kappel, wird von seiner Mutter nachts geweckt. Krachen und Heulen und berstende Nacht, ein Schrei durch die Brandung, ein Wrack auf der Sandbank, noch wiegt es die Flut, also kurz und gut, er, Kappel, lugt und spricht ohne Hast: Da hängt noch ein Mann im Mast, wir müssen ihn holen. Kappel und noch paar harte Jungs von der Insel pullen rüber zum Blecker Sand durch den Orkan, Stück harte Arbeit, und nehmen den Typen vom Mast. Was finden sie in der Kajüte? Fünf Mädchen, nackt und zitternd und betend. Und wer, stellt sich nach dreimal fast Kentern im Boot bei Windstärke 10, später, als alles vorbei ist, im »Lüttjen Krug« und bei heißem Grog raus, ist der Mann? Namen täten hier nichts zur Sache. Er, Kappel, will nur soviel verraten, der Chef von einer der größten Illustrierten der Welt sei das gewesen, diesen Mann habe er sich ins Gebet genommen, im »Lüttjen Krug«, habe ihm mal die Meinung gesagt von wegen herumjuckeln auf See bei Windstärke 10, sich, seine Mannschaft und andere noch gefährden. Überhaupt seine Crew! Verlegen hätte der große Boß da herumgedruckst. Und Kappel schilderte noch einmal den Zustand der nackten Mädchen draußen auf Blecker Sand in Gischt und bei brüllender See.
Da sagte ein junger Tankwart, mit Haaren bis auf den Rücken, noch kaum aus der Pubertät – und genau darauf hatte Kappel auch spekuliert –: Fünf nackte

Weiber. Hat der aber was zum Hacken, der Boß, und er ließ sich noch weiter aus, sprach vom Ficken und Bumsen und merkte das Schweigen um ihn herum nicht, bis Kappel ihn leise und scharf unterbrach: Das wollen wir hier nicht hören, wir sind hier nicht unter Männern!

Hella, die Wirtin, bekam feuchte Augen. Die Männer am Tresen schluckten und nickten, und der vorwitzige Tankwart, der die Gesetze der Schenke, in der eine Frau zapft, verletzt hatte oder vielleicht nicht mal kannte, schlich mit halbvollem Bierglas rüber zum Rentnertisch.

Der Polier verließ die Kneipe. Kappel wußte, daß der am nächsten Abend schon wieder das Sagen haben würde.

Später gingen auch andere. Der Werktag der meisten beginnt schon morgens um sieben.

Schließlich waren sie nur noch ein halbes Dutzend. Langsam wurde es über Mitternacht, und als Hella vom Tresen weg nach hinten in die Küche ging, die spanische Hilfe nach Hause schickte, folgte Kappel ihr, stellte sich neben sie, nuckelte an ihrem Haar und schob, als sie über den Tisch gebeugt stand, von hinten seine Hand zwischen T-Shirt und Rock, den Mittelfinger in ihre Hinternrille.

Er solle mit seinen Fingern von ihrer Wäsche bleiben, sagte sie, und als Kappel lachte und seinen Finger weiter vorschob, sagte sie lauter und über die Schulter weg: Hast du nicht gehört? Bleib mit den Fingern von meiner Wäsche sag ich, oder ich schrei, dann kannsse mal was erleben, dann krisse dein Fett, du Tausendsassa.

Kappel zog die Hand aus ihrem Rock. Was sie denn

hätte, verdammt noch mal.

Ihr Verlobter käme gleich, sagte sie. Also, hau ab.

Da wurde er mürrisch, trank am Tresen viel Schnaps, und dann ging die Kneipentür auf, und ein Mann trat ein, fragte nach einem Zimmer. Der Mann trug einen Schnurrbart und lange Koteletten, und Kappel sagte zu ihm: Guten Abend, Bobo, du Ratte.

Es wäre zu einer Schlägerei gekommen, wenn nicht zwei Tresenkumpane, ein Friseur und ein Spritzlackierer, der am nächsten Tag Spätschicht hatte, Kappel die Treppe hinaufgeschafft hätten. Die redeten auf ihn ein. Der Unfall sei das gewesen, und dann auf den leeren Magen zuviel getrunken, nein, nicht zuviel, Gottswillen, aber vielleicht zu schnell, und der Mann sei doch harmlos, Vertreter so wie er, Sibo Jenssen, kein Killer, gedungen vom Gegner. Nicht mal ein Schnüffler, jajaja sei der unsympathisch, und noch so spät in die Kneipe kommen undsoweiter.

Allein im Zimmer hielt Kappel den Kopf unter den Wasserhahn, streckte sich, warf den Kopf paarmal in den Nacken, stand in diesem zwei mal drei kleinen Raum mit violett-brauner Blumentapete, fast bauchnabelhohem Dickholzbett im fünfundzwanzig Watt trüben Licht, nahm ein Bild von der Wand, einen Steindruck, und darunter stand »Begegnung auf der Bernsteinstraße. Schon gezähmter Sammler trifft einen nomadisierenden Wildbeuter.«

Der Wildbeuter, stiernackig, gebeugt, körperbehaart, mit fliehender Stirn und massigem Kinn und langen Koteletten, eine Keule über der Schulter, glich Bobo, und der gezähmte Sammler, aufrecht und schmal, mit Bastkorb und Pflückstab, glich Kappel, wie er im Spiegel über dem Waschbecken feststellte. Mit zwei

Fingern fuhr er sich an der Nase vorbei, sein knochiges, langes Gesicht entlang über den breiten Mund bis zum Kinn, strich sein Haar, das rotblond und wellig die Ohren bedeckte. Tausendsassa, sagte er in den Spiegel. Dann riß er das Fenster auf, atmete paarmal tief durch und sah in den Vollmond.
Lieber Mond, sagte er, mach, daß ich nicht verrückt werde wie so viele um mich herum, wie Karin zum Beispiel, die Nichtschwimmerin, die durch den Rubikon, oder wie Preisschwimmer Baller, der auf das Kapitol kraulen will, oder wie unsere Tante Threse, von den Millionen in Klaps- und anderen Mühlen gar nicht zu reden. Amen.

3

Beim Frühstück im Schankraum am Morgen war Hella, die Wirtin, freundlich, streichelte Kappels Hand, fragte, ob er noch böse sei. Der späte Gast aus der Nacht, den Kappel so beschimpft hatte, sei schon abgereist. Das wär aber nicht ihr Verlobter gewesen. Sie hätte überhaupt keinen. Sie stellte zwei Eier vor ihn hin.
Kappel ging nicht darauf ein. Ihn interessierten nur die Zeitungen. Sie brachten die Verhaftungsaktion von Hannover auf den ersten Seiten. *Bild* gebrauchte Bürgerkriegssprache: Sorgfältig geplanter Blitzeinsatz, Schlagkraft, Spezialkommando undsoweiter. Man hatte die Tür zur konspirativen Wohnung

gesprengt. *»In Sekundenschnelle werfen sich die Männer vom Spezialkommando über die nackten Anarchisten. An die Waffen auf dem Tisch – ausgehängte Tür auf Tischlerböcken – kommt keiner mehr heran. Die Terroristen werden auf den Bauch gedreht. Die MEK-Männer streifen ihnen dunkle Pudelmützen über die Köpfe. Keiner soll sich später rächen können. Die Nackten werden mit Handschellen gefesselt. In weiße Bettlaken gehüllt.«* Als die vier Gefesselten unten auf der Straße in die Wagen geschoben werden, kommt es zu einem Feuerüberfall aus einer Seitenstraße. Die Spezialisten schießen zurück, Schreie von einer Frau, ein Alfa Romeo verschwindet mit kreischenden Reifen. Ende.
Die Fotos von den vier Verhafteten zeigten grimassierende junge Männer. Zwei weitere Fotos zeigten Karin Kunze und einen Mann, den Kappel unter dem Namen Pacco kannte: *»Die Amok rasenden Mordterroristen im Alfa Romeo.«*
Zwei Tresenkumpane vom Vorabend kamen herein, Krankgeschriebene, auf dem Weg zum Vertrauensarzt, sprachen über die Hannoveraktion, von Drecksäuen, abknallen, reinen Tisch machen, ein für alle Mal. Hella sagte: die Weiber sind die schlimmsten.
Sätze fielen Kappel ein: die gefesselte Phantasie des Volkes aufbrechen, dem Volk zeigen, daß es die Möglichkeit der Befreiung gibt, jetzt und hier.
Warum er so lachen müßte, fragte Jürgen, der Stahlbauschlosser, mißtrauisch.
Ach nichts, sagte Kappel, trank mit ihnen noch ein Glas Bier, verabschiedete sich, fuhr wieder los.
Back on the road again, sang er laut. Das war ein schöner Tag im Mai, durchsichtig, zarte Wolken zogen am Himmel.

Karin Kunze ging ihm nicht aus dem Kopf. Fast drei Jahre lang hatte er mit ihr zusammengelebt, kannte sie, wie man jemanden kennen kann, mit dem man so lange das meiste geteilt hat. Seit Neunundsechzig hatten sie sich nur noch wenig gesehen. Sie lebte eine Zeitlang mit mehreren durcheinander, probte Kommunikation wie damals viele aus der Studentenbewegung, die in die Jahre gekommen waren. In eines der sich kommunistisch nennenden Grüppchen war sie dann später eingetreten, bald wieder ausgetreten. Als sie sich zufällig einmal in der U-Bahn getroffen hatten – die RAF-Guerilleros waren gerade verhaftet worden –, redete sie auf ihn ein wie auf einen, dem sie Gründe abliefern mußte, schnell, ohne Unterbrechung: die mit der Neuorganisation der Produktion notwendig gewordene Disziplinierung, die dadurch bedingte Zurücknahme bürgerlicher Freiheiten, worauf man uns nicht vorbereitet hatte und die uns in die Revolte trieb, die mißlingen mußte, darauf der Versuch, vorläufig wenigstens, miteinander auszukommen, Versuch, der sich dann auch bloß als Anpassungstraining an den neuen Stand der Produktion herausstellte, und dann die Erkenntnis, daß Änderung ohne die Arbeiterklasse nicht stattfindet, die stürmische Umarmung des Proletariats mit den Sprüchen aus den zwanziger Jahren undsoweiter.

Kappel hatte versucht, ironische Bemerkungen zu machen, von früher zu reden. Aber Karin hörte ihm überhaupt nicht zu. An einer Station war sie dann einfach rausgesprungen.

Awatt, sagte er laut, drückte die Kassette mit Charlie Parker in den Recorder, hörte »Relaxin' at

Camarillo«, kam auf andere Gedanken.
Hinter Bochum sah er sich wieder verfolgt von einem blauen Volvo. Der Wagen folgte ihm auch, als er die schmale Abkürzungsstraße nahm, die quer durch ein Landschaftsschutzgebiet und über den Nordberg in seine Heimatstadt führte. Als er in einen Sandweg einbog, hielt der Verfolger kurz an, fuhr dann aber weiter. Kappel erkannte einen Sonnenbrillenmann mit Wildlederjacke.
Der Weg führte zu einem kleinen See. Er zog sich aus, schwamm. Es war Anfang Mai, aber das Wasser war nicht so kalt, wie er gedacht hatte. Er drehte sich auf den Rücken, paddelte und rief in den Himmel: Im bleichen Sommer, wenn die Winde oben nur im Laub der großen Bäume sausen, muß man in Flüssen liegen oder Teichen wie die Gewächse, worin Hechte hausen. Er erfand eine Melodie dazu, tauchte, zappelte, prustete, sprang wieder an Land und rubbelte sich mit dem gallischen Kapuzenmantel ab. Der vom Vorabend noch schnapsdumpfe Kopf wurde kühl. Am Wasser liegen, abends vor dem Zelt, müßte man wieder mal, Fische braten, dachte er, mit Tom und Doris.
Und die werd' ich gleich mal aufsuchen, sagte er laut, zog sich an, fuhr weiter und in die Stadt.
Tom Strathmann war Arzt, und das Haus, in dem er lebte, lag zwischen Ober- und Unterstadt. Wo jetzt die Verwaltungsgebäude der Müller-Balzenbeck AG standen, Hochhäuser, Kauf- und Parkhaus und AOK, hatte es damals ein Wohnviertel gegeben für Arbeiter aus dem Werk. Fast alle Bewohner waren Patienten von Strathmanns Vater und Großvater gewesen.

Kappel parkte den Wagen vor Strathmanns Haus, sah sich um, die Straße hinunter. Da erinnerte nichts mehr an damals, zum Beispiel, wie sie von drüben vom TuS-Platz gekommen waren, die Straße herauf, an einem warmen Sommerabend. Die Fenster in den Häusern standen offen, man hörte Klappern von Geschirr, die Rangierlok und das Geschrei der Mauersegler, und als ein Mercedes die Straße herunterkam, gefolgt von einem Mannschaftswagen der Polizei, blieben sie stehen. Vier Männer sprangen aus dem Mercedes, und aus dem Mannschaftswagen sprangen ein Dutzend Polizisten. Die vier Zivilisten und ein paar Uniformierte liefen in eines der Häuser, und dann hörte man Schreien und Brüllen, und plötzlich waren alle Fenster in den Häusern voller Leute, die riefen und schimpften, und aus den Fenstern flogen Flaschen und Pötte und Blech. Die Polizisten drohten mit ihren Karabinern an den Häusern hoch, und aus dem Haus schleppten sie einen jungen Mann. Bruno und Tom kannten ihn gut, den Mittelstürmer von TuS 98, Ernst Spormann. Der brüllte, versuchte sich freizuzerren aus den Griffen von zwei Polizisten. Ein Ziviler hatte die Hand an seinem Nacken. Auf dem Straßenpflaster zerplatzte Glas, schepperte Blech. Sie schleppten den Mittelstürmer zum Mannschaftswagen, drückten und zogen ihn rein. Dann kam aus dem Haus ein älterer Mann, der Vater, in Handschellen, neben ihm zwei Zivile. Mit einem Mal wurde es still. Jemand rief: Heini. Heini Spormann sah an den Häusern hoch, schüttelte den Kopf und wurde in den Mercedes gedrängt. Kappel und Strathmann waren in einen Hauseingang gesprungen, und als die Wagen die

Straße hinaufrasten, bombardiert mit Glas und Blech aus den Fenstern, sagte ein Mann neben ihnen: Das kann man schon gar nicht mehr zählen, wie oft sie den Heini abgeholt haben, und jetzt ist auch sein Jüngster dran. Als sie dann über Scherben und Splitter weitergingen, Kappel und Strathmann, sang durch diese knirschende Stille aus einem Fenster Freddy: Alles liegt so weit, so weit, da, wo die Blumen blühn, da, wo die Täler grün, da war ich einmal zu Hause.

1956 war das gewesen, und einige Monate später wurde das Viertel saniert, also abgerissen, und die Bewohner wurden in alle Richtungen zerstreut.

Noch am selben Abend hatte sich Kappel mit seinem Vater geprügelt. Was sie denn nun tun wollten, hatte er ihn gefragt, das seien doch ihre Kameraden gewesen damals unterm Faschismus; die hätten ihn doch damals als erste ins Rathaus geholt.

Die KPD ist verboten, hatte sein Vater gesagt, und zwar durch Gerichtsurteil, ordentlich und legal, da kann man herzlich wenig tun. Und als Bruno, schwindelig vor Wut, gebrüllt hatte: Ach so, du schließt sie wohl in deine Gebete ein, du Herzjesudemokrat, schlug sein Vater zu. Bruno wehrte ab, schlug zweimal kurz über den Magen, aber als sein Vater nach Luft schnappte, an die Wand gelehnt, ließ er ab und ließ sich zwei Ohrfeigen schlagen. Tante Threse hatte in der Tür gestanden, gegrinst, Brunos Mutter hatte geschrien und gebrüllt, das übliche Getobe, und Bruno war aus dem Haus gegangen und für einige Tage zu Strathmanns gezogen.

Ja, dahin war er oft geflohen. Bei Strathmanns hatte er sich wohler als zu Hause gefühlt. Toms Vater war

Arzt gewesen wie dessen Vater und dessen Vater, und so alt war auch das Haus mit dem großen Garten, in dem jährlich zur Fronleichnamsprozession ein Altar stand, die dritte Station. Toms Vater und Großvater waren alte Liberale. – Dem Herzjesu-Mief entflohen? hatte der Alte immer gefragt, wenn Bruno mal wieder für ein paar Tage ankam.

Trotzdem ließen sie Jahr für Jahr den Fronleichnamszug der katholischen Gemeinde in ihren Garten. Eine ungefährliche Minorität hier am Ort, sagte der alte Strathmann, ein Kompromiß mit ihr schadet nicht. Fast alle Katholiken der Diasporagemeinde am Ort waren dafür seine Patienten.

Kappel schellte unter dem Schild *Dr. med. Thomas Strathmann, Praktischer Arzt.* Ein Mädchen im weißen Mini-Kittel öffnete. Sprechstunde wär' beendet, sagte sie. Kappel sagte: Ich bin kein Patient, und als das Mädchen sagte, der Doktor sei nicht zu sprechen, sagte Kappel: Mein Kind, melden Sie mich dem Herrn Doktor, Vikar Berghelm von der Gemeinde St. Anna.

Das Mädchen ließ ihn hinein, führte ihn ins Sekretariat, wo eine Frau mit Schwesternhäubchen vorm Schreibtisch saß.

Vikar Berghelm von der Gemeinde St. Anna, grüß Gott, sagte Kappel, es geht um das diesjährige Fronleichnamsfest.

Die Frau guckte ihn eigenartig an.

Ich weiß, sagte Kappel, früher sahen Priester auch anders aus. Aber wir haben den Muff von tausend Jahren unter den Talaren fortgepustet. Und darum geht es jetzt eigentlich auch. Wir würden in diesem Jahr zu Fronleichnam gern ein kleines Rock-Musik-

Fest im Garten des Herrn Doktor feiern, verbunden natürlich mit einer eucharistischen Feier ...
Augenblick bitte, sagte die Schwester und sprach ins Telefon: Ein Herr Pfarrer Birkhahn, Herr Doktor, der Musik machen möchte in Ihrem Garten, schwieg einen Augenblick, sagte dann, bitte Herr Doktor, und zu dem Mädchen im Mini-Kittel: Roswitha, Herrn Pfarrer bitte zum Herrn Doktor, und das Mädchen sagte: Bitteschön, ging vor Kappel her durch den langen Flur, klopfte an eine Tür.
Herein, rief Tom Strathmann, Roswitha öffnete. Danke, mein Kind, sagte Kappel, und dann lachten Kappel und Strathmann laut und lange und umarmten sich.
Später am Abend saßen sie im Garten, Tom und Doris und Bruno, tranken Bier und Korn, erzählten von früher, wie sie in diesem Garten gespielt und gesessen hatten unter den Ulmen und hinter hohen Hecken und Sträuchern, und nichts war von draußen hier eingedrungen.
Döhmanns Kopf und den Nordberg im Norden, die Höhen im Süden hatte man gerade noch sehen können. Jetzt war der Garten zusammengedrängt und -gedrückt von zehnstöckigen Häusern, einer Großgarage aus Beton, dem Kaufhaus aus Aluminium, glitzernd in der Abendsonne, einer Hochstraße Richtung Autobahn, alles viel höher als Ulmen, Fliederbüsche und Hecken.
Das ist aber ziemlich hoffnungslos, dieses Büschelchen Grün hier unten, sagte Bruno.
Sie hätten siebenstellige Summen geboten, die Kaufherren, sagte Doris, aber Thomas ist ein Umweltschützer, ein Lebensqualitätsfan, der Strathmann,

der kämpft um jedes Grasbüschel gegen die böse neue Zeit.

Doris saß auf einer Decke, den Kopf an Toms Knie gelehnt, die nackten Füße an Brunos Schienbeine gedrückt. Über die Hochstraße kroch eine Autoschlange am Abendhimmel entlang. In den Hochhäusern rundherum wurde Licht angeknipst. Die Fassaden verschwammen allmählich im Dunkeln. Es blieb nur ein wechselndes Lichtmuster stehen.

Tom erzählte von Bürgerinitiativen, Verhandlungen mit der Stadt. Die Anpflanzung eines Parks hätten sie vorgeschlagen, seinen Garten hätte er angeboten, aber wie vor Betonklötzen hätten sie geredet, Demonstrationen bis ins Rathaus, nichts habe genutzt. Das kriecht immer näher hier heran, und das kriecht immer weiter.

Doris erzählte von einer neuen Bürgerinitiative: Komitee Klein-Schweden. Es ging dabei um die Erhaltung von dem Naherholungsgebiet im Norden. Das war da, wo Kappel die Schnapsdumpfheit im kalten Wasser verloren hatte. Klein-Schweden sollte planiert, ein Übungsplatz für Natotruppen angelegt werden, und Tom hielt einen Vortrag über die Wichtigkeit von Naherholungsgebieten gerade in dieser Gegend, in der die Morbidität der Arbeitnehmer überdurchschnittlich hoch sei. Guck dir mal die Leute an, hier aus dem Werk, die in meine Praxis kommen, sagte er, das wird immer schlimmer. Vierzigjährige Männer mit Herzinfarkten, neurotische Frauen, Arbeiterinnen, keine Zicken.

Bruno fragte: Machen die aus dem Werk denn in eurer Bürgerinitiative mit? Und die Gewerkschaften?

Noch nicht, sagte Tom, aber da ist was im Busch. Doris' Bruder steht auf unserer Seite.
Doris' Bruder, Waldemar Niehus, war Landtagsabgeordneter der SPD.
Na, dann Prost und viel Glück, sagte Kappel, goß die Gläser wieder voll.
Ob ihn das nicht interessiere, fragte Tom.
Nein, sagte Kappel, ich habe zuviel mit Aktionen dieser und anderer Art zu tun, beruflich. Mir reichts.
Doris lachte. Diese Umweltschützer, sagte sie, mit ihren braven Diskussionen, Verhandlungen, Demonstrationen, wundern sich, daß sie nichts erreichen.
Und wie man was erreiche, wollte Tom wissen.
Mit anderen Aktionen, sagte Doris, mit militanten.
Gegen Nato? fragte Bruno.
Sie schwiegen und tranken. Es wurde allmählich dunkel, und Tom schaltete die Tischlampe an. Über dem Brummton von der Hochstraße hörten sie ferne Schreie von Mauerseglern.
Einjährige Mauersegler bilden Schreigesellschaften im Hochflug, sagte Tom, sie schlafen im Aufwind segelnd, zweitausend Meter und höher. Die machen sich nichts aus Hochhäusern. Ursprünglich Gebirgsvögel, halten sie dies hier für Felsengebirge.
Ich auch, sagte Doris.
Die Kinder von Doris und Tom kamen an Hand von Tante Rosa, Doris' Schwester, in den Garten, fünfjährige Zwillinge, Frank und Bert, küßten zur Gutenacht, alberten bißchen herum und wurden von Tante Rosa wieder ins Haus geführt.
Hast du keine feste Frau im Augenblick, fragte Doris. Nein, sagte Bruno.

Wieso eigentlich nicht? fragte Doris.
Bruno Kappel beobachtete beide über sein Glas. Sie kannten sich alle drei sehr lange, waren gleichaltrig, waren in derselben Gegend aufgewachsen, waren in dieselbe Schule und Klasse gegangen. Sie hatten eine Menge miteinander gemacht. Fragen dieser Art waren unter ihnen aber nie gestellt worden.
Doris sah in ihr Glas. Toms Gesicht lag im Schatten.
Nach dem Vögeln, sagte Bruno, kann ich kein Gelaber vertragen. Die meisten labern aber, und dann schmeiß ich sie raus.
Das war ziemlich deutlich, und jetzt hätten Doris oder Tom eigentlich schnell ein anderes Thema bringen müssen, aber Doris fragte: Karin Kunze auch? Ihr wart doch ziemlich lange zusammen.
Kappel trank langsam sein Glas leer. Also war Karin bei Strathmanns gewesen. Tom hatte ihre Schußverletzungen behandelt. Vielleicht war sie auch noch hier.
Nein, sagte er, Karin Kunze nicht. Die stellte keine dummen Fragen.
Tom rückte aus dem Schatten. Weeße watt, sagte er, vie speelt'n bietken. Er ging ins Haus.
Doris stand auf, goß die Gläser nach, setzte sich auf einen Stuhl. Sie sprachen nichts, und Tom kam zurück mit Gitarre und Mundharmonika, stimmte nach der Mundharmonika, die Bruno anblies, ein, sagte, Ninety fifty six, schlug paar Akkorde an: Blueberry Hill. Langsam spielte sich Kappel ein. »Love me tender« kam, das erste, was sie von Elvis Presley damals hörten, und sie hatten sofort gewußt: das ist er, und »Hound Dog«, und da war Bruno schon drin, und dann ging die Post unheimlich ab, und los

durch die Jahre: »Jailhouse Rock«, 57, wieder von Elvis, und 58 »Summertime Blues« von Eddie Cochran. Und 59 spielten sie »Red River Rock« wie Johnny and the Hurricans and »I's now or never«, 1960 wieder mit Elvis undsoweiter, und sie landeten schließlich bei 1965 mit Bob Dylans »It's all over now baby blue«, und Doris sang den Song so schön, daß sie ihn wiederholten:

Leave your steppin stones behind, something
calls for you
Forget the dead you've left, they will not
follow you
The vagabond who's rapping at your door
Is standing in the clothes that you once wore
Strike another match, go start anew
And it's all over now, baby Blue.

Wißt ihr, daß das fast zehn Jahre her ist, sagte Tom, unfaßbar.

In diesen Jahren hatten sie sich wenig gesehen, mehr zufällig und bei den Ostermarschveranstaltungen, aber einmal waren sie noch zusammen nach Schweden gefahren, hatten gefischt und geschwommen, in Zelten geschlafen, an Seen gelegen, Tucholskys Grab besucht. Karin war auch dabeigewesen.

Sie erzählten davon, lachten und wurden allmählich betrunken. Über die Hochstraße wischten Lichtpunkte und Scheinwerferstrahlen, und am Kaufpalast über den Fliederbüschen zuckte neonbunt Mickymaus auf und ab. Als sie ins Haus gingen, sagte Tom: Karin ist nicht bei uns. Du schläfst in deinem alten Zimmer.

Das Zimmer lag zur Straße hin. Kappel schob den Fenstervorhang zur Seite, die Straße war beleuchtet. Gegenüber parkten einige Pkws. In einem Volvo saß ein Mann. Er sah herauf. Kappel spreizte die Hand am Kopf, grüßte wie ein Offizier.
Er legte sich aufs Bett, konnte aber nicht einschlafen, sah eine leere Hochhauswohnung mit Matratzen auf dem Boden, ausgehängter Tür über Tischlerböcken, und Karin darin, hockend auf den Matratzen zwischen zwei Männern. Das war ihr letztes Zusammentreffen gewesen, und der Sprung über den Graben war bereits gesprungen. Das zeigten Waffen und Werkzeug auf dem Tisch.
Dieser Treff war nicht ungefährlich. Kappel wußte einiges über mobile Einsatzkommandos von Baller. Es war gut möglich, daß diese Wohnung längst observiert wurde. Aber er wollte noch einmal mit Karin reden, sie überreden zurückzuspringen. Er sprach auf sie ein, wußte schon, daß er sie, sitzend zwischen den beiden Männern, nicht mehr erreichte, aber er sprach trotzdem, plädierte in drei Abteilungen. Er kannte die Argumentation der Gruppe, erklärte zunächst die Lächerlichkeit ihres Anspruchs, sprach von der peinlichen Erfolglosigkeit der RAF-Guerilleros. Alles sei nichts weiter als Selbstdarstellung, revolution-art sozusagen, mit sehr hohem Einsatz. Im zweiten Teil sprach er über die Funktion des individuellen Terrors in der Geschichte der Arbeiterbewegung, zitierte die Klassiker. Immer sei diese Art spontaner Aktion Ersatz gewesen für Massenmobilisierung, er führte Beweise an, auch dafür, daß über diesen Weg immer Agenten in die Befreiungsbewegungen eingeschleust worden waren.

Im Schlußteil schließlich brachte er dann Metaphern, sprach von Fischen auf trockenem Land, von feuchten Funken und fehlenden Steppen. Anachronistisch seien sie, die selbsternannten Guerilleros, überholt wie die Ritter, als sie gegen Volksheere kämpften, oder wie Kavallerie, die gegen SAM-3-Raketen ritt.
Die drei vor ihm, auf den Matratzen hockend, grinsten nur. Bist du jetzt fertig mit deinen Sprüchen, fragte Pacco, und Karin sagte: Merkst du das nicht, du hast nichts weiter als Angst, kleine, billige Angst. Und du warst doch mal anders. An der Ecke rue Monge – rue des écoles, am Park Square Monge in der rue Gay-Lussac. Das war doch der richtige Weg, hast du damals gemeint. Und hast vor allem auch danach gehandelt.
Laß ihn, sagte Pacco, der will seine Stereo-Anlage, Urlaube, Freundinnen, Farbfernseher, Marx- und Engels-Werke, seine Teppiche nicht verlieren.
Richtig, hatte Kappel gesagt, gelassen, aber er fühlte sich doch getroffen, richtig, *euretwegen* will ich das nicht verlieren. Und dann war er gegangen.
Irgendwo in der Nähe war Karin jetzt. Das fühlte Kappel. Allmählich wurde er schläfrig, stolperte, sah vor dem tiefen Fall in den Schlaf über sich Karin auf einem Plakat, Karin mit hochgestreckten Armen. Die eine Hand hielt ein Gewehr, die andere war zur Faust geballt. Sie trug einen Poncho und lächelte das bestußte Lächeln der Siegesgewissen.

4

Euer Vater ist noch frommer geworden, wenn das geht, sagte Tom Strathmann beim Frühstück. Bruno Kappel fragte: Und unsere Mutter?
Na ja, sagte Doris.
Weiter, sagte Bruno.
Doris erzählte, in der vorigen Woche habe Cläre Kappel Frau Jünnemann auf der Straße geschlagen und sie Hure genannt. Fensterscheiben habe sie bei Jünnemanns eingeworfen.
Kappels Eltern wohnten in einem Doppelhaus. Der eine Teil gehörte ihnen, der andere Jünnemanns. Die Familien sprachen seit zwanzig Jahren nicht miteinander. Damals hatte es Streit gegeben um einen Apfelbaumast, der überhing. Rektor Jünnemann, der damals noch lebte, hatte ihn abgesägt. Danach wurde Nötiges zwischen den Parteien nur noch schriftlich oder über Anwälte erledigt.
Ob er sich mal um seine Mutter gekümmert hätte, als Arzt, fragte Bruno. Tom Strathmann zuckte mit den Schultern. Sieh dir das selbst mal an, sagte er.
Bruno ging zu Fuß. Er war nie gern heimgekommen, schon früher nicht, als er noch bei seinen Eltern wohnte. Und heute noch weniger. Nachsehen, herumriechen, Erinnerungen hochholen mochte er nicht. Renner, Kappels Kompagnon, fuhr oft nach Hause. Um mir auf die Spur zu kommen, erklärte er das. Renner kam aus einer alten Bürgerfamilie mit richtigen Schicksalen. Die Spur der Kappels führte aus tausendjähriger Leibeigen-, Hintersassen- und Landarbeiterschaft ohne Schicksale ins katholische

Kleinbürgermilieu. Das Schicksal seines Vaters hatte ihn aber eine Zeitlang interessiert. Josef Kappel war während des Hitler-Faschismus zwei Jahre im Zuchthaus gewesen wegen Kontakten zu Widerstandsgruppen. Bruno hatte lange versucht, hinter diese Haltung zu kommen. Freundestreue, unkatholische Konsequenz, naiver, aber echter Antifaschismus – von allem war da ein bißchen herausgekommen.

Gleich nach 1945 war sein Vater wieder politisch aktiv geworden, voll Vertrauen in die Amerikaner und später in die Bonner Republik, und voll Vertrauen in Adenauer, den er neben Pius XII am meisten verehrte, und voll Vertrauen in die Müller-Balzenbeck AG, seine Arbeitgeberin. Für die CDU kam er ins Stadtparlament, führte sogar die Fraktion, wurde stellvertretender Bürgermeister, hatte noch andere Ehrenämter. Aber dann, einen über den anderen Tag, gab er alle politischen Aktivitäten auf, wurde frommer und frommer, trat in den Dritten Orden ein, und seit Jahren ging er dreimal täglich in die Kirche, tat damit das gleiche, was er während des Hitler-Faschismus nach seiner Entlassung aus dem Zuchthaus täglich getan hatte. Brunos Fragen nach diesem erneuten Rückzug war Josef Kappel aber immer ausgewichen, indem er einfach sein Hörgerät abschaltete.

An der katholischen Kirche nahm er die Abkürzung, die es immer noch gab: den Weg an der Sakristei vorbei.

Da hatte sich nichts geändert. Die Fenster waren noch vergittert, auch die Fenster im kleinen Turm über der Sakristei. Kappel kannte sich hier aus. Er war eine Zeitlang Ministrant gewesen, bis zu jener »kaum glaublichen Unzuchtstat«, wie sein Vater das genannt hatte.

Dreizehn Jahre alt war er damals, hatte ein festes Verhältnis – Krößken sagte man in der Gegend – mit der zwei Jahre älteren Edith Mischmann aus der Jungschar.

An einem Sommerabend voll Mauerseglerschreien und Amselflöten hatte sie der Küster erwischt, oben im Raum über der Sakristei, wo die Krippenfiguren und Kerzenleuchter, Tumba-Geräte, Fahnen, alte Meßgewänder undsoweiter aufbewahrt wurden. Sie lagen nackt in einem Nest aus Fronleichnamsfahnen, Altartüchern und Brokatstoff, in diesem Geruch von kaltem Weihrauch, Wachs und feuchtem Staub, tranken Meßwein aus der Flasche, hatten im Kichern und Schmusen den Leisetritt auf der Wendeltreppe nicht gehört.

Das Weitere war schlimm gewesen: stundenlange Verhöre, in denen sie ihn zum Weinen bringen wollten und auch brachten, vor allem ein Pater, der gerade Exerzitien in der Gemeinde abhielt. Ministrieren wurde ihm auf Lebzeiten untersagt, ein halbes Jahr lang mußte er jeden Morgen zur Frühmesse, zu Hause hatte er für Wochen nach dem Abendessen den Schmerzhaften Rosenkranz vorzubeten. Richtig fertiggemacht hatten sie ihn. Die ganze Gemeinde wußte Bescheid. Sowas sprach sich natürlich herum. Er galt als Triebtäter. Aber er vergaß nichts. Auch das war ein Grund gewesen für seinen Kirchenaustritt am Tag, als er einundzwanzig geworden war.

Der Weg führte an Sakristei und Pfarrgarten vorbei und durch Lohmanns Gäßchen auf die Adolf-Kolping-Straße. Die Adolf-Kolping-Straße lag vor dem Eisenbahndamm der Rheinischen Hauptlinie. Die Benennung dieser Straße war eine der kommunalpolitischen Taten Josef Kappels in seiner Zeit als Stadtrat gewesen. Anderthalbstöckige Doppelhäuser, rauh verputzt, mit Vorgärtchen, standen hier nebeneinander und auf beiden Straßenseiten. Über der Tür von Brunos Elternhaus hing eine 50 aus goldlackiertem Plastik, bekränzt.

Eine Frau, die Bruno nicht kannte, öffnete. Sie trug ein weißes Häubchen und war für den Tag gemietet.

Brunos Mutter hatte sowas immer gemocht. Hochherrschaftlich nannte sie das, was sie in Stellung bei einer Fabrikantenfamilie kennengelernt hatte in den zwanziger Jahren. Sie hatte oft versucht, dieses Milieu zu kopieren, nachdem Josef Kappel, ehemals Lohnbuchhalter bei der Müller-Balzenbeck AG, 1938, nach seiner Zuchthauszeit, degradiert zum Lagerarbeiter bei der Müller-Balzenbeck AG, nach 1945 aufgestiegen war zum Leiter der Lohnabteilung und zum Prokuristen bei der Müller-Balzenbeck AG.

Cläre Kappels Versuch, bürgerlichen Lebensstil einzuführen, war aber immer gescheitert, nicht nur an der Höhe des Gehaltes von Josef Kappel, der sechs Personen versorgen mußte und drei Kinder studieren lassen wollte. Cläre Kappel, Brunos Mutter, war die Tochter eines Schrotthändlers, rothaarig, größer und breiter als ihr Mann, und schlecht in die Rolle einer Prokuristenfrau zu zähmen. Bruno erinnerte sich, wie sie oft tagelang apathisch im Bett liegenblieb, dann wieder tage- und nächtelang herumwirtschaftete, platzend vor Energie. Sie konnte brüllen und toben, daß man es überall in der Straße hörte. Dann wieder sprach sie leise und sehr ziseliert. Sie hatte eine schöne Sopranstimme und sang mit ihrer Schwester, der verrückten Tante Threse, stundenlang alte Lieder. Immer lebte sie wirklich auf, wenn von außen Gefahr kam, die Familie bedroht war. Norbert, Brunos älterer Bruder, hatte oft erzählt aus der Zeit, in der Josef Kappel im Knast saß. Da hatte Cläre Kappel Eis verkauft im Sommer, zur Weihnachtszeit Tannenbäume, und zwischendurch hatte sie Eisen, Lumpen, Knochen und Papier gesammelt. Eine erfüllte Zeit war das für die Mutter, und stets war sie fröhlich, hatte Norbert erzählt. Später, nach 45, daran konnte Bruno, der Spätgeborene, sich noch erinnern, war sie durch alle westlichen Zonen gefahren zum Hamstern, mit Schrauben, Muttern, Zangen, Nägeln, Stiften und Papier, und zurückgekommen war sie, am Leib unter den Kleidern beladen mit Speck und Butter aus dem Norden, Tabak und Schnaps aus dem Süden, lachend und mit fremden Augen und voll mit fremden Geschichten. Als es dann »wieder bergauf« ging, wie Josef Kappel die Wiedereinsetzung der deutschen Wirtschaft in den vorigen Stand beschrieb, häuften sich die Tage, an denen Cläre Kappel im Bett liegenblieb.

Die traurigen zweistimmigen Lieder aus Tante Threses Kammer, der wilde und böse Tritt auf Treppe und Flur, die tage- und nächtelange Stille im Elternschlafzimmer, das Schreien, klirrend oder tief, und das Lachen, gebrochen und manchmal zu hoch, im Hintergrund immer das Schlagzeug von Fernzügen auf der rheinischen Hauptlinie, die Motorsynkopen von immer mehr Autos in der Straße und die leise Stimme von seinem Vater, der immer schwerhöriger wurde gegen diese konkrete Musik und immer öfter sein Hörgerät abschaltete – daran erinnerte sich Bruno, als er ins Haus trat, und er roch auch den Familiengeruch.

Sie saßen im Wohnzimmer, Vater, Mutter und Bruder Norbert. Warum er jetzt erst käme, wenigstens an diesem Tag hätte er doch die Heilige Messe zusammen mit der Familie feiern können, Norbert hätte zelebriert und eine gute und kurze Predigt gehalten, gleich kämen schon die ersten Gratulanten undsoweiter, fing Brunos Mutter gleich an. Sie trug eine 50 aus goldlackiertem Plastik im Haar. Jaja, sagte Bruno, küßte die Mutter auf die Stirn, gab Vater und Bruder die Hand.

Mein Junge, sagte sein Vater, aber er hatte das Hörgerät abgeschaltet. Er trug die goldene 50 am Revers.

Wo Ulla wäre, fragte Bruno, und Tante Threse.

Therese mußten wir wieder einschließen, sie hatte schon die Gardine um und wollte mit uns zur Kirche, und deine Schwester ist im Garten, mit ihrer neuesten Errungenschaft, sagte seine Mutter.

Brunos Schwester arbeitete als Funkjournalistin. Er sah sie manchmal im Fernsehen, wenn sie einen Kommentar sprach. Sie war vierzig Jahre alt, rothaarig und schön. Bei ihrem letzten Zusammentreffen auf einer Party vor zwei Jahren hatte sie einen englischen Pop-Sänger mit enormer Schwanz-Attrappe in der Silberhose bei sich. Diesmal war es ein Afrikaner. Die beiden spielten Pingpong im Garten, einem anderthalb Stück Sechzig mit Rabatten und Obstbäumen.

Das ist George, sagte Ulla und küßte Bruno. Ein Neger, das fehlte noch, hat die Mutter gemeint.

George sagte: ich habe ihr erklärt, daß ich das Heidenkind sei, für das Sie als Kinder Silberpapier gesammelt haben, damit es getauft würde.
Vater hat aber die Akten vom Kindheit-Jesu-Verein rausgesucht und gefunden, daß unser Heidenkind auf den Namen »Aloysius« getauft worden ist, sagte Ulla.
Bruno sagte zu George: Erklären Sie ihm einfach, Aloysius wär ein Wort für unzüchtiges Handeln bei euch im Busch.
Sie lachten wieder und blödelten weiter. Cläre Kappel rief aus dem Fenster: Aufhören jetzt mit Pingpong, die Tischdecke muß darüber, die Gratulanten sind im Anzug. Kommt rein, aber dalli.
Die ersten Männer vom Kolpingchor zwängten sich durchs Törchen.
Brunos Vater wurde in die Tür zum Garten hinausgestellt, die Mutter paßte gerade noch daneben, und die Kinder mußten zwei Stufen tiefer stehen, in der Mitte Norbert im Pfarrersrock. Das Ganze wurde fotografiert.
Die Kolpingbrüder formierten sich inzwischen zum Chor, sangen: *Das ist der Tag des Herrn.* Dann wurden die Kappelkinder in die Küche gezogen, das Jubelpaar stand allein auf der obersten Stufe zur offenstehenden Küchentür, und vor ihnen stand, mit dem Rücken zum jetzt schweigenden Kolpingchor, der stellvertretende Bürgermeister, sprach vom hochverehrten Jubelpaar, dem stadtbekannten früheren Kommunalpolitiker und noch immer beliebten ehemaligen stellvertretenden Bürgermeister Josef Kappel und seiner Frau Gemahlin, vom goldenen Jubeltag in einer Zeit, da der Kurs vom Gold des Gemeinsinns und guten Beispiels immer mehr sinke, vom Goldenen

Teller der Stadt, der diesmal überreicht würde, nachdem dem Paar der Silberne Teller der Stadt seinerzeit nach dem Ausscheiden Josef Kappels aus der aktiven Kommunalpolitik überreicht worden wäre. Der Goldene Teller wurde dann überreicht.

Horch, was kommt von draußen rein, sang der Kolpingchor.

Dann stand vor dem Jubelpaar, mit dem Rücken zum Kolpingchor, der Dechant, sprach vom hochverehrten Jubelpaar, dem treuen Sohn der Kirche und ehemaligen Mitglied des Kirchenvorstandes Josef Kappel und seiner Frau Gemahlin, vom goldenen Beispiel in einer Zeit, da die Feinde von Ehe, Familie und Gott zu triumphieren schienen, vom goldenen Buchsbaumzweig der Gemeinde St. Anna, der diesmal überreicht würde, nachdem dem Paar der silberne Buchsbaumzweig seinerzeit zur Silbernen Hochzeit überreicht worden wäre.

Der goldene Buchsbaumzweig wurde dann überreicht. *Heilig, heilig, heilig,* sang der Kolpingchor.

Dann stand vor dem Jubelpaar, mit dem Rücken zum Kolpingchor, ein Vertreter des Vorstands der Müller-Balzenbeck AG, sprach vom hochverehrten Jubelpaar, dem alten und treuen Eisenwerker, dem ehemaligen Mitarbeiter der Müller-Balzenbeck AG und seiner Frau Gemahlin, vom goldenen Jubeltag in einer Zeit, da das Gold des Währenden und Bewährten gegen billiges Blech sollte eingetauscht werden, vom goldenen Fäßchen, Firmenzeichen der Müller-Balzenbeck AG, das diesmal überreicht würde, nachdem dem Paar das silberne Fäßchen seinerzeit nach dem Ausscheiden Josef Kappels aus der Firma überreicht worden wäre.

Das goldene Fäßchen wurde dann überreicht.
Ihr mögt den Rhein, den stolzen, preisen, sang der Kolpingchor.
Dann stand vor dem Jubelpaar, mit dem Rücken zum Kolpingchor, der Kreisvorsitzende der CDU, sprach vom hochverehrten Jubelpaar, dem alten Parteifreund aus Kampf- und aus Feiertagen und seiner Frau Gemahlin, vom goldenen Beispiel in einer Zeit, da die Feinde von Rechtsstaat und Demokratie zur Zerstörung des maßgeblich von der Union nach dem Zusammenbruch Aufgebauten ungestraft anträten, sprach davon, daß weder goldene noch silberne Parteiabzeichen vergeben würden, so etwas überlasse man anderen, daß aber dafür ein Meisterwerk über die Zeit, in der auch Josef Kappel und Frau Gemahlin Schmerzhaftes hätten erleiden müssen, dem Jubelpaar überreicht würde.
Das Buch »Hitler« von Joachim Fest wurde dann überreicht.
Herrliches Rheinland, blühende Reben, sang der Kolpingchor.
Sie hängen ihnen Eselsohren um, sagte George, dafür, daß sie den größten Teil ihres Lebens gegen ihr eigenes Interesse gelebt und für deren Klasse gearbeitet haben; dazu dieses Buch, in dem die deutsche Großbourgeoisie ihr Krisenmanagement namens Faschismus als Schicksaldrama darstellt mit einem plebejischen Dämon als tragischer Held. Faszinierend. War Ihr Vater nicht sogar aktiver Antifaschist?
Ja, Mister Spock, sagte Bruno, kippte ein Glas Doppelkorn, holte den Schlüssel von Tante Threses Kammer oben vom Schrank, wo er immer gelegen hatte, ging die Treppe hoch, klopfte, schloß auf.

Tante Threse stand am Fenster und sah in den Garten, und Bruno stellte sich neben sie. Um die gedeckte Tischtennisplatte herum unter den Obstbäumen saßen und standen die Kolpingbrüder, aßen Schnittchen, tranken Bier und Schnaps. Wunderbar, sagte Tante Threse, wunderbar.

Verständlichere Worte hatte sie selten gesprochen, außer beim Singen, und sie kannte sehr viele Lieder und zu jedem Lied alle Strophen, und sie sprach eine Geheimsprache, die niemand verstehen wollte. Nur Bruno hatte früher oft stundenlang versucht, diese mündliche Geheimschrift zu dechiffrieren, und manchmal hatte er sie auch verstanden.

Ich bin's, sagte er, und Tante Threse sprach, ohne ihn anzusehen, eine Reihe von Lauten.

Ja, sagte Bruno, die Stimmen, Tante Threse, wunderbar. Da drehte sie sich herum, sah ihn an, lachte, lief zur Kommode, zog aus der Schublade ihre Gardine, legte sie um die Schultern, steckte eine 50 aus goldlackiertem Plastik ins Haar, stellte sich auf die Fußbank, faltete die Hände und sang: »*Wunderschön prächtige, hohe und mächtige, liebreich holdselige, himmlische Frau, der ich mich ewiglich weihe herzinniglich, Leib Dir und Seele zu eigen vertrau. Gut, Blut und Leben will ich Dir geben, alles, was immer ich hab', was ich bin, geb' ich mit Freuden, Maria, Dir, hin.*«

Bruno sang die zweite Stimme und alle drei Strophen mit. Tante Threse zeigte mit dem Finger nach unten, meinte die unteren Räume, kicherte, tippte den Finger ein paarmal an ihre Stirn und lachte ihr hohes Lachen.

Sie setzten sich aufs Bett, und Tante Threse erzählte,

erzählte, erzählte, und Bruno nickte, sagte manchmal, ja, Tante Threse, wunderbar.
Das Zimmer war eine Nonnenzelle: weiße Wände, ein Bett, ein Tisch, ein Stuhl, eine Kommode, und auf einem Wandbord stand die Heilige Therese von Avila in Gips mit zum Himmel gedrehten Augen, und um sie herum standen viele Kerzen. Unter dem Wandbord stand die Fußbank als Betschemel.
Kappel erinnerte sich: Therese von Avila hatte ihren Mitschwestern beigebracht, krank und verrückt zu spielen, um sie zu schützen vor Inquisition und Verbrennung. Das war ihr auch gelungen.
Tante Threse galt als schizophren. Das sei eine unheilbare Gehirnkrankheit, sagte man. Und das war wohl auch für alle das bequemste.
Ja, auf dem großen Sprung nach vorn waren viele in den Graben gefallen, Tante Threse war aber gar nicht erst gesprungen.
Komm, sagte Bruno zu ihr, wir gehen jetzt runter zum Mittagessen. Aber sie schüttelte den Kopf.
Das Mittagessen geschah am ausgezogenen Tisch durch Wohn- und Nebenzimmer.
Josef Kappel saß am oberen Kopf, rechts neben ihm Cläre Kappel, ihr gegenüber Herr Sulzmann vom Dritten Orden, neben ihm Tante Käthe, ihr gegenüber Onkel Gregor, neben ihm Tante Mathilde, ihr gegenüber Ulla Kappel, neben ihr George, ihm gegenüber Bruno Kappel, neben ihm Thea, die Frau vom Vetter Stephan (Bruno und Thea hatten sich seit Jahren nicht mehr gesehen, seitdem Vetter Stephan Kriminalhauptmeister geworden war, Thea war Abteilungsleiterin im Kaufhaus geworden vor einem Jahr), ihr gegenüber saß Norbert Kappel, neben ihm

Tante Berta, ihr gegenüber Vetter Stephan, neben ihm war ein Platz leer für Tante Threse, dem gegenüber saß Onkel Alfred, und am unteren Kopf saß der Dechant. Er erzählte Geschichten aus seiner Kaplanzeit, daß Onkel Alfred aus seinem Kichern nicht mehr herauskam, neben dem leeren Platz für Tante Threse grinste Vetter Stephan sich eins, Tante Berta lachte sehr laut, Norbert Kappel saß brütend und stumm da, wie üblich, Thea hatte das Knie unter Brunos Schenkel geklemmt (sie hatten vor fünf Jahren viel miteinander gemacht, wenn Vetter Stephan auf Lehrgang war), Bruno legte ihr manchmal unterm Tisch die Hand zwischen die Schenkel, George hörte nach allen Seiten, Ulla wurde gefragt, ob sie noch keine Kinder hätte, sie und der Schwatte, von Tante Mathilde, Onkel Gregor verschluckte sich staunend, als Tante Käthe erklärte, das wär bloß ihr Assistent. Herr Sulzmann vom Dritten Orden erzählte von einem Mieterpärchen in seinem Haus, das auch nicht verheiratet wär, Cläre Kappel schwieg, lächelte nicht mal und aß nur, und Josef Kappel, etwas zurückgelehnt, lächelte über die ganze Tafel.

Es gab das gleiche Menü wie bei Norberts Primiz vor zwanzig Jahren: frische Suppe mit Bällchen von Mark, dann Köniğinpastetchen, dann Schweinebraten mit Erbschen und Möhrchen, dazu ein Möselchen, Weinkrem zum Nachtisch. Und als der Wein eingeschenkt war, schlug Norbert mit seiner Gabel ans Glas, stand auf, hielt die Rede.

Dies sei ein Tag des unbeschwerten Feierns, aber auch ein Tag der Besinnung und des Dankes. Wieviel Opfer, Entbehrungen, habe es sie, die Eltern, gekostet, daß sie, die Kinder ... undsoweiter.

Bruno besah sich seinen Bruder; schwergewichtig, fast kahlköpfig, mit rotem, breitem Gesicht stand er da, die Augen in die Zimmerecke zwischen Josef und Cläre Kappel gerichtet. Norbert hatte eine Pfarre im Sauerland, in einem abgelegenen, aussterbenden Dorf. Kleinbauern, Holzarbeiter, Witwen waren die meisten seiner Gemeindemitglieder. Er ging viel zur Jagd, tagelang lief er in den Wäldern herum, abends saß er am Kamin im Pfarrhaus am Berg, trank Rotwein, bis er im Sessel einschlief und ihn die Haushälterin weckte. Zweimal im Monat fuhr er zu einer Lehrerin in Meschede. Ein gutes und starkes Weib. Wir haben uns gern, der Herrgott wird uns verzeihen, hatte er Bruno erzählt. Bruno besuchte ihn manchmal für ein paar Tage um auszuspannen. Bessere Erholung gab es für ihn nicht. Norbert sprach kaum, die Haushälterin kochte sehr gut, Ruhe und Stille gab es am Tag, nachts schrien manchmal die Eulen, Holz knarrte im Wind. Die Luft war trocken und kühl. Norbert wurde Hochwürden genannt. Sonntags predigte er lange und kräftig. Sag mal, hatte Bruno ihn einmal gefragt, abends am Kamin, als sie Rotwein tranken, stehst du eigentlich ganz dahinter, vollinhaltlich, meine ich? Da hatte ihn Norbert angesehen mit den Augen von Tante Threse, und Bruno hatte verstanden, daß sein Bruder auf gar keinen Fall diese Frage verstehen wollte.

O Gott, ersetze ihnen alle Mühen und Sorgen, die sie auf uns verwenden, erhalte ihnen ein langes, glückliches Leben, laß sie teilnehmen an dem Segen der heiligen Patriarchen, an allem Guten Überfluß haben, und endlich zu Dir gelangen durch Jesus Christus, unsern Herrn, schloß Norbert mit dem

Gebet der Kinder für ihre Eltern die Rede.
Amen, sagten alle, man stand auf, prostete Josef und Cläre Kappel zu, setzte sich wieder, erzählte und lachte und aß.
Der Dechant erzählte von Kirchenvorstandssitzungen in der Gemeinde. Ein junger Lehrer führe da oft das Wort, dann zöge durch die Versammlung ein eisiger Ostwind, wenn man verstünde, was damit gemeint wär. Man nickte, murmelte, und dann sagte Cläre Kappel in das Gerede am Tisch: So, jetzt möchte ich mal was sagen – und wie sie das sagte, sanft aber fast lustig, ahnte Bruno, daß irgend etwas Schlimmes folgen würde. Er sah seine Schwester an, aber die zuckte nur leicht mit den Schultern.
Hier, unser Jubilar, sagte Cläre Kappel und zeigte auf ihren Mann, wird seit über einem Jahr von der Jünnemann fertiggemacht. Sie treibt es mit ihm überall, in der Laube, im Keller, sogar in der Kirche.
Man hörte den Ruck, der durch alle am Tisch ging.
Ja, lachte Cläre Kappel, tut nicht so scheinheilig, ihr wißt das doch ganz genau. Jeder weiß es, die Leute überall reden darüber. Oder meint ihr, ich wüßte nicht, warum das Plakat an der Säule beim Telefonhäuschen direkt gegenüber dem Schlafzimmer hängt? Dieses unverschämte Mädchen, das an einer Banane lutscht?
Josef Kappel saß lächelnd in seinem Stuhl am oberen Kopf vom Tisch. Er hatte sein Hörgerät abgeschaltet. Rechts neben ihm Cläre Kappel lachte. Ihr gegenüber Herr Sulzmann vom Dritten Orden sah in den Teller, neben ihm Tante Käthe hielt die Hand vor den Mund, ihr gegenüber Onkel Gregor trommelte

mit den Fingerkuppen das Weinglas, neben ihm Tante Mathilde pfriemelte die Serviette, ihr gegenüber Ulla Kappel sah an die Decke, neben ihr George beobachtete Cläre Kappel, ihm gegenüber Bruno Kappel drückte mit aller Kraft einen Lachkrampf im Hals herunter, neben ihm Thea zog das Knie unter Brunos Schenkel weg, ihr gegenüber Norbert Kappel zitterte in den Lippen, neben ihm Tante Berta hielt sich die Hand vor den Mund, ihr gegenüber Vetter Stephan hielt den Kopf tief gesenkt, neben ihm war der Platz für Tante Threse noch immer leer, dem gegenüber Onkel Alfred sah auf den Dechanten, und am unteren Kopf vom Tisch strich der Dechant mit der Hand unentwegt über die Tischdecke.

Das verschlägt euch die Sprache, was, redete Brunos Mutter lauter, daß ich Bescheid weiß. Ich kann euch noch mehr erzählen . . .

Aber sie kam nicht weiter. Laut und klar und schön tönte von der Treppe her die Stimme von Tante Threse: *Maria, Maienkönigin, dich will der Mai begrüßen. Oh, segne seinen Anbeginn und uns zu Deinen Füßen,* sang sie, und der Dechant fiel gleich ein und Tante Berta und dann auch die anderen. Bruno sang die zweite Stimme.

Tante Threse trat ins Wohnzimmer, die Gardine hing um ihre Schultern, schleifte über den Boden. Die 50 aus goldlackiertem Plastik trug sie im Haar, und sie hatte die Hände gefaltet.

Oh, laß es eine Himmelszier in Gottes Garten werden, klang es drei- und vierstimmig durchs Haus.

Rrraus, schrie Cläre Kappel mit ihrer lautesten Schrotthändlerstimme dazwischen und auf Tante Threse ein. Rrraus! Und der Gesang brach sofort ab.

Auch Tante Threse stand stumm am Tisch.
Laß Threschen doch, sagte Tante Mathilde zu ihrer Schwester Cläre.
Lassen? Lassen? schrie Brunos Mutter, die hat uns doch all die Jahre nur was vorgespielt, dieses verlogene, hinterhältige Biest. Die und verrückt, das ist zum Lachen. Die ist doch die einzig Normale hier weit und breit. Rrraus, schrie sie wieder.
Sie stand längst und griff mit beiden Händen über den Tisch in den Schweinebratenrest, aber Onkel Gregor fiel ihr in den Arm. Alle am Tisch waren aufgesprungen.
Beruhige dich doch, Clärchen, rief Tante Mathilde.
Man sprach und schrie und rief durcheinander.

Josef Kappel war aufgestanden, durch die Küche nach draußen gegangen, und Bruno folgte ihm in den Garten. Ein warmer Maimittag war das, wolkenlos, still, mit wenig Wind. Vögelglucksen war im Gebüsch, ein paar Blütenblätter schwebten in der weichen Luft. Josef Kappel setzte sich in einen Korbsessel unter den Apfelbaum.
Ein wunderbarer Maientag, sagte er.
Ja, Vater, sagte Bruno, wunderbar.
Er setzte sich neben ihn. Im Haus hörte man Türenschlagen, später Geschirrklappern aus der Küche. Bruno streckte sich im Korbsessel aus, sah in den Apfelbaum, schloß die Augen, dachte an nichts, schlief ein und wurde geweckt von Thea. Sie sagte etwas zu Josef Kappel. Der nickte und lächelte.
Geh doch rein, ruh dich aus, schlaf ein bißchen, sagte sie, wird dir guttun, das war ein anstrengender Tag für euch.

Josef Kappel nickte wieder und lächelte.
Er versteht dich nicht, sagte Bruno, er hat das Hörgerät abgeschaltet.
Ich weiß. Bleibst du bis morgen? fragte sie.
Vielleicht.
Morgen ist Muttertag. Stephan fährt zu seiner gelähmten Mutter nach Münster. Ich bleib zu Haus.
Schön.
Kommst du?
Mal sehn.
Vetter Stephan kam aus dem Haus. Na, Onkel Josef, sagte er, willst du nicht drin ein bißchen schlafen?
Ja, sagte Josef Kappel, das wird mir guttun. War ein anstrengender Tag heute für uns.
Er stand auf und ging ins Haus. Stephan setzte sich in den Sessel, zog eine Zigarre aus der Tasche. Zwischen Anzünden und Ansaugen sagte er: Hör mal, du vertrittst doch da diese Leute – na, du weißt schon.
Nein, sagte Kappel.
Man erzählt sich hier einiges darüber. Die in Hannover geschossen hat, sollst du sehr gut kennen, nicht nur als Anwalt.
Wer interessiert sich dafür?
Stephan lachte. Wir sind schließlich verwandt.
Hast du Ärger?
Ach was. Aber paß auf. Da ist was im Busch.
Danke, sagte Bruno, kommt, wir spielen ein bißchen Pingpong.
Nee, laß man, sagte Stephan. Wir müssen nach Hause, los, Thea.
Bruno begleitete beide bis ans Gartentor, ging dann ins Haus und die Treppe hoch. Oben gab es noch drei Zimmer. In einem lebte Tante Threse, das Zimmer

daneben hatte Ulla bewohnt, und gegenüber lag die Dachstube von Bruno und Norbert. Man hatte beide Zimmer nach dem Auszug der Kinder untervermietet, aber das war natürlich nicht gutgegangen. Schon nach einem Monat hatten die beiden Fräulein aus der Borromäusbibliothek das Haus wieder verlassen.
Fräulein Schlippkötter erzählte herum, Cläre Kappel sei wirklich eine Hexe und ihre Schwester Therese der Satan in einer seiner Menschengestalten. Seitdem wurden die beiden Zimmer nicht mehr benutzt. Tante Threse putzte sie für den Fall, daß die Kinder einmal wieder zurück ins Haus kämen.
Das Zimmer war wenig verändert. Die Bücher fehlten, und es standen ein paar Kartons in der Ecke, und Zwiebeln lagen auf alten Zeitungen unter Norberts Schreibtisch.
Das Symbolkreuz aus Aluminium, vor dem Norbert manchmal stundenlang gebetet hatte, hing noch und auf Brunos Seite das gerahmte Foto von Charlie Parker. Die Betten waren gemacht, und Bruno legte sich auf sein Bett, sah durchs schräge Fenster in den Himmel.
Millionen Augenblicke hatte er so gelegen, kaputt von der Enge um ihn herum. Wenn Norbert, der Theologiestudent, zu Hause gewesen war in den Semesterferien, am Tage im Eisenwerk jobbte, abends an seinem winzigen Schreibtisch saß und so tat, als ob er lesen würde, hatte Bruno keine Platten hören dürfen. Unterhaltung mit Norbert war auch unmöglich. Der sprach schon mit zwanzig Jahren wie heute. Manchmal nachts, wenn er annahm, daß Bruno schlief, onanierte Norbert unter der Decke. Am nächsten Tag kniete er dann wieder lange unter dem Alu-

miniumkreuz. Als die Sache mit Edith Mischmann herausgekommen war, hatte Norbert, fingerknakkend und mit halbgeschlossenen Augen, auf ihn eingeredet, von einer mit edlem Saft gefüllten Schale gesprochen, die überschäumen wollte, aber die man dem Herrgott zurückgeben müsse undsoweiter, bis Bruno ihn angeschrien hatte: Halt die Schnauze, alter Wichser. Da hatte ihm Norbert eine gelangt.

Ein paarmal hatte Bruno hier oben mit Mädchen geschlafen, wenn seine Eltern und seine Geschwister nicht zu Hause waren. Tante Threse sang dann fast die ganze Nacht lang, und das machte einige nervös. Später, als er längst nicht mehr zu Hause wohnte, hatte er einmal mit Karin hier gelegen. Ihr gefiel die schöne Stimme von Tante Threse.

Du hast wenigstens richtige Verwandte, sagte sie, auch wenn sie ein bißchen verrückt sind. Ich habe außer meiner Mutter keine Verwandten, und sie erzählte, daß ihr Vater, ein Bananenhändler, eines Tages verschwunden war. Sie wohnten damals in Costa Rica, Karin war anderthalb Jahre alt, und die vaterlose Familie wurde sofort nach Deutschland ausgewiesen. Die Mutter mußte sich und das Kind ernähren, jede Arbeit annehmen.

Sie hat immer bloß von früher geredet, erzählte Karin, von diesem Leben nach Kolonialherrenart mit Golf auf weitem grünem Rasen, weißbehandschuhten schwarzen Boys, die auf Silbertabletts Rum und Cola brachten, von Negermammies und süßen, schweren Blumen und Nächten, und daß Don Enrico Kunze ein Herr gewesen sei, aber auch so ein bißchen naja, aber das wär dort üblich gewesen. Zum Beispiel hätte er – und dabei kicherte sie immer – täglich vor dem Diner seinen Aperitif bei »diesen Mädchen in diesen Häusern« genommen, auch meine Geburt hätte man ihm im Puff gemeldet. Sie hat sich was vorgemacht, einfach, um weiterleben zu können. Sie glaubt heute noch, der Kunze wär gekidnappt worden, hätte sich aber geweigert, das Lösegeld zu zahlen, und deshalb hätte man ihn erschossen. Aber der Kunze war nicht mehr wie 'n kleiner, mieser, durchschnittlicher, erfolgloser Kaufmann. Vielleicht haß ich darum Mittelmäßigkeit und habe Angst davor, und ich will niemals halbe Sachen machen, verstehst du, keine halben Sachen.

Das sei Hausmacherpsychologie, hatte Bruno gesagt, laß die Finger davon. Wir wollen uns lieber Tante Threse anhören.

Keine halben Sachen, sagte Bruno ein paarmal halblaut vor sich hin.

Gestern, den Treff im Hannover Bahnhofsrestaurant hatte Karin gewünscht. Ein als Dachdecker verkleideter Mann hatte ihm das geflüstert in einer Kneipe in Eimsbüttel, in die er telefonisch bestellt worden war.

Was will sie von mir, dachte er, will sie jetzt abspringen, und was weiß Stephan?

5

Stephan und Thea wohnten in einem der Wohnblocks, die sich von Brest bis Wladiwostok so ziemlich gleichen: sechs- und achtstöckige Häuser aus vorgefertigten Bauelementen mit farbigen Balkons im offenen Karree, davor bißchen Grünanlage und Parkplatz.

Es war Kaffeezeit, fast windstill und sonnig. Klicken von Gabeln auf Tellern wehte mit Kaffeeduft aus offenstehenden Fenstern, ein Kind lachte oder weinte, im Hintergrund rauschte Musik über Pferdegetrappel, über Schüssen und Schreien aus Fernsehgeräten, als Kappel schellte.

»Außer Betrieb« war der Aufzug, und kurzatmig kam Bruno im fünften Stock an. Vor fünf Jahren war er zuletzt in diesem Haus gewesen, auch damals lief der Aufzug selten.

Fünf Jahre sind eine lange Zeit, sagte Thea.

Sie trug einen rosafarbenen Hosenanzug, gab ihm ein Glas mit Kognak. Er sah sich um. Da war alles anders als vor fünf Jahren. Bast hatte es damals gegeben an den Wänden und auf dem Boden, Sesselchen aus Rüsterholz, Wollkissen und Papierlampen, und neben dem gebastelten Stringregal hatte van Goghs »Brücke von Arles« gehangen. Jetzt war der Raum ausgeschlagen mit einem braunen Langflorflauschhaarteppich. Weißgraues Skaisofa, gleichfarbige Skaisessel und ein Palisandercouchtisch standen gegenüber der Wohnzimmerstellwand mit ein paar offenen Teilen voll mit Vasen, Kerzen und Keramik neben Büchern und einem Klappfach mit glitzernder Spie-

gelbar. Vor dem Fenster waren Strukturstores, an der Wand daneben hing die »Towerbridge« von Buffet, überm weißgrauen Skaisofa was von Braques.
Bruno sah sich die Bücher an: acht Jahrgänge der Zeitschrift »Die Polizei«, Simmel, Habe, Böll und Lenz, Anne Golon und Konrad Lorenz, Solschenizyns »Archipel Gulag«, »Iß dich gesund«.
Vor fünf Jahren hatten im gebastelten Stringregal gestanden drei Jahrgänge der Zeitschrift »Die Polizei«, Gabor von Vaszary, Manfred Hausmann und »Der kleine Prinz«, »Don Camillo und Peppone«, Pasternaks »Doktor Schiwago«, »Was Männern so gut schmeckt«.
Er setzte sich. Thea knipste den Zehnplattenspieler an. »Strangers in the night«, begann Frank Sinatra. Sie setzte sich neben Brunos Füße in den Langflorflauschhaarteppich, legte den Kopf an seine Beine. Sie hätte ihn entbehrt, die ganze Zeit, fing sie gleich an, er hätte ihr gefehlt, er mit seinem, daß er eben ganz anders wär undsoweiter.
Kappel trank sein Glas leer, trank ihr Glas leer.
Diese Wohnlandschaft hatten sich junge Ärzte und Rechtsanwälte Mitte der sechziger Jahre eingerichtet. Das hier war die Volksausgabe vom Kaufhof. Dazu Theas Sprüche aus den Büchern in der Wohnzimmeranstellwand. Ficken mit Anschleichen nach Art der gehobenen Mittelklasse vor zehn Jahren, darauf lief das hier hinaus, dachte er. Und Thea hatte Zeit, Stephan kam erst um Mitternacht zurück.
Bruno setzte sich neben sie, zog ihren Hosenanzug aus, zog sich aus. Der Teppich kitzelte überall. Er kniete sich zwischen ihre Beine, schob die Hände unter ihren Hintern, zog sie heran, legte los, dachte an nichts mehr.

Hinterher rauchten und tranken sie. Thea legte ihren Kopf auf seine Brust.
Kappel sagte: Stephan erzählte da gestern etwas, erinnerst du dich? Über mich und ein Mädchen, das in Hannover geschossen hat, machte Andeutungen, hier wär was im Busch. Weißt du was darüber?
Sie sagte: nein.
Überleg mal.
Nein, sagte sie.
Hat er nicht irgendwas erzählt?
Nein, komm, hör damit auf, von diesen paar glücklichen Stunden muß ich lange leben. Unser Glück, kurz und heftig, soll nicht . . . undsoweiter.
Frank Sinatra sang »Spanish Eyes«. Bruno starrte an die Decke in das Wohnraumlampengehänge aus Messing und Opalglas. In fünf Jahren, überlegte er, würde die Wohnlandschaft hier sich wieder geändert haben. Man wäre vielleicht für diese Schicht und Theas Geschmack beim Einrichtungsstil vom Ende der sechziger Jahre angelangt: teppichlos, fußhohe Sitzpolster, Polster an den Wänden, im Bücherbord auf Kniehöhe ständen dreizehn Jahrgänge der Zeitschrift »Die Polizei«, Marcuse, Mao und Reich als Leseringausgabe, »Brigitte-Diät«. Die Rolling-Stones würde man hören, Mick Jagger sänge »Satisfaction«, einen Joint würde Thea durchziehen, gekleidet in Jeans und Pullover, und von Orgasmus sprechen und Bumsen und Möse und Schwanz, und wieder fünf Jahre später – 1984 – läge auf dem Boden Neutrales, Biedermeier-Gestühl und -Schrank und Weidenkorbsessel ständen herum, Naives hinge an der Wand oder die bräunliche Fotografie von einem Alten mit Bart, oval gerahmt. Im Bücherbord neben Nippes ständen acht-

zehn Jahrgänge der Zeitschrift »Die Polizei«, »Kursbuch« und Handke, »Alle Minderheiten dieser Welt«, »Lernziel Solidarität«, »Gott in Rußland« und das Kochbuch von Henriette Davidis. Benny Goodman und Tangos würde man hören, und Vögeln würde sie »zärtliche Solidarität« nennen.
Ich mache mich über die Leute lustig, Thea zum Beispiel, bemitleide sie, was dasselbe ist. Das ist zynisch, dachte er. Widerlich. Ich bin zu weit weggekommen von den Leuten, zu weit weg von dem, was wirklich passiert.
Frank Sinatra grunzte.
Er stand auf, knipste den Plattenspieler aus.
Was ist? fragte Thea.
Ich mag die Stimme nicht.
Thea suchte im Plattenfach, legte eine andere Platte auf. Vielleicht dies? fragte sie.
Baddebaddebab ... die Swingle-Singers machten »Kleine Nachtmusik«. Das hätten sie früher oft gehört, ob er noch wüßte? Kappel schüttete Kognak in ihre Gläser, fragte noch einmal nach, ob Stephan ihr nichts erzählt habe, irgend was, sie solle überlegen.
Nein, sagte sie, hör endlich auf damit.
Er ging ins Badezimmer, einem Schmuddelkindertraum aus Langflorflausch schneewittchenweiß und rosa Kacheln, strahlendes Emaille und Funkel-Chrom im Kiefernnadelduft. Daß er sich Sorgen mache um seine Mutter, würde er sagen, daß er einen Psychotherapeuten träfe um halb sechs im Westfälischen Hof, daß er also leider jetzt fort müsse.
Thea umarmte ihn, als er zurückkam. Komm, sagte sie, komm, unsere Zeit bleibt nicht stehen.
Sie zog ihn in den Teppich zurück. Er legte sich wie-

der auf sie. Er stand ihm bald, Thea führte ihn mit der Hand, drückte ihn rein. Jetzt aber, sagte sie, und da klingelte das Telefon.
Das ist Stephan, verdammt, sagte sie, schob ihn mit einem Ruck raus und stand auf.
Es war Tom Strathmann. Bevor du zurückfährst, sagte Tom, komm vorbei, es ist wichtig. Kappel wartete einen Moment, sagte dann: Ich komme sofort, und hängte ein.
Ob er unbedingt gleich fort müsse, fragte Thea, und Bruno log, daß er sich Sorgen mache wegen seiner Mutter, ein Psychotherapeut, den er treffen müsse, warte bei Strathmann auf ihn, der habe nur wenig Zeit. Er merkte, daß Thea ihm nicht glaubte, annahm, der Anruf sei abgesprochen. Er zog sich an.
Du bist auch nicht mehr das, was du mal warst, sagte sie.
Auf dem Flur küßten sie sich. Viel Spaß, sagte sie, als er ging.

Dein Vater wußte, wo man dich erreicht, sagte Tom Strathmann. Sie gingen ins Arbeitszimmer. Strathmann goß Korn in Gläser.
Doris ist bei Oma Niehus mit den Kindern. Ich glaube, die stirbt nicht mehr. Gelähmt und gesund ist sie mit ihren vierundneunzig Jahren.
Sie tranken und redeten. Schließlich begann Tom: Also, was ich mit dir bereden wollte: Vorgestern abend war doch die Rede von Karin …
Weiter kam er nicht. Sie saßen sich gegenüber an einem kleinen, runden Tisch, und Bruno Kappel war vorgeschnellt, hatte ihm das Glas aus der Hand geschlagen.

Entschuldige bitte, sagte er sehr laut, ich bin ein Tölpel, sprang auf, legte die Hand auf Strathmanns Mund, zog ihn aus dem Sessel.

Für Lauscheinbrüche zum Beispiel mit Richtmikrofon lag das Zimmer mehr als günstig. Es hatte zwei Fenster, eins zur Straße, das andere zum Garten. Auf der gegenüberliegenden Straßenseite parkten Autos. Zur Gartenseite hin standen die zehnstöckigen Wohnhäuser, Großgarage und das Kaufhaus.

Kappel zog Strathmann ins Badezimmer, drehte sämtliche Hähne auf, in der Dusche, an der Wanne, über dem Waschbecken, bis es rauschte wie zehn Fernsehgeräte in voller Lautstärke nach Sendeschluß. Trotzdem flüsterte er in Toms Ohr: Keinen Ton mehr über Karin. Wir werden abgehört. Um halb zehn heute Treff am TuS-Platz, Umkleidekabine. Dich darf keiner sehen. Hinten durch den Garten, am Bahndamm vorbei. Klar? Tom nickte.

Sie drehten das Wasser wieder ab, gingen ins Arbeitszimmer zurück, und Kappel sagte sehr laut: nein, ich kann dich in dieser Sache nicht vertreten, einmal abgesehen davon, daß mir auch Doris nahesteht. In Scheidungssachen dürfen nur Anwälte auftreten, die im hiesigen Landgerichtsbezirk zugelassen sind. Dàs bin ich nicht. Aber sag mal, das Mädchen, diese Karin, ist doch erst siebzehn. Willst du wirklich ihretwegen? Ich meine, Doris und die Kinder. Du bist schließlich auch Arzt, die Leute hier vertrauen dir.

Strathmann grinste, nahm den Faden auf: Ich liebe sie, ich begehre sie, ich kann ohne sie einfach nicht mehr leben, nicht mehr atmen, verstehst du, sagte er.

Sie spannen weiter, Strathmann als Liebhaber, der

Familie, Freunde, Existenz wegen dieses phantastischen Mädchens aufgeben würde, Kappel als Freund der Familie, aber auch verständnisvoller Kumpan.
Nun gut, sagte er schließlich an der Haustür, du mußt wissen, was du tust, du bist alt genug.
Ich danke dir, daß du mir zugehört hast, sagte Strathmann, und vergiß nicht, was auch immer passiert, ich habe es aus Liebe getan.
Was? fragte Doris, die gerade mit den Kindern ankam, was hast du aus Liebe getan?
Eine ganze Flasche Korn ausgetrunken, sagte Kappel.
Sie verabschiedeten sich.
Wann er wieder mal herkomme.
Zur Diamantenen Hochzeit, sagte Kappel.
Er fuhr noch einmal zu seinen Eltern, um den Wagen vor der Tür abzustellen.
Schön, daß du wenigstens heute abend noch mal kommst zum Muttertag, sagte Cläre Kappel.
Sein Vater flüsterte ihm zu: Blutschänder.
Nach dem Essen setzten sie sich vors Fernsehgerät.
Kurz vor neun Uhr ging Kappel hinten durch den Garten und kletterte über Zäune, überquerte den Bahndamm, kam auf den oberen Bahndammweg, hockte sich hinter einen Ginsterbusch und beobachtete den Sportplatz. Die Umkleidekabinen lagen zur Bahndammseite. Er bemerkte nichts Verdächtiges. Um viertel nach neun sah er im Halbdunkel zwei Personen, die von der anderen Seite über den Sportplatz kamen. Als sie näher heran waren, erkannte Kappel Tom und Doris am Gang. Beide setzten sich auf die Bank vor die Steinbaracke. Kappel wartete noch weitere fünf Minuten, ging dann zu ihnen.
Kommt, sagte er, wir gehen.

Sie gingen am unteren Bahndammweg entlang, kamen zum südlichen Zubringer, setzten sich ins Gras.
Der Abendverkehr nach dem Muttertag war noch stark. Aus beiden Richtungen rauschten die Wagen vorbei, gaben genügend Geräuschschutz. Trotzdem sprach Tom Strathmann halblaut: Ja, Karin Kunze sei noch in derselben Nacht zu ihnen gekommen in Begleitung eines Mannes mit Namen Pacco, verletzt am rechten Unterarm, glatter Durchschuß, ungefährlich, jedenfalls unter normalen Umständen. Beide seien den Rest der Nacht und den Tag bei ihnen, Strathmanns, geblieben, Karin habe geredet, geredet. Und sie, Tom und Doris, hätten erzählt von dem Bürgerkomitee Klein-Schweden und ihren geplanten Aktionen gegen die Einrichtung eines Truppenübungsplatzes im Norden der Stadt. Die Sprache sei darauf gekommen, daß Doris' Bruder, der SPD-Landtagsabgeordnete, die Bürgerinitiative unterstütze. Den Innenminister wolle der einladen zu einer Bürgerversammlung, mit ihm dort diskutieren, ihn zur Rede stellen. Sie hätten geredet und geredet, jedenfalls sei der Plan diskutiert worden, den Innenminister des Landes zu kidnappen. Was hältst du davon?
Wollt ihr den Mann solange behalten, bis die Nato aufgelöst ist? fragte Kappel.
Unsinn, sagte Doris, der wird freigelassen im Austausch gegen die Genossen im Knast.
Das ist was für Profis, sagte Kappel, nichts für niedergelassene Ärzte und deren Ehefrauen, und auch nichts für wild um sich schießende Amateure, die Guerilla spielen. Seid ihr verrückt?

Natürlich sind sie verrückt, sagte Tom, erklär ihr das mal.
Die Gruppe geht den richtigen Weg, sagte Doris, und als Kappel den Kopf schüttelte, legte sie los: Ob sie nicht sähen, daß die Zeit, in der man auf abstrakter Ebene diskutiert habe, vorbei sei, daß es gelte, die anti-imperialistische Front durch bewaffneten Kampf in die Zentren des Imperialismus zu tragen, auch in den Metropolen selbst sei die Haupttendenz Revolution, weil die Haupttendenz des Imperialismus auch hier sei: Vernichtung, Zerstörung von Lebenssubstanz, Herrschaft mit aller Gewalt und um jeden Preis ...
Ach ja, dachte Bruno Kappel, im Gras liegend, den Kopf in die Hand gestützt, Augen halb geschlossen, ach ja. Er beobachtete Doris' Gesicht. Manchmal von aufblendenden Scheinwerfern kurz angestrahlt, verschwand es wieder im Halbdunkel, und das sah so aus, als ob sie Grimassen schnitt. Er erinnerte sich, wie er sie kennengelernt hatte.
Eines Tages mitten im Schuljahr war sie zu ihnen in die Klasse gekommen, mager und rothaarig, hatte gleich in der ersten Stunde Weller, den Geschichtslehrer, unterbrochen. Speichelsprühend sprach der über brandschatzenden Bauernpöbel, den furchtlosen Gottesmann Martin Luther. Das stimmt nicht, sagte Doris in das Gesabber, leise, aber deutlich. In der folgenden Stille hörte man nur die Spatzen im Schulhof und von fern aus dem Musiksaal das Madrigal vom Hennlein, das ein Ei legt, gackagackanei, gackanei, gackanei, gackanei. Sagen Sie das noch einmal, sagte Weller schließlich, und Doris Niehus sagte noch einmal: Das stimmt nicht. Ihre Einschätzung

der Bauernrevolution und der Rolle von Dr. Luther ist wissenschaftlich unhaltbar.
So, sagte Weller, dann erklären Sie uns das einmal, Verehrteste.
Doris Niehus sagte: Gern, stand auf und redete eine halbe Stunde lang oder länger über die Voraussetzungen des Bauernkrieges, die ökonomische Lage und den sozialen Schichtenbau in Deutschland Anfang des 16. Jahrhunderts, über die oppositionellen Gruppierungen und ihre Ideologien, über Münzers revolutionäre Lehre und Luthers reaktionäre Doktrin.
Als es zum Stundenschluß klingelte, Doris sich wieder setzte, sagte Weller nur: Soso, eine waschechte Kommunistin haben wir also bekommen. Mehr konnte er nicht unternehmen, weil sie unter dem besonderen Schutz vom Direktor stand, einem ehemaligen Spanienkämpfer, Interbrigadisten. Der hatte die Volksschülerin Doris Niehus binnen zwei Jahren zur Sekundareife gebracht. Klasse, sagte Bruno Kappel zu ihr in der Pause, so was möchte ich auch mal können.
Dann besuch mich mal heute nachmittag, sagte sie. Das hatte er getan und hatte Doris kennengelernt, ihre Jugendgruppe – vorsichtig mußten die sein, weil die FDJ bereits seit Jahren verboten war –, ihre Großmutter, die gelähmte Berta Niehus, voll von großen und kleinen Geschichten aus fünfzig Jahren Arbeiterbewegung, ihren Bruder Waldemar, den nur drei in vierundzwanzig Stunden schlafenden Gewerkschafter. Diese Leute und auch der Direktor Interbrigadist hatten Bruno Kappel Wichtiges für immer beigebracht.

Hör mal, unterbrach er Doris, du bist doch keine Naive und weißt, wo wir leben, und kennst die Machtverhältnisse und hast gelesen, zum Beispiel vom Studenten Sand, der den Kotzebue erschoß, und dann kamen die Demagogenverfolgungsgesetze, und von Hödel und Nobiling, die den Kaiser Wilhelm erschießen wollten, und dann kamen die Sozialistengesetze. Und weißt vielleicht auch, was hier und heute ansteht und wer Interesse daran hat, zum Beispiel an neuen Gesetzen über Bundesgrenzschutz, Verfassungsschutz und Haftrecht und Radikale im öffentlichen ...
Hör auf, sagte Doris, ich kann das ewige Gelaber nicht mehr ertragen, diese verlogenen Legitimationsversuche, unser opportunistisches ...
Hör du auf, sagte Bruno, diese Sprüche kann ich nun nicht mehr ertragen. Du kommst doch irgendwoher. Was sagen denn deine Leute dazu?
Da schrie Doris fast: Was, diese Apparatschiks, die sich in ihren sogenannten Parteien verbarrikadiert haben, Rückzug mit Angriff verwechseln, Bürokratie mit Organisation, dem Proletariat nachhinken, den proletarischen Internationalismus vergessen oder nie begriffen haben, nicht wissen, daß der Imperialismus strategisch ein Papiertiger ist, die sich vor der Tatsache die Augen zuhalten müssen, daß er taktisch die Bestie, der Zerreißwolf, der Faschismus, der Todfeind der Menschheit ist.
Nein, von denen sei nichts mehr zu erwarten, nichts mehr, nichts. Der letzte Rest an Kampfkraft, der bei denen nach zwölf Jahren Faschismus und Konzentrationslagern noch vorhanden gewesen wäre, sei ihnen dann durch Gehirnwäsche in der Illegalität

und Isolation nach 1956 ausgetrieben worden; die seien vielleicht noch bereit, sich töten zu lassen, aber nicht mehr bereit zu kämpfen, unfähig seien sie, wirksam Widerstand zu organisieren. Nein, die nicht! Der Kampf müsse aufgenommen werden von anderen, jetzt und hier, man müsse es tun, tun, tun, und dieses Tun sei durch nichts zu ersetzen undsoweiter.

Bruno Kappel hörte jetzt nicht mehr hin. Doris bebte vor Begeisterung. Er kannte diese Symptome, wußte, daß es völlig zwecklos war, ihr jetzt zu widersprechen.

Er hätte sie gern erinnert an den Direktor Interbrigadist, wie der am Tag, bevor sie ihn abholten, vor ihnen stand am Pult, auf sie einredete, erregt, voll Trauer und Wut, sie aufforderte, nicht den Rattenfängern zu folgen, die sie, die künftigen Ärzte, Richter, Anwälte, Manager, Lehrer trennen wollten vom Volk, von den Werktätigen, gerade hier auf dieser Schule und unmerklich erst, später mit raffinierteren Taktiken versuchen würden, ihnen massenfeindliche, elitäre Haltungen anzuzüchten.

Unverständlich war ihm Doris' Entwicklung nicht. Kappel hatte miterlebt, wie sie sich mit der Zeit – und das hieß mit Gymnasium, Studium und später als Arztfrau – von ihren Leuten und deren Wirklichkeit immer weiter entfernt hatte. Aber im Kopf geblieben war die revolutionäre Theorie, und die wucherte wild und phantastisch. So stellte er sich das jedenfalls vor.

Willst du dich bewaffnen und gleich losschlagen oder erst mal aus logistischen Gründen Banken ausräumen? fragte Tom.

Unsinn, sagte Doris, natürlich brauchen wir uns nicht offen zu illegalisieren. Aber Solidarität im Rahmen unserer praktischen Möglichkeiten kann die Gruppe verlangen. Das entspricht doch auch eurem selbstverständlichen Anspruch, Bruno, auch deinem, oder?
Tom hat sie ärztlich versorgt, ihr habt sie beherbergt, sagte Kappel, das entsprach euren praktischen Möglichkeiten.
Ich meine mehr, sagte Doris, ich meine, wir sollten ihren Plan aktiv unterstützen.
Ich meine nicht, sagte Kappel. Kommt, wir reden morgen noch einmal darüber, ich fahre später, ich habe Zeit. Aber jetzt – hört mal, ich habe unheimlich Lust, einen Zug zu machen durch die Gemeinde, los.
Ich nicht, sagte Doris, und ich verstehe dich auch nicht. Du benimmst dich wie ein Spießer.
Kommst du mit? fragte er Tom.
Zieh allein, sagte der, ich habe Sonntagsdienst.
Sie gingen schweigend zurück.
Bruno begann bei Erwin Zibulla.
Ein einzelner Mann stand am Tresen.
Muttertag, sagte Zibulla, da ist hier nichts los.
Der Mann war schon ziemlich benebelt. Gibt's dich auch noch, fragte er Kappel, und der erkannte Köttmann aus der Armaturenabteilung im Müller-Balzenbeck-Werk. Bruno hatte als Schüler und später auch als Student während der Ferien immer im Eisenwerk gejobbt, und ein paarmal im Materiallager der Armaturenabteilung. Köttmann zählte Namen auf von Leuten, und Kappel mußte antworten: kenn ich oder kenn ich nicht, und Köttmann sagte dazu: ist nicht

mehr da, der auch nicht, den gibts längst nicht mehr, entlassen undsoweiter.
Da hat sich überhaupt viel geändert, erzählte er, am Tresen schwankend, Akkordzeiten verdoppelt, dann wieder Kurzarbeit wegen Ölkrise, wie sie sagen, wir machen ja auch die Tanksäulen, dann die Entlassungen, dann draußen die Preise, macht nicht mehr viel Spaß, brauchsse dich nicht wundern, daß mancher alles kaputtschlägt wie Lohmanns Otto. Kennsse ja auch noch, alter Eisenwerker und bester Feinmechaniker von hier bis Köln; bestimmt hat der hundert Verbesserungen gemacht an den Apparaten, einer, der weiß, was seine Arbeit wert ist, keiner von den Fixen, wie sie überall rumlaufen heute. Brüllt vorgestern los wie verrückt, haut mit dem Hammer um sich, schlägt paar Zählwerke kaputt, bis wir ihn festhaben. Warum? Sein Sohn, so'n Rocker, sitzt für drei Jahre im Knast wegen Klauen und Schlägerei, Tochter mit zwei Kindern hockt bei Otto auffe Bude, hatten 'ne kleine Schleifmühle bei Solingen, pleite gegangen, und ihr Mann auf und ab nach Kanada, läßt'se hier sitzen, so, und dann haben'se Otto die Miete erhöht über fünfzig Prozent, abzahlen klappte nicht mehr, und dann haben'se ihm den kleinen Kadett wieder abgeholt und seine Frau inner Packabteilung gekündigt. Und jetzt Otto auch noch, fristlos. Und ist kein Einzelfall sowas, mein Herr. Erwin, nochmals dasselbe.
In der Ratsklause hockten sie um den runden Tisch, ehemalige Mitschüler von Bruno, die Junggesellenrunde, Assessor und Zahnarzt, Anwalt und Juniorchef, die beiden anderen kannte er nicht.
Das wär aber eine Freude, der Bruno!
Sie erzählten von ihren Reisen, Bangkok und Bar-

bados, Rio und Kenia, Hongkong und Tokio, von braunen, gelben, roten Titten, Ärschen, Mösen, mit zweien, mit dreien, mit fünfen im Wasser und unter Palmen, im Schwitzbad, Teehaus und Puff. Die blasen dir einen für eine Mark umgerechnet da unten, und wenn du ihnen paar Strümpfe schenkst oder 'n Höschen, hören die überhaupt nicht mehr auf, nein, die Mulattinnen in der Karibik, das Allerschärfste, zehnjährige Mädchen schon. Unvorstellbare Armut auf der anderen Seite... Das geht nicht mehr lange gut. Wenn die erst mal zuschlagen, dann gnade uns Gott. Und du, Bruno Kappel, was hört man von dir? Vertrittst diese Anarchisten, die Bombenschmeißerinnen. Die bumst du doch auch, sei mal ehrlich.

In Kuhlmanns Eck, violett beleuchtet und mit bunten Kritzeleien an den Wänden, stand die örtliche Bohème: Kunstmaler und Architekt, Gymnasiast und Datenverarbeiter, Journalist, Musiker aus dem städtischen Amateurorchester und Alfons, ein Original, den man vollaufen ließ, damit er auf den Tisch sprang, tanzte und stripte. Ein Junge, der aussah wie Fritz Teufel vor sieben Jahren, führte das Wort, sprach wie Dutschke vor sieben Jahren. Er war der Sohn vom jungen Müller-Balzenbeck.

Kappel konnte unerkannt entkommen, zog noch durch drei Lokale und landete schließlich bei Engelbert Peine. Nach dem Brauche der Gegend hatte er zu jedem Bier einen Schnaps getrunken, und er war ein bißchen benebelt, hörte aber klar, blickte noch durch. Man besprach Politik am Tresen. Ein großer Dicker redete: Erst den Markt kaputtmachen, dann Ostzonenzustände einführen wollten die, einen Funk-

tionärsstaat aufziehen, in dem die Gewerkschaftsbonzen und Roten das Sagen hätten; wer das Maul aufmacht, werde an die Wand gestellt oder nach Sibirien geschickt; aber man sei nicht mehr so blöd, man wisse allmählich Bescheid, zöge Konsequenzen.
Wer macht denn die Preise, die Gewerkschaft doch nicht oder SPD, unterbrach ein Älterer einmal, fast schüchtern, verstummte aber gleich im platzenden Lachen von dem Dicken: Die, die, die kassieren doch alle selbst. Wenn bloß die Diäten stimmen. Erhöhen sie sich doch alle Wochen mal wieder, die Abgeordneten, die sogenannten Volksvertreter. Alles andere ist denen doch scheißegal, außer Sekretärinnen vögeln – guck dir den Brandt doch an.
Die anderen saßen und standen schweigend herum.
Kappel stand am Ecktresen, dem Dicken seitlich gegenüber, kannte den Schwätzer, ein kleiner Bauunternehmer, sah ihm direkt ins Gesicht, sah die Gesten, mit denen er zeigte: Bestechungsgelder kassieren, den Russen in den Arsch kriechen, mit uns kann man das aber nicht machen.
Kappel fühlte, wie ihm Wut vom Bauch her in den Hals stieg, eine Wut, die er nicht mehr beherrschen wollte und konnte, die er herauslassen wollte und mußte, und er wußte auch, daß dieser kleine Bauunternehmer ganz sicher der falsche Adressat dieser Wut war. Der war kaputt und wütend mit mehr Grund als er, Kappel.
Halt den Mund oder ich kleb dir eine, sagte er.
Die anderen traten sofort vom Tresen zurück.
Wie bitte, sagte der Dicke, wie meinen der Herr?
Ich will in Ruhe mein Bier trinken ohne Geschwätz, sagte Kappel, du störst.

Der Ältere, der vorher den Dicken unterbrochen hatte, wollte schlichten: Hört doch auf, da kommt doch nichts bei raus. Der Dicke sagte: So, der Herr Akademiker möchte in Ruhe sein Bier trinken! Der Pöbel stört ihn wohl?
Kappel schlug als erster. Sie rissen im Clinch die Gläser vom Tresen. Als der Dicke Kappel von sich gestoßen hatte, nachsetzte, tauchte Kappel, schlug ihm zweimal hart in den Magen. Im Fallen zog ihn der Dicke mit. Am Boden schlugen und traten sie weiter. Die anderen standen herum, griffen nicht ein, wie es früher üblich gewesen war. Kappel kam als erster wieder hoch, hielt einen Stuhl in den Fäusten über dem Dicken, der neben dem Tresen saß, den Kopf schüttelte.
Was du da gemacht hast, ist Sachbeschädigung, Hausfriedensbruch, Körperverletzung, Herr Rechtsanwalt, sagte Engelbert Peine. Er hatte rauchend hinterm Tresen gestanden, sich nicht gerührt. Und ein anderer sagte: Die Leute werden immer verrückter, jeden Tag.
Kappel stellte den Stuhl hin und ging. Bloß weg hier aus diesem Kaff, dachte er.
Er lief in die Adolf-Kolping-Straße, setzte sich in seinen Wagen, öffnete das Schiebedach, startete, fuhr los.
Rolling home to dear old Hamburg, brummte er. Gut, das hier war überall das gleiche, diese Mischung aus Ohnmacht und Aggression, Isolation und Geilheit, Ratlosigkeit und Brutalität. Und er selbst hatte auch eine Menge davon in sich. Nirgendwo war das anders in diesem Staat und in Hamburg erst recht nicht. Aber da gab es wenigstens Ecken, da konnte man abschal-

ten, abknipsen, ausruhen, durchatmen, bei »Tante Tai« zum Beispiel.

Seinen Job tun, nicht mehr und nicht weniger, und mehr ist nicht drin, das genügt. Und abends frohe Gäste und fertig und Schluß, that's all. Los, sagte er laut, los, gab Gas, fuhr den Nordberg hoch.

Aber er kam nicht in Hamburg an. Den entgegenkommenden Porsche sah er zu spät, wich zu spät aus, wurde aus der Kurve geschleudert, flog, flog, flog in die Nacht.

Zweiter Teil

I

Wachwerden war zuerst hören, dann fühlen, riechen und zuletzt sehen.
Er hörte von weither ein Schlagzeug, Basic-drum, Trommel und Becken, Baß kam dazu und Piano, beide auf drei Tönen und den Takt mitführend, monoton, langsam, sehr rhythmisch, in weicher Tonart. Später, viel später stieg das Altsax ein, sanft angeblasen, fast gehaucht, über der ewig gleichen Figur von Piano und Baß weg: ein großer Vogel, der vom Zaunpfahl flattert, einmal kurz über der Koppel kreist, zurückfliegt, wieder aufbockt, Flügel schlagend. Er erkannte den Titel. So hatten die sechziger Jahre begonnen: »Take-five« von Paul Desmond im Dave Brubeck-Quartett. Zum erstenmal hatte er das gehört in West-Berlin an dem Tag, als eine klare Grenze gezogen wurde durch eine Stadt und durch viele Köpfe.
Er bewegte sich, fühlte starken Schmerz in der linken Seite, im Kopf, in der Schulter, im Oberkörper, überall. Er öffnete die Augen, sah nichts, dann schwarz, und dann eine Pistole, die auf ihn gerichtet war. Er schloß die Augen, roch Holz, trockenes Fichtenholz wie in der Berghütte in den Dolomiten, wo er mit gebrochenem Bein lag, tagelang, nächtelang, Mundharmonika spielte.
Er machte die Augen auf, sah wieder in die Pistole,

erkannte ein Poster, darauf die Köpfe von einer Frau und einem Mann, frankensteinböse, herausbrechend aus einem Sowjetstern, und der Mann zielte mit der kopfgroßen Pistole in kopfgroßer Faust in die Welt. »Vorsicht, Kommunisten« stand unter der Faust.

Er lag auf seiner rechten Seite in einem rotkarierten Bett unter einer holzverkleideten Decke gegenüber einer weißen Wand, auf der das Plakat klebte.

Guten Abend, sagte ein Mädchen. Es saß neben dem Plakat.

Wie kommen wir hierher? fragte er. Das Sprechen tat nicht weh.

Wir haben einen Unfall gehabt, sagte das Mädchen, und dabei haben wir sehr viel Glück gehabt. Außer einem Schlüsselbeinbruch, ein paar Prellungen, einem Schock und einer Gehirnerschütterung haben wir nichts abbekommen.

Das Mädchen hatte schulterlange schwarze Haare, in der Mitte gescheitelt, ein ovales, fast dreieckiges Gesicht und große schwarze Augen.

Er sagte: Die heilige Muttergottes von Guadalupe. Sie sind es.

Sie lachte, und er lachte, und das Lachen tat ihm sehr weh. Er erfuhr, daß man in der Nacht gegen zwei den Krach von einem zwei- oder dreimal aufschlagenden Wagen gehört hatte, daß man rausgelaufen war, den Wagen verklumpt am Abhang, den Fahrer dreißig Meter davon entfernt zwischen Bäumen gefunden und in das nur zweihundert Meter entfernte Haus, also hierher, getragen und einen Arzt geholt hatte.

Daran erinnerte er sich nicht, aber er wußte wieder, daß er geschrien hatte, daß man ihn verbunden hatte, daß man ihn Treppen hinaufgetragen hatte,

daß man ihm eine Spritze gegeben und vorher gesagt hatte: Schlaf gut.
Er habe den Rest der Nacht geschlafen und den ganzen Tag. Mit der Musik habe sie ihn geweckt. Er müsse jetzt die Tabletten nehmen und ein Zäpfchen, wenn er noch Schmerzen habe. Essen dürfe er noch nichts, sagte das Mädchen.
Er nahm die Tabletten.
Das Zäpfchen könne sie ihm reindrücken, wenn er wolle.
Nein, sagte er.
Das Mädchen stand auf, sagte: Jetzt müssen wir wieder schlafen, tschüß bis später, knipste das Licht aus und ging.
Er bewegte sich, drückte gegen den Schmerz an, führte das Zäpfchen ein, legte sich auf den Rücken.
Das ist aber verdammt gut gegangen, sagte er laut, wurde schläfrig, schlief ein.

Beim Wachwerden hörte er diesmal Blech und das typische Zischen von autogenem Schweißen, Hühnergackern, Lachen und Stimmen. Paquito, donde Pacco va, donde va Paquito, rief eine Frau. Das Fenster stand offen, es war warm und sonnig, und es roch nach Olivenöl, Knoblauch, heißen Steinen, Kastanien.
Das Mädchen, das aussieht wie die Madonna von Guadalupe, die Stimmen und der Geruch, vielleicht bin ich in Mexiko, dachte er. Aber dann hörte er Rockmusik aus einem Transistorgerät und einen Mann im Slang der Gegend rufen: Wo bleibsse denn mit dem Kotflügel, sollsse doch holen, Donnerkielnochmal, sowattgibtesdochüberhauptnichsowatt,

bestußten Heini dassebiss, nix anners im Kopp wie diese ewige Dudelei aus Amerika.

Er bewegte sich, der Schmerz war erträglich. Er setzte sich, stand auf. Sein Oberarm war fest an den Oberkörper gebunden und geklebt mit Binden und breitem Heftpflaster. Er hatte eine Armschlinge um Hals und Unterarm.

Er ging zum Fenster, sah hinaus, sah auf einen sonnenbeschienenen Hof. Mitten im Hof stand eine Kastanie, darunter ein Tisch, daran saß eine Frau und säugte ein Baby. Zwischen Hühnern, Gänsen und Puten spielten Kinder. Zwei Zicken rannten hintereinander her, und ein Hofhund schlief vor seiner Hütte, Tauben flatterten um eine Frau mit Kopftuch, die aus einer Schüssel Körner streute, toook tok tok rief. Nur ein paar herumliegende Autoreifen, Wagenheber, Fässer aus Blech und ein altes flockiges Wagenpolster paßten nicht in dieses lebende Bild aus der Zeit vor der Dampfmaschine.

Den Hof bildeten das Haus, in dem er am Fenster stand, ein Stallgebäude aus Fachwerk, Garagen, der Wulst von einem Zehntausendliter-Öltank, ein flaches Backsteingebäude und ein verputzter Bau mit Metallschiebetüren. Daran stand »Abschlepp- und Bergungsdienst, Herbert Ronsdorf, Autoverwertung«. Hinter diesem Werkstattbau lag ein Platz voll mit Schrottwagen und Autoteilen.

An der Kastanie vorbei zwischen dem Wulst von Öltank und dem Stallgebäude sah man ins Tal, einen Teil der Stadt, vom Industrieviertel Schlote und Hallendächer, die Häuser der Oberstadt und die Hänge mit den Appartementhäusern. Das war Süden. Als er sich aus dem Fenster beugte, sah er im Westen über dem Tal die Autobahnbrücke. Diese Autobahn führte um den Nordberg herum und rüber ins Ruhrgebiet. Dort zum Norden hin wurde das Land flacher, und zwischen Autobahn und nördlicher Bundesstraße, die zur Autobahn nahezu parallel lief, dem westlichen und östlichen Zubringer, erstreckte sich ein fast zweihundertfünfzig Hektar weites Gelände aus Heide, Wald und aus kleinen Seen. Dieses Stückchen Natur nannten die Leute »Klein-Schweden«. Das wußte er.

Von der nördlichen Bundesstraße führte eine schmale Nebenstraße durch dieses Landschaftsschutzgebiet. Er war diese Straße auf seiner Herreise gefahren, hatte gehalten und in einem See gebadet. Daran erinnerte er sich. Die Straße ging unter der Autobahn her, schlängelte sich den Nordberg hoch, zur Stadt wieder ab, mündete in den südlichen Zubringer. In Gegenrichtung war er die Straße auf seiner Rückreise gefahren bis zu seinem Flug aus der Kurve. Das fiel ihm ein.

Bruno Kappel wußte, wo er war. Er kannte die Abschlepperei und die Werkstatt auf dem Nordberg, und er kannte auch den Chef Herbert Ronsdorf. Der galt in der Gegend als wegelagernder Unfallhelfer und Straßenräuber, der immer als erster mit dem Abschleppwagen zur Stelle war, das Unfallauto zu seiner Werkstatt transportierte, reparierte, Mietwagen verschaffte, Darlehen und Rechtsanwalt vermittelte. Viele Geschichten wurden über ihn erzählt, die meisten davon waren natürlich übertrieben, Kneipengeschichten, in denen jeder etwas dazutat, bis schließlich daraus eine Sage wurde, zum Beispiel, wie Ronsdorf zu seinem Besitz auf dem Nordberg gekommen war.

Früher hatte dies hier einem Nazi-Funktionär aus Barmen gehört. Nach 45 war der Mann mit seiner Familie in das Anwesen gezogen, um unterzutauchen und die Zeit verstreichen zu lassen. Ronsdorf, gerade fünfzehn Jahre – man sagte, er habe zu jener Zeit bereits drei Männer auf dem Gewissen gehabt –, soll als Anführer von einem Trupp ehemaliger polnischer Zwangsarbeiter so lange mit einem MG in das Haus geschossen haben, bis der Mann samt Familie verschwand, wohin, blieb unbekannt. Ähnliche Geschichten gab es dazu, wie Ronsdorf mit Abschleppkonkurrenten umsprang.

Kann mir ja hier nichts passieren, dachte er, sah sich in dem Zimmer um. Ein Schreibtisch stand da, darauf eine Schreibmaschine. Beschriebene Blätter und Bücher lagen herum, und im Regal standen Bücher über Pädagogik, Soziologie, Geschichte; wenig Belletristik war dazwischen, Zeitschriften und Zeitungen, »Marxistische Blätter«, »horizont«, »Vorwärts«, »UZ« gab es unter anderen und ziemlich viele Platten – das meiste Jazz und Folklore.

Über dem Schreibtisch hing ein Foto von Rosa Luxemburg. Merkwürdig in einem Haus mit diesem Ruf, fand Kappel.

Er blätterte in den Platten auf dem Boden. »Lieder des spanischen Bürgerkrieges« legte er auf. Ernst Busch sang: »Mamita mia.« Es klopfte.

Herein, rief Kappel, und herein kam Tom Strathmann, singend mit Ernst Busch: »Und alle deine Tränen, und alle deine Tränen, und alle deine Tränen, Mamita mia, die werden wir trocknen.«

Wie fühlst du dich, fragte er, drückte den Plattenspieler aus.

Was willst du hier? fragte Kappel, du gehörst an die Seite deiner Terroristengattin.
Ich bin dein Arzt, leg dich aufs Bett, du wirst untersucht.
Während er Kappel abtastete, abhorchte und Blutdruck maß, erzählte er, daß Maria Ronsdorf ihn in der Nacht von Sonntag auf Montag gerufen habe; mit Ronsdorf arbeite er oft zusammen, gerade bei Unfällen, zum Beispiel, wenn amtlicher Unfalldienst und Polizei erst mal fernzuhalten seien. Maria, die Tochter von Herbert Ronsdorf, kenne er gut, die arbeite mit bei Bürgerinitiativen, zum Beispiel auch jetzt im Bürgerkomitee Klein-Schweden. Die sei überhaupt sehr gut, habe gerade das Abitur bestanden, wolle ab Wintersemester studieren. Dies sei ihr Zimmer. Einen Schlüsselbeinbruch habe er und eine Gehirnerschütterung, das sei gewiß. Vielleicht wären aber auch Rippen gebrochen, wenn nicht noch mehr. Das Ganze müsse geröntgt werden. Er, Strathmann, nehme ihn gleich mit.
Ich will nach Haus, sagte Kappel, sofort, nach Hamburg. Ich will weg von hier und von euch.
Abwarten, sagte Strathmann.
Auf der Fahrt zum St. Anna-Hospital erzählte ihm Tom, wie man ihn, Kappel, gefunden hatte, Ronsdorf und seine Leute, und wie die ihn dann ins Haus transportiert hatten.
Man dachte, du wärst tot. Weißt du überhaupt, was passiert ist? Soviel Glück gibt es überhaupt nicht. Einen Schock hast du gehabt. Später hast du geschrien: Nicht schießen, nicht schießen.
Bei der Röntgenuntersuchung stellte sich heraus, daß außer dem Schlüsselbein nichts gebrochen war.

Ein halbes Dutzend Prellungen hatte Kappel noch abbekommen.
Gehirnerschütterung, mittelschwer, kommt dazu, und deshalb darfst du nicht reisen, basta, sagte Strathmann, als sie zurückfuhren. Drei Tage richtige Ruhe, dann werden wir weitersehen. Nimm noch mal von den Tabletten, die beruhigen, und du kannst schlafen.
Warum fährst du mich zu diesem Wegelagerer zurück, kann ich bei dir nicht richtige Ruhe haben?
Vom Nordberg bis zum Bahnhof und zur nächsten Taxe sind es fast acht Kilometer, sagte Strathmann, das schaffst du nicht.
Ach, leckt mich doch alle am Arsch.
Das ist in deiner Situation genau die richtige Einstellung, sagte Strathmann.
Kappel nahm drei von den Tabletten.

2

Vögel weckten ihn. Er stand auf, trat ans Fenster. Es war noch dunkel, aber über den Osthimmel lief schon ein heller Streifen. Wind kam auf, bewegte die Blätter am Kastanienbaum. Jemand pfiff über den Hof, Kappel zog sich an, tastete sich die Treppe hinunter. In der Küche brannte Licht. Herbert Ronsdorf, der Chef, stand am Herd, nahm den Wasserkessel vom Gas, goß das Wasser durch den Filter in die Kanne auf dem Tisch.
Wer kommt denn da, sagte er.

Kappel nannte seinen Namen. Er wüßte schon, sagte der Chef, von Josef Kappel der Sohn, Jupp, und er solle sich setzen, Tasse Kaffee mittrinken.
Über den Hof kam ein Mann in die Küche, setzte sich. Das ist Pepe, sagte der Chef, stellte jedem eine Tasse auf den Tisch, holte Brot und Marmelade aus dem Schrank, und sie tranken Kaffee und kauten Marmeladenbrote. Vom Schrank weg zwischen Papieren und Geschirr griff Ronsdorf eine Flasche, machte drei kurze Gläser voll. Sie kippten den Schnaps, keuchten leise. Der Chef stand dabei. Er hatte graugelbes, struppiges Haar, und über seinen mächtigen Bauch spannte sich bis zur Brust und über kariertem Hemd eine Latzhose. Er war groß. Pepe stand auf, reichte ihm nicht mal an die Schulter.
Ob er was von Motoren verstünde, fragte Ronsdorf.
Bißchen, sagte Kappel.
Dann komm mal mit.
Sie gingen über den Hof. Es war kurz vor Sonnenaufgang, und ein Geruch von Maierde war in der Luft, von Kastanienblüten, feuchtem Metall und Dieselöl. Sie schoben die Werkstattür auf. Die Neonröhren klickten, flackerten, brannten schließlich und leuchteten auf einen gelblackierten Dreihundertzwölfer-Allrad mit kurzem hydraulischen Kran auf der Ladefläche.
Sechs Zylinder, wassergekühlt, aber ohne Büchsen, sagte Ronsdorf.
Ja, sagte Kappel, Vorkammer-Diesel, einhundert PS, zweitausendvierhundert Umdrehungen in der Minute, umgebauter Kipper.
Kolbenschaden. Wahrscheinlich unsaubere Legierung, sagte Ronsdorf.

Unwahrscheinlich beim Dreihundertzwölfer, sagte Kappel.
Kiek an, Wiesenase!
Er sollte sich mal die Kompression ansehen. Hier, guck mal den hinteren Zylinder, Jupp, hör dir mal das Schleifen an, das Klopfen schon im Leerlauf. Jetzt wird operiert.
Pepe und Ronsdorf suchten sich das Besteck zusammen von Werkbank und Nägeln an den Wänden, legten ein Tuch für die abgebauten Teile aufs Trittbrett, nahmen die Motorhaube ab. Alle drei hockten sich auf die Kotflügel über den Motor. Ronsdorf löste die Hutmuttern am Ventildeckel, hob ihn ab, und sie hatten die Ventilreihe vor sich.
Bruno stellte sich vor, wie die Ventilstößel zeitlupenlangsam von der Nockenwelle hochkamen, dem Kipphebel eines versetzten, wie der Schlag über die Kipphebelwelle umgesetzt wurde, und wie sich Einlaß- und Auslaßventil öffneten in der richtigen Reihenfolge.
Eins-fünf-drei-sechs-zwo-vier, sagte Ronsdorf, und sie lachten alle drei, weil sie dasselbe gedacht hatten.
Pepe stieg ab, zog sich auf dem Rollbrett unter den Motor, ließ beim Handlampenlicht das Öl ab. Während Ronsdorf den Zylinderkopf losschraubte, Kappel ihm die nötigen Schlüssel reichte, löste Pepe von unten Lagerschrauben und Lagerschalen. Es roch brandig vom alten Motoröl. Sie sprachen nicht, und man hörte nur Klicken, Metall auf Metall, und Atmen. Einmal krähte ein Hahn. Als Pepe die Pleuellager zur Werkbank gebracht hatte, hockte er sich neben Kappel.
Ganz sanft schlug der Chef mit dem Hammer, bis

sich der Zylinderkopf von der Dichtung löste, dann zog er den Kopf mit der vollen Ventilmechanik heraus, reichte ihn Pepe, der ihn zur Werkbank trug.
Noch nicht gucken, erst mal rauchen, sagte der Chef, wischte sich die Hände am Lappen ab.
Sie setzten sich aufs Trittbrett, steckten sich Zigaretten an, sahen durch die Tür auf den Hof. Ein paar Hühner liefen herum. Der Stallgiebel wurde schon von der Sonne beschienen.
Arbeit kann schön sein, sagte Bruno.
Ronsdorf sah ihn an, zog die Augenbrauen hoch und die Lippenwinkel herunter. Schön schmutzig, sagte er.
Sie hockten sich wieder auf die Kotflügel, sahen in den offenen Motorblock, sahen die schwarzrunden, öligen Löcher und die Zylinderwände. Zwei Kolben verhielten am oberen Totpunkt, zwei waren ganz in den Löchern verschwunden, die anderen beiden standen bis knapp zur Mitte ihrer Zylinderlaufbahnen. Der sechste Kolben hatte einen Riß.
Na, sagte Ronsdorf, was denn nu?
Sie konnten das Kristallingefüge der Leichtmetalllegierung sehen, und das war schwarz verrußt von schlecht verbranntem Treibstoff.
Fehlerhafter Guß, tatsächlich, sagte Kappel.
Aha, sagte Ronsdorf, tatsächlich! Er grinste über sein großes Kartoffelgesicht.
Pepe rollte sich wieder unter den Motor, schob die Kolben mit Bolzen am Pleuel aus ihren Zylindern, Ronsdorf nahm sie von oben an, brachte sie rüber zur Werkbank, und Kappel sah ihnen zu, wie sie die Paßformringe über die neuen Kolben zogen, die Bolzen aus den alten Kolben holten, in die neuen Kolben

preßten, Sicherungen in die Kolbenaugen drückten. Als sie sich die Hände wuschen, ging Kappel nach draußen, setzte sich auf ein Faß.
Der Betrieb wird langsam wach, woll, rief der Chef, kam raus zu Kappel, trocknete sich die Hände am Tuch. Mein Betrieb, sagte er, der Dreihundertzwölfer hinter uns und der Reo-Wrecker drüben am Schrottplatz, zweihundertzehn PS, dreiachsig, aus der US-Armee. Dann die Werkstatt hinter uns, und da kannst du alles reparieren, sogar verbogene und verzogene Fahrzeugrahmen richten, autogen mit Schutzgas, also auch Leichtmetall schweißen.
Was verboten ist, sagte Kappel, Fahrzeugrahmen dürfen bloß kalt gerichtet werden.
Richtig. Aber ich bin beim TÜV immer durchgekommen.
Sie lachten.
Zwei Tanksäulen hab ich drüben vorm Haus und den Haufen Gebraucht- und Schrottwagen hinten. Fehlt noch das Personal, nämlich ich und Maria und drei Familien aus Vigo in Spanien mit einem Dutzend Kindern alles Verwandte, unser Lehrling Jimmy und dann alle Tiere, also Hühner, Enten, Puter, Pfauen, zwei Ponys, sogar ein Esel, Ziegen, eine Kuh und Schweine und natürlich Tauben.
Gut, sagte Kappel.
Sehr gut, sagte Ronsdorf, und das soll auch so bleiben.
Sie gingen in die Werkstatt zurück. Der Chef holte von der Werkbank eine Weißblechlasche. Der Kragen, sagte er, stellte sich über den Motorblock, ließ sich den ersten Kolben anreichen, legte die Weißblechlasche um diesen Kolben, drückte den Kragen

zusammen, ließ das Pleuel vorsichtig in den Zylinder gleiten und hängen, drückte den Kolben nach, und so führte er alle sechs neuen Kolben ein, ohne mit einem Finger zu zittern.

Na? fragte er.

Gut, Chef, sagte Pepe. Gut, sagte Kappel.

Pepe säuberte mit Dreikant und Messer den Motorblock, und Ronsdorf brachte ihm die neue Zylinderkopfdichtung. Mach alles fertig, sagte er, ich schick dir Jimmy.

Komm, Jupp, wir trinken ein Bier.

Jimmy kam ihnen auf dem Hof entgegen.

Geh Pepe helfen, sagte Ronsdorf, und Jimmy nickte und sagte: Okay, Boß.

Fünfzehn, der Junge, sagte der Chef, als sie weitergingen, und dafür zu mager und zu lang. Hat nichts im Kopp wie Amerikamusik – aber er ist gut; schon wie er ein Stück Metall anfaßt, weisse gleich, der macht das gern, und über Motoren weiß er schon fast alles.

Sie gingen vor das Haupthaus auf die Straße. Der Chef holte zwei Büchsen Bier. Sie tranken und blinzelten in die Morgensonne.

Ronsdorfs Betrieb lag wie eine Burg auf der höchsten Erhebung weit und breit. Im Umkreis von sechzig Kilometern konnte jeder Unfall von hier aus schnell angefahren werden. Für Abschlepper und Verwerter war die Gegend ringsum ein gutes Revier: hohe Verkehrsdichte überall hier am Rand vom Ruhrgebiet, zum Süden lag die Stadt im Tal mit zu engen Straßen, die Autobahn und die Brücke waren im Westen, vier Zubringer führten aus allen Richtungen auf die Autobahn, und die nördliche Bundesstraße kreuzte sogar die rheinische Nebenlinie schrankenlos.

Sie standen zur Nordseite hin. Berufsverkehr hatte eingesetzt. Der Autostrom auf Zubringer, Autobahn und nördlicher Bundesstraße umkreiste Klein-Schweden, das als Oase dazwischenlag mit dem hellen und dunklen Grün der Birken und Kiefernhaine, den braunen Heidekrautflecken und glitzernden Seen und Tümpeln. Die schmale Nebenstraße, die sich durch Klein-Schweden und zur Abschlepperei schlängelte, war mit Kopfsteinen gepflastert.
Kappel sagte: Die Straße hier wird aber kaum befahren.
Da lege ich auch keinen Wert drauf, sagte der Chef, auf Zufallskundschaft. Die Stammkundschaft wohnt in der Stadt, und auch nur für die halt ich den Treibstoff in beiden Säulen, Benzin und Dieselöl. Abschlepp- und Bergungsdienst ist besser, wenn das bißchen abseits liegt. Sonst heißt es womöglich noch: der wartet doch bloß auf die Unfälle, kenn ja die Leute. Aber ich habe ganz andere Sorgen. Drüben, Klein-Schweden, wasse da siehs, das herrliche Stückchen Natur, wollense roden und sperren für militärische Zwecke.
Von Radarstation, Raketenbasis, Tanklager, Panzer- und Truppenübungsplätzen wär die Rede, erzählte Ronsdorf, sogar vom Bombenabwurfgelände. Von Notflugplätzen auf der Autobahn im sogenannten Verteidigungsfall spreche man, und das schiene jedenfalls festzustehen, denn vierzehn Tage zuvor habe man sonntags ein Autobahnstück gesperrt, und ein Jagdbomber Typ Fiat G 91 habe Probelandungen demonstriert. Aber niemand wisse Genaues. Er habe als erster gemerkt, daß was im Busch gewesen sei drüben in Klein-Schweden. Im Januar seien dort

fremde Vermessungsbeamte herumgestakst, hätten die rot-weißen Latten gesetzt, gepeilt und geschrieben und von Geheimsache geredet. Er, Ronsdorf, sei dann sofort zum Landtagsabgeordneten gefahren, Waldemar Niehus, das sei ein alter Kumpel von ihm. Eine Bürgerinitiative könne da manchmal viel erreichen, habe der gemeint. Er, der Landtagsabgeordnete selbst, müsse sich selbstverständlich zurückhalten, zunächst jedenfalls. Wenn aber die Sache liefe, werde man sehen schließlich läge Klein-Schweden in seinem Wahlbezirk.
Ronsdorf lachte: Schlaumann ist der, will Stimmen sammeln. Aber ist ja egal, wenn er was tut. Und getan werden muß was. Du bist doch Rechtsanwalt, was meinst du denn dazu.
Es gibt ja schon das Bürgerkomitee Klein-Schweden, sagte Kappel, da geschieht doch was.
Diesmal lachte der Chef böse: Bürgerkomitee Klein-Schweden, wenn ich so was schon höre, Oberschüler, Architekten, Pfarrer, Hausfrauen und so was, ein einziger Arbeiter. Paar Flugblätter, Petitionen, Demonstrationsmärsche haben die bis jetzt zustande gekriegt, mehr nicht. Nee Junge, da muß wirklich was passieren.
Ja, sagte Kappel, so ein schönes Stückchen Landschaft sollte erhalten bleiben.
Ronsdorf lachte. Da hasse Recht, sagte er. Die sollen ihren Truppenübungsplatz oder was auch immer irgendwo anders hinmachen. Nicht hier.
Das ist ja nun auch keine Lösung, sagte Kappel. Dann trifft es doch wieder nur andere.
Der Chef sah in an, sprachlos. Er schluckte ein paarmal, sagte dann: So was! Ich dachte, du wärst'n

vernünftiger Mensch, Rechtsanwalt, stehst doch im Leben, verstehst ja sogar was vom Motor – und jetzt quasselst du wie son Architekt oder Paster. Willsse die NATO abschaffen? Mit Flugblättern? Oder mit Stinkbomben? Hör mal zu, worum es hier geht: Wenn die hier Militär hinbringen, Raketen oder was weiß ich, dann wird Klein-Schweden Sperrgebiet, auch die Straße, und weißt du, was das heißt: Ich bin abgesperrt, ich. Die nördliche Bundesstraße, westlicher Zubringer bis weit hinten rüber – er zeigte mit ausgestrecktem Arm nach Norden und beschrieb einen Halbkreis –, das fällt dann als Einzugsrevier für mich aus. Und die Unfälle gehen sämtlich an »Herkules«-Abschlepper im Nordwesten drüben.
Er drohte in Richtung Nordwesten. Sicher, er, Ronsdorf, hätte gute Beziehungen, zum Beispiel zur Verkehrspolizei, Leute, die ihm verpflichtet seien, Autobahnmeisterei, ADAC undsoweiter. Aber auch solche Beziehungen würden sich schnell verschlechtern, weil Vorteilsgeschäfte mit Amtspersonen und anderen Leuten immer an gewisse Grenzen gebunden seien.
Und jetzt die Krise im Automobilbau, Junge, das kommt alles zusammen, und ich kann hier dichtmachen. So ist das, Herr Rechtsanwalt. Ach, was erzähl ich dir denn da noch, Bürgerkomitee, gehörsse auch rein, Jungejungejunge, und so was will Rechtsanwalt sein.
Er warf die leere Bierdose weg. Arbeit kann schön sein!
Hätt ich mir gleich denken können; bestußt.
Kappel mußte lachen und ging hinter dem Chef her ins Haus. Sie setzten sich in der Küche an den Tisch.

Maria machte Frühstück, kochte Kaffee am Gasherd, stellte Tassen und Brettchen hin, Wurst, Butter und Brot.
Wie geht's uns? fragte sie Kappel.
Der ist noch nicht wieder richtig im Kopp, sagte ihr Vater. Hör mal, warum läuft das eigentlich nicht mit eurer Truppe da, Bürgerkomitee? Die paar Umweltheinis, das ist zu wenig, da müssen Leute aus dem Betrieb rein, die auf den Putz hauen. Was macht ihr denn bloß? Der kleine Spormann, der Heinz, der ist doch im Werk und auch bei euch, warum hat der nicht paar Kollegen bekniet? Der weiß doch, was läuft.
Maria lachte, erklärte, daß sie vorsichtig sein müßten, sonst hieße es gleich wieder, das sei eine Kommunistenaktion. Ronsdorf sagte, ein Naherholungsgebiet wird kaputtgemacht, da muß doch auch die Gewerkschaft ran, verdammt noch mal.
Ach, auf einmal, sagte Maria.
Awatt, brummte Ronsdorf, stand auf, ging zum Küchenschrank, wo die Schnapsflasche stand. Was meint denn der Papa von Heinz Spormann dazu? fragte er, und das sollte so nebenbei klingen, tat es aber nicht.
Frag Ernst doch mal selbst, Chef, sagte Maria.
Ach leck mich doch, sagte Ronsdorf und ging raus, über den Hof.
Ich geh mit, sagte Kappel, mal sehen, ob er läuft.
Pepe wusch sich die Hände. Ist gleich so weit, sagte Jimmy, zog die Schlauchbinder über den neuen Wasserschläuchen zwischen Kühler und Motor fest, holte eine Kanne Wasser, füllte langsam den Kühler. Der Chef stieg ins Fahrerhaus, glühte den Motor vor,

ließ an. Der Anlasser jaulte, der Motor drehte, der erste Zylinder zündete und gleich auch die anderen in der richtigen Reihenfolge. Schwarzer Rauch kam aus dem Auspuff, wurde dünner und blau. Man hörte das Nageln, das typische Vorkammerklackern und -schlagen. Der Motor lief ruhig, und Ronsdorf streckte den Arm aus dem Fenster, ballte die Faust und zeigte den Daumen. Pepe, Jimmy und Bruno nickten und lachten.

Bestes Geräusch, so'n Vorkammerdiesel, sagte Jimmy, als sie beim Frühstück saßen, durchgeschlagener Achtelrhythmus wie beim guten Rock.

Das versteh mal einer, sagte Herbert Ronsdorf, was der im Kopp hat.

Zwei Stück krieg ich, sagte Jimmy zu Maria, die am Herd die Eier backte, zwei dicke Eier ist doch was Feines, was, Babe?

Maria drehte sich, Pfanne in der Hand, um. Jimmys Gesicht lief rot an. Er sah sie fast flehend an.

Okay, sagte Maria da nur, und Jimmy lachte glucksend und glücklich.

Ronsdorf kam wieder auf das Bürgerkomitee Klein-Schweden zu sprechen. Da müßte bald was passieren. Wenn erst mal die Truppen anmarschierten, Panzer vielleicht sogar, dann wäre es zu spät. Heinz Spormann, darauf sei doch immer Verlaß gewesen, auf ihn und seine Jungens. Maria sagte, die hätten ja auch noch was anderes zu tun in den Betrieben jetzt bei der Kurzarbeit und den Entlassungen.

Die interessieren sich nicht als erstes für die Sorgen des kleinen Mittelstandes.

Ah, sagte Ronsdorf, wie ist das denn mit dem breiten Bündnis? Wird doch immer von gequasselt.

Gehörst du denn zu den fortschrittlichen Kräften, Chef? fragte sie. Und als ihr Vater losbrüllen wollte, sagte sie schnell: Du sollst zur Autobahnmeisterei kommen, vorhin hat man angerufen.
Irgendwas muß passieren, sagte der Chef.
Besetzen muß man Klein-Schweden, Tag und Nacht, sagte Jimmy, dann läuft das schon.
Manchmal bisse gar nicht so dumm wie du aussiehst.
Jimmy lachte.

3

Xantar, ven xantar, rief jemand, essen kommen. Bruno trat ans Fenster. Unter der Kastanie am langen gedeckten Tisch saßen Leute, redeten, lachten. Kinder liefen herum, hockten zwischen den Erwachsenen.
Kappel rasierte sich, wusch sich mit einer Hand, kämmte sich, zog ein frisches Hemd über, ging runter.
Ob er Hunger hätte, fragte Maria, dann solle er sich zu ihnen setzen. Der Chef ist noch unterwegs.
Gelber Reis stand in Schüsseln herum und grüner Salat, gebratenes Huhn gab es und eine Sauce, dick von Tomaten, geschmort in Zwiebeln, gewürzt mit Rosmarin, Basilikum und Knoblauch.
Man füllte einen Teller, und Kappel aß. Er hatte großen Hunger, trank Rotwein dazu.
Maria zeigte auf jeden am Tisch, stellte die spanische

Verwandtschaft vor, nannte die Namen, erklärte. Die Alte oben am Kopf vom Tisch, fast zahnlos, Brot zwischen den Fingern krümelnd, war Avuelita, ihre Oma. Ein Onkel, zwei Schwager und deren Frauen und eine Tante, zwölf Kinder in jedem Alter kamen dazu.

Man sprach spanisch und deutsch durcheinander. Prost, rief Pablo Kappel zu, hielt das Glas hoch. Prost, riefen alle. Prost, sagte Kappel und fühlte, wie seine Oberschenkel naß wurden, rückte hastig zurück, starrte auf seine Hose. Alle schrien vor Lachen. Eine spanische Begrüßungssitte, sagte Maria.

Alle hatten die überhängende Tischdecke aus Wachstuch über ihren Knien gefaßt, daß eine Rinne unterhalb der Tischkante entstand, Pepe hatte Rotwein hineingegossen, und durch Anheben der Decke floß der Wein von einem zum anderen unterhalb der Tischkante herum bis zu dem, der den Hänselbrauch nicht kannte und den Guß abkriegte. Kappel wußte, daß er lachen mußte, und lachte, aß und trank weiter, hörte zu. Maria setzte ihm einen Strohhut auf.

Damit der kluge, aber verletzte Kopf geschont wird, sagte sie.

Jimmy rief rüber, jetzt sähe er aus wie der Drummer Mitch Mitchell von der Jimi Hendrix Experience.

Der trug schwarzen Velours, rief Kappel zurück, goß Rotwein nach, fühlte, wie er leicht wurde in Kopf und Körper, fühlte sich wohl.

Ich kenn dich, sagte ein junger Mann neben Maria, hast bei uns im Verein gespielt, damals, Mittelläufer, Libero wie sie heute sagen. Ich bin Heinz Spormann, von Ernst der Sohn. Unseren Papa kennst du auch vom Verein.

Kappel nickte beim Essen, sagte, daß er auch den Opa kenne, Heinrich. Heinz Spormann lachte: Dann kennsse ja die ganze Familie.
Heinz arbeitete zusammen mit Pablo und Juan in der Werkzeugschlosserei bei Müller-Balzenbeck, war mit ihnen nach Schichtschluß heraufgekommen.
Ronsdorfs Restaurant, lachte er, ist das beste. Du hast ja ziemlich Putz gemacht vorgestern nacht bei Engelbert Peine, dann der Unfall, haust ja ganz schön auf die Pauke, woll?
Ruhe, wurde verlangt, und Pepe und Juan sangen stehend eine Jota, zweistimmig, wurden beklatscht. Die Avuelita mit Greisenstimmchen hob an: »Barca, barca, pescador, pescador ...«, alle fielen ein, dreistimmig wurde das Lied, kehlig sangen die Frauen in Terzen, die Männer machten den Baß, und Bruno Kappel sah fast das Fischerboot, wie es fischvoll nicht zurück an den Kai kam, immer weiter ins Meer trieb.
Heinz Spormann stimmte dann laut und falsch an: »Los cuatros generales, los cuatros generales«, und alle fielen ein: »Los cuatros generales, mamita mia, que hermosa eres, que hermosa eres.« Sie rauchten und tranken Kaffee.
Als abgetragen wurde, die Frauen ins Haus gingen und die Kinder mitnahmen, sagte Heinz Spormann: Hör mal, du bist doch Rechtsanwalt. Wir haben hier ein Problem. Da gibts dieses Landschaftsschutzgebiet, ist damals entstanden beim Autobahnbau, gehört dem Land, ziehen unsere Leute zum Wochenende raus, campen, ausruhen undsoweiter. Daraus will man jetzt einen Truppenübungsplatz machen. Der Campingplatz muß geräumt werden; haben wir aber nicht gemacht. Was kann man da tun?

Ich habe Gehirnerschütterung, sagte Kappel, schwer bis mittelschwer, und krieg keinen Gedanken zu fassen, no señor.
Maria setzte sich neben ihn, legte einen Arm um seine Schulter. Ab morgen können wir vielleicht wieder, sagte sie.
Kappel besah sich die Leute: Heinz Spormann, rotblond und sommersprossig, Pepe, Juan und Pablo, schwarzhaarig und dunkel, Jimmy, der Lehrling, bleich und wimpernlos, und die schöne Maria mit dem Madonnenblick. Sie lächelten freundlich.
Na schön, sagte er, trank Rotwein, erklärte, daß es ein Gesetz gebe über die Landbeschaffung für Aufgaben der Verteidigung, wonach die Bundesregierung Grundbesitz für militärische Zwecke beschaffen könne, vorher aber die Landesregierung zu hören habe, die ihrerseits nach Anhörung der betroffenen Gemeinden und Kreise unter angemessener Berücksichtigung der Erfordernisse der Raumordnung, insbesondere der landwirtschaftlichen und wirtschaftlichen Interessen sowie der Belange des Städtebaus und des Naturschutzes, zu dem Vorhaben Stellung nehmen undsoweiter.
Wat büs du'n Klaugen, sagte Heinz Spormann.
Das Anhörungsverfahren ist gelaufen, sagte Maria, schnell und fast geheim. Stadt- und Kreisvertretung, die Ausschüsse und die Kreisbeauftragten für Naturschutz haben ein bißchen gemosert, aber nicht ernstlich, die Bürger sind nicht gehört worden. Alles ist schnell und diskret durchgezogen worden. Wir haben ja leider keinen Abgeordneten im Stadtparlament. Jetzt liegt die Sache wieder bei der Landesregierung, und Waldemar Niehus, der SPD-Landtags-

abgeordnete, meint, die Regierung mache keine Einwände. Also muß was passieren.
Kappel erklärte, daß und warum eine Klage erfolglos sein würde. Sie hörten zu.

Als Heinz Spormann sich verabschiedete, seine zweihundertfünfziger BMW bestieg, ging Kappel mit Maria ins Haus. Vom Büro, einem Raum neben der Küche, telefonierte er mit seiner Kanzlei in Hamburg.
Wo bist du, fragte Renner.
Hinter den Bergen bei den sieben Zwergen.
Aha, sagte Renner und schwieg, schrieb das wahrscheinlich auf, weil er meinte, es handele sich um eine verschlüsselte Nachricht.
Alles in Ordnung? fragte er.
Schlüsselbeinbruch und Gehirnerschütterung, Prellungen, Schock.
Renner pfiff, schwieg wieder. Bißchen kompliziert, was? sagte er.
Kappel lachte. Kein Flachs, sagte er, Unfall.
Hör mal, für solche Witze bin ich im Augenblick überhaupt nicht zu haben.
Übermorgen bin ich zurück, sagte Kappel, okay? Ist was?
Renner erzählte einiges aus dem Routinebetrieb. Alles übrige mündlich, tschüß. Hast wohl eine aufgerissen, na?
Ich reiße keine auf, sagte Kappel.
Renner lachte meckernd, und Kappel hängte ein.
Maria lehnte in der Tür. Übermorgen schon? fragte sie.
Ja, dann sind die drei Tage richtiger Ruhe herum.

Ob sie ihn mal durch den Betrieb führen sollte, fragte sie.
Sie gingen über den Hof in den Stall. Als sie zum Schwalbennest unterm Balken über der Tür zeigte, als ihr Pullover hochrutschte, als sie sich an ihn lehnte, als er seinen freien Arm um sie legte, dachte er: Die will doch was. Sie küßten sich.
Ich will, daß du keine richtige Ruhe bekommst, sagte sie.

Hast du mich aufgerissen, fragte sie später, als sie neben ihm lag, auf dem Bauch, Kopf auf die gekreuzten Arme gelegt. Sie sah ihn an.
Nein, sagte er.
Sie lachte.
Trifft auch nicht zu, ich hab dich reingelassen oder besser, ich hab ihn reingedrängt. Ich habe das noch nicht viel gemacht, und so noch nie. Du bist der erste, dem man so kommen muß.
Ich bin blessiert, und das heißt Reitersitz in der Fachsprache.
Wie heißt das denn da fachterminologisch: er steht?
Ja, der Ständer.
Ich werde den Ständer küssen, sagte sie und tat das auch.
Ständer, sagte sie, das ist Stammtisch oder jedenfalls Männerverein. Schwanz kann man auch nicht sagen, weil es physiologisch einfach nicht stimmt.
Und Glied ist Klinik, sagte Bruno.
Hammer, wie man hier sagt, sagte Maria, ist brutal und falsch. Schlagen tut man ja gerade nicht mit ihm.
Für eure Sachen gibt es aber auch kein anständiges

Wort, Muschi, das ist doch Kaninchenstall. Loch ist wie Hammer. Pflaume, heißt das in dieser Gegend.

Ich habe keine Pflaume, sagte Maria, aber ich bin geil und will noch mal.

Ich auch, sagte Kappel.

Sie setzte sich auf ihn, ließ ihn ein, bewegte sich weich, langsam, schnell und schneller. Ihre Augen wurden schmal. Die Sonne schien ins Zimmer auf das Bett, auf beide. Er sah nichts mehr. Im Hof lachten Kinder.

Dann lag Maria wieder an seiner rechten Seite. Das war ungewohnt für ihn. Er lag immer rechts.

Ob er noch Schmerzen habe, fragte sie, und er fühlte ihren Atem auf seinem Oberarm. Sie faßte ihn ans Schulterblatt. Er zuckte zusammen.

Wenn du das machst, tut es weh, das andere ist besser.

Ich hol uns einen Schnaps, sagte sie und stand auf, ging ins Nebenzimmer.

Dies ist mein Arbeitszimmer, sagte sie, als sie zurückkam, und für Gäste. Ich wohne eigentlich nebenan.

Sie tranken.

Trinkst du viel Schnaps? fragte er.

Überhaupt nicht, nur manchmal, wie jetzt. Meine Mutter haßte Schnaps. Sie kam aus Vigo, wie alle meine Verwandten, und kannte so was kaum, bis sie den Chef kennenlernte. Agua ardiente, vielleicht ist sie sogar daran gestorben. Sie hatten einen Autounfall. Der Chef saß am Steuer. Das war 1960. Ich war fünf Jahre alt. Ein Jahr lang hat der Chef danach nicht mehr getrunken.

Maria erzählte von ihrer Mutter, von der Familie

ihrer Mutter, erzählte von Landarbeitern ohne Land, von Hunger, Kälte, Krankheit, Gefängnis und Tod. Diese millionenmal millionenfachewig gleiche Geschichte ist älter als tausend Jahre, sagte sie, und erst seit dem 7. November 1917 wird sie geändert.
Du brauchst mich nicht zu agitieren, sagte Kappel.
Das weiß ich nicht, ich weiß nämlich viel zu wenig von dir. Mit dem, was mir Tom, der Arzt, in der Nacht erzählt hat, kann man nicht viel anfangen.
Was hat er erzählt?
Das geht dich nichts an. Also, meine Mutter, davon hab ich erzählt. Sie war schön und lustig und lieb, und das ist dem Chef aufgefallen. Die Maria nämlich war in Stellung bei Müller-Balzenbeck, mit Häubchen, Bitteherrdirektor, Dankegnädigefrau undsoweiter. Das hatten sie ihr beigebracht. Mehr Deutsch konnte sie kaum. Und der Chef hat sie da rausgeholt und hierhergebracht.
Kappel kannte die Geschichte oder vielmehr das, was in der Gegend dazu erzählt wurde. Damals, in den fünfziger Jahren, als die deutsche Wirtschaft keine Zwangsarbeiter mehr und Gastarbeiter noch nicht wieder benutzte, hatte der jüngere Müller-Balzenbeck aus Spanien – Freundschafts- und Urlaubsland der deutschen Wirtschaft – zwei Mädchen, eins fürs Grobe, eins fürs Feine, mitgebracht. Beim Samstagstanz in der Waldeslust lernte Herbert Ronsdorf beide kennen, und er mochte eins der beiden Mädchen besonders gern leiden. Er erschien montags darauf in der Oberstadtvilla vom jüngeren Müller-Balzenbeck, um Maria Segador abzuholen. Als Eberhard Müller-Balzenbeck aus vollem Halse lachte, soll Herbert Ronsdorf ihn mit einer Faustfeuerwaffe

durch den Park gejagt haben. Es sei sogar zu einem Feuergefecht gekommen, wurde erzählt. Sicher aber hatte es eine Schlägerei gegeben. Seit jener Zeit jedenfalls schleppte der jüngere Müller-Balzenbeck ein kürzeres Bein hinter sich her. Amtliche Stellen wurden damals nicht eingeschaltet, die Beteiligten wußten nämlich aus gerade zurückliegender Zeit voneinander Dinge, die man auf sich beruhen lassen wollte.

Hier hat sie zum erstenmal richtig gelebt, sagte Maria, und der Chef hat ihre Mutter, die Avuelita, nach hier geholt, ihre Brüder und Schwestern. Erzähl mal von euch.

Bis vor fünfzig Jahren war es die gleiche Geschichte, sagte Bruno, dann kriegte sie einen leichten Knick nach oben, und heute ist aus jedem von uns was geworden.

Und aus dir ein Rechtsanwalt, warum?

Wenn man Jura macht, dozierte er, und man ist nicht sehr dumm und unempfindlich, kommt man irgendwann dahinter, daß es sich dabei um ein kompliziertes System von Herrschaftsvermittlung handelt. Man wird darin geschult, das Interesse der herrschenden Klasse den Nichtherrschenden so zu verkaufen, daß sie meinen, es sei ihr eigenes Interesse.

Der Staat ist ein Organ der Klassenherrschaft zur Unterdrückung der einen Klasse durch die andere, deklamierte sie Lenin, er ist die Errichtung derjenigen Rechtsordnung, die diese Unterdrückung sanktioniert und festigt, indem sie den Konflikt der Klasse dämpft. Du brauchst mich nicht zu agitieren! Warum bist du Rechtsanwalt geworden?

Weil das eine in diesem komplizierten System, das

ich dir gerade erklären wollte, vorgesehene, aber am wenigsten widerwärtige Rolle ist. Und um Kohlen zu machen, viel Geld zu verdienen.
Machst du viel Kohlen?
Nein.
Widerwärtig bist du nicht, sagte Maria. Sie stand über den Schreibtisch gebeugt, suchte irgendwas zwischen den Büchern und Papieren. Bruno ging zu ihr, legte den freien Arm von hinten um ihre Hüfte, zog sie heran.
Das ist schön, sagte sie, das geht bis zum Nabel und höher. Wie nennt man das?
Von hinten durch die kalte Küche.
Maria schwieg zwei Sekunden, dann sagte sie: Mein lieber Herr Gesangverein.
Darüber mußten sie beide so lachen, daß sie erst mal nicht weiterkonnten.
Dabei kann man nicht lachen, sagte sie, sei wieder ernst.
Später, als sie auf dem Bett lagen, hörten sie Electric Ladyland von Jimi Hendrix, sprachen über Jazz- und Rockmusik.
Rockmusik ist wie Popcorn, sagte Maria, da wirst du nicht satt von, und hinterher hast du einen süßen Geschmack im Mund.
Das ist doch Unsinn, sagte Bruno, hielt seinen Vortrag über Rock, die neue städtisch-plebejische Musik, die Verschmelzung aus Rhythm and Blues, country- und folk-music, weißem und schwarzem Blues, zeigte die Linien auf von Big Bill Broonzy, Ledbeally, Josh White über Elvis Presley, bis hin zu Jimi Hendrix undsoweiter.
Du bist ja richtig begeistert von Amerika-Musik,

sagte Maria, wie unser Jimmy; ist mir aber immer noch lieber als wenn du so ein sensibilisierter Liebling wärst, der beim Bumsen Cohen hört.
Kennst du solche Leute? fragte Bruno.
Ich habe darüber gelesen, sagte sie. So, und jetzt muß ich los. Du könntest mich begleiten.
Sie erzählte vom Treff einer Stadtteilgruppe ab acht am Abend. Dort würde ein Film gezeigt. Heini Spormann, der Alte, habe ihn gedreht auf seiner Reise in die Sowjetunion, wo er einen alten Kumpel aus der Kriegszeit besucht habe. Gäste seien willkommen, auch Waldemar Niehus, der Landtagsabgeordnete, käme. Sonst gingen sich Heini Spormann und Waldemar Niehus aus dem Weg. Kommst du mit?
Ich liebe Dias und Amateurfilme, sagte Bruno, vor allem über Mallorca, aber auch über Moskau. Und Schmerzen fühle ich kaum noch, wenn man mich richtig bewegt.
Diese richtigen Bewegungen, die du wohl meinst, werden später wieder an dir vorgenommen. Beiß die Zähne zusammen und zieh dich an. Vorher müssen wir noch ins Kaufhaus, Kindergeschenke kaufen.
Herbert Ronsdorf fuhr mit einem zertrümmerten Ford am Kran vom Dreihundertzwölfer Allrad in den Hof, als sie herunterkamen.
Kommst du nachher zu dem Film? rief ihm Maria zu.
Film, Film, Film. Ich habe keine Zeit zum Amüsieren, brüllte Ronsdorf, gab unnötig und viel zu viel Gas.
Hat er was gegen Filme? fragte Bruno, als sie den Nordberg hinunter zur Stadt fuhren. Maria steuerte.
Der Chef und die Spormanns, das ist ein Kapitel für sich, sagte sie. Aber er ärgert sich, weil er den Film nicht sieht. Den sowjetischen Kumpel, den der alte

Spormann besucht hat, den kennt er nämlich auch. Die kennen sich überhaupt alle sehr gut.
Was ist denn los, warum gehen die sich aus dem Weg, Spormann, Niehus und der Chef? fragte Bruno.
Interessiert dich das? fragte Maria, ohne von der Straße wegzusehen.
Ja.
Dann frag sie mal.
Sie parkten in der Nähe von Strathmanns Haus, spazierten die Straße hinunter, hielten sich an der Hand. Je näher sie ans Kaufhaus kamen, um so schneller ging Maria. Sie zog ihn schließlich hinter sich her, über die Trittroste durch den saugenden Luftstrom und rein in den vibrierenden, lauwarmen, summenden Warenpalast, vorbei an den Wühltrögen voll mit Socken, Strümpfen, Höschen, Hemdchen, entlang an schwebenden Klarsichtröckchen, dufthauchzarten Dessous, baumelnden Blumendruckbademänteln, durch Gänge zwischen den Theken voll mit Stapeln weißer, karierter, gepunkteter Schürzen, Pyjamas, Pullover, Spitzenblusen und Rüschen, geradewegs zu auf die *Schickste in unserer Clique* aus Pappe, lachend und platzend vor Lust aus ihren Jeans, die Rolltreppe rauf im Rosen-, Flieder-, Veilchenduft zur Musik vom *Tor zum Garten der Träume, das aufgeht, wenn du es siehst und fühlst, ins Paradies,* sprungab und quer durch den Irrgarten voller Hänge-, Steh- und Liegelampen, Mixi-, Maxi-Küchengeräten, Fernsehkästen, -kommoden und -bonbonnièren, hin zur mickymausbunten Kinderspielzeugabteilung.
Stop. Maria blieb stehen neben zwei Mädchen, die auf dem Boden hockten und lachend im Halbkreis vor lachenden Kunden ein mechanisches Stofflamm hüpfen und mähmachen ließen.

Auch Maria lachte über das Lamm, hielt Kappel immer noch hinter sich fest an der Hand, die nicht in der Armschlinge lag, zog ihn, ohne sich umzublicken, näher zu sich heran, ließ die Hand nicht los.

Kaufhäuser machten ihn nervös. Er befreite seine Hand.

Maria drehte sich herum. Wir kaufen Legosteine für die Kinder von Irmgard und Hans, sagte sie, und dann gehen wir noch einmal von oben nach unten durch alle Etagen von vorne bis hinten, richtig bummeln, und in der Lebensmittelabteilung kaufe ich dann noch etwas zum Essen.

Ohne mich, sagte Bruno, ich zieh zu Erwin Zibulla.

Du bist einer von den ganz Linken, den Kaufhausfeinden, woll? sagte sie.

Theoretisch nicht, praktisch ja, sagte Bruno, und da fing sie an: Solche hätte sie gern, Bürgerkinder, immer alles zu Hause gehabt, und nun seien sie sauer, weil jetzt auch die anderen vieles kaufen könnten. Ätsch, würden sie eben das Warenhaus anzünden, Papi und Mami und allen anderen eins auswischen.

Geh, Bruno Kappel, du hast mich enttäuscht. In einer halben Stunde hol ich dich im Wirtshaus ab. Betrink dich nicht.

Zibullas Schieferhaus mit den grün gestrichenen Fenstern und Türrahmen stand ziemlich verloren zwischen AOK und Hochgarage. Es war der Rest vom alten Arbeiterwohnviertel.

Die Müller-Balzenbeck AG und mit ihr im Bündnis das Regime der Stadt hatten gerade dieses Haus verschwinden lassen wollen. Die Kneipe war Treffpunkt der Arbeiter und Angestellten aus dem Werk, Versammlungslokal von TuS 98, Kappels altem Fußballverein, und früher auch Taubenzuchts-, Gesangs- und Kleingärtnerverein, Gewerkschaft, SPD und KPD, »in Wahrheit ein rotes Widerstandsnest« nach der richtigen Ansicht des älteren Müller-Balzenbeck. Aber anders als die übrigen Häuser, die sämtlich dem Werk gehört hatten, war Zibullas Haus seit hundertfünfundzwanzig Jahren Eigentum der Zibullas, und immer hatten die Zibullas sich erfolgreich gegen Aufkaufs- und Enteignungsangriffe von Werk und Stadt gewehrt, auch bei der großen Sanierungsaktion 56, die das *baufällige und unhygienische Wohnviertel mit seinen Kleingärten, Hinterhöfen, dunklen und schmuddeligen Winkeln, diesen häßlichen Fleck in der Unterstadt, zu einem modernen Geschäfts- und Wohnviertel gesunden ließ,* wie der Stadtdirektor es ausgedrückt hatte in der Festschrift zum hundertfündundzwanzigjährigen Bestehen der Müller-Balzenbeck AG.

Im letzten Jahr sollte Zibullas Haus wieder mal verschwinden, diesmal wegen einer Straße, die ausgerechnet zwischen AOK und Hochgarage am Werktor 2 vorbeiführen sollte. Aus Geldmangel hatte man das Projekt aber aufgeben müssen.

Seitdem die Leute aus dem Werk verstreut in verschiedenen Vierteln der Stadt wohnten, war Zibullas Kneipe nicht mehr das, was sie früher gewesen war: ein zweites Zuhause. Aber immer noch kamen die Leute nach Schichtschluß auf ein Bier oder zwei herein, und im Sälchen gab es auch immer noch Versammlungen, und bei besonderen Angelegenheiten, bei Streiks zum Beispiel, war das Lokal, nur zweihundert Meter vom Haupttor am Werk entfernt, von morgens bis abends besetzt.

Da isser ja, unser Draufgänger, sagte Erwin Zibulla, als Bruno hereinkam, stellte einen Korn auf den Tresen und zapfte ein Bier. Engelbert Peine will hundert Mark von dir.

Die Kneipe war noch fast leer. Die Tür zum Sälchen stand offen, und man sah ein paar Rentner, die vor dem Fernseher saßen. Sie kicherten über die Mainzelmännchen.

Hier war mal einer, ungelogen, erzählte Erwin Zibulla, son Angeknacksten, trank Bouillon mit Kognak. Das war der, der im Fernsehen das Hechhechhech-Lachen macht von den Mainzelmännchen. Seitdem lassen sich die dahinten keine Mainzelmännchen-Sendung mehr entgehen.

Kann ich mal telefonieren? frage Bruno.

Zibulla stellte die Zähleruhr ein, reichte ihm das Telefon am langen Kabel. Kappel ging damit hinten ans Treseneck, rief die Kanzlei in Hamburg an, erklärte Susanne seinen Unfall. Regelt das, sagte er.

Kommst du übermorgen zurück? fragte sie.

Noch nicht.

Hast du Schmerzen?

Es geht.

Ich streichle dich.

Danke.

Du sollst eine Nummer anrufen. Schreib mal auf. Ab vier, geht also jetzt.

Bruno notierte. Wißt ihr was über Karin? fragte er.

Nichts, sagte Susanne.

Tschüß.

Paß auf dich auf.
Er wählte die notierte Nummer. Der Vorwahl nach mußte der Anschluß in der Umgebung von Hamburg sein.
Hallоооо, sagte eine Frauenstimme mit langem, warmem, nasalem, aufsteigendem O.
Naaaa, sagte Kappel mit langem, kühlem, nasalem, aufsteigendem A, ich bin's, the Star-Fucker.
Er hörte nichts. Wahrscheinlich hielt die Frau die Hörmuschel zu. Dann fragte Martin Baller: Bruno, bist du's?
So ist's recht, sagte Kappel. Ab vier Uhr nachmittags ist der Staatsanwalt zu erreichen im Puff. Bis zum Souper pflegt er bei Tango und Foxtrottmusik Billard zu spielen und Apéritifs zu trinken. Was willst du?
Ich muß dich unbedingt sprechen, sagte Baller.
Sprich, sagte Kappel.
Bruno, wir treffen uns morgen beim Spiel am Volksparkstadion, Haupttribüne, ich habe Karten. Sei um sieben da.
Nein, sagte Kappel, bums schön; und hängte ein, zahlte die Gespräche gleich und verlangte: Nochmal das gleiche, Bier und Korn.
Zibulla stellte das Telefon zurück.
Wie steht der Verein? fragte Bruno, erzähl mal.
Ewig dasselbe, schimpfte Zibulla, ändert sich in hundert Jahren nicht, immer kurz vorm Abstieg, ein Bein inne Kreisklasse. 07 kauft die besten Spieler weg, Vorstandspolitik natürlich. Aber sind auch Jungens heute, meint jeder sofort, daß er Müller ist oder Beckenbauer, wenn er mal inner Ersten spielen darf. Haare bis auf die Schultern, und jeder will Profi werden. So tänzeln sie rum.

Zibulla strich die paar Haare ins Gesicht, zog den gewaltigen Bauch ein, legte den Kopf in den Nacken, schloß die Augen halb und tanzte hinterm Tresen rum.
Ein paar Männer waren inzwischen hereingekommen und lachten.
Laß se doch, sagte einer, ist nicht mehr wie zu deiner Zeit, Dicker. Heute ist das eben rasanter und mehr elegant. Das sind Profis, Stars.
Es begann der alte Streit über Fußball früher und heute. Die vergilbten Mannschaftsfotos wurden von der Wand genommen, Namen genannt, Spielzüge nacherzählt.
Hier, sagte Zibulla, 1912, nach dem Freundschaftsspiel gegen Borussia, fünf zu drei für uns, wo Ernst Spormann, der Vater vom alten Heini, allein fünf Tore geschossen hat.
Und zwei Selbsttore, sagte jemand, die haben doch einfach drauflosgeschossen früher, egal, wohin.
Die Rentner waren auch dazugekommen. Kennst du doch gar nicht mehr, den alten Ernst, sagte einer von ihnen. Das war ein Spieler! Hat gegen 07 damals die Torlatte glatt durchgeschossen.
Sag ich ja, sagte der andere, einfach drauflos.
Alle hatten sich über das Foto gebeugt, blickten auf die schnauzbärtigen Männer in Unterhemden und knielangen Hosen. Das war noch Fußball, sagte einer mit Krückstock und schwerem Atem.
Ja, sagte ein anderer, das waren aber auch noch Zeiten. Zu Fuß nach Düsseldorf, damals gegen Fortuna, in der Halbzeit gab's Erbsensuppe aus der Gulaschkanone. Und nicht rumgeschrien wie so 'ne Kreissäge, wenn die Beine mal weggesäbelt wurden; wie

Szepan damals, mit Leistenbruch noch das Führungstor geschossen.
Ja, und die Tore haben wir selber aufgestellt, Gras auf'm Platz mit den Fingern gezupft, abends nach Feierabend, Trikots und Schuhe, alles selbst gezahlt, Überstunden dafür gemacht, lachte ein fetter Lehrling.
Jawoll, schrie ein Rentner, jawoll, Kaulquappe dasse bis.
Mannschaftsgeist, sagte jemand, das gab's eben damals noch; nicht immer bloß Geld, Geld, Geld und wie kann ich noch mehr kriegen und Profi werden.
Richtig, sagten alle.
Sie tranken und träumten.
Fußball ist eine gesellschaftliche Angelegenheit, hat auch zu tun mit Produktion, mit Organisation von Produktion, sagte Kappel. Ich meine, wie man arbeitet, wie die Bedingungen sind und wie man zur Arbeit steht. Mannschaftsgeist, den gab's früher auch sonst, beim Arbeiten und auch nach Feierabend. Auch die großartige Einzelleistung damals, die trotzdem kollektiv blieb und als solche vermittelt wurde, das hatte damit zu tun, daß der Einzelwert von Arbeit . . ., also damals gab es zum Beispiel noch kein Fließband, ich meine, versteht ihr?
Nein, sagte Zibulla.
Alle sahen Kappel an wie einen Kranken. Meinst du, heute ist das anders im Betrieb? fragte einer.
Daß sie da rumtänzeln? fragte Zibulla, strich wieder sein Haar ins Gesicht, tippelte hinterm Tresen auf und ab. Ach, Herr Oberingenieur, rief er dabei mit hoher Stimme und halb singend, würden Sie mir bitte den Fünfzehner rüberreichen, das Band eilt so hurtig.
Alle schrien vor Lachen.

Verstehen dich die einfachen Leute nicht? fragte Maria, die hereingekommen war.
Oh, wer kommt denn da? rief jemand. Einer pfiff. Bruno und Maria gingen zu einem der hinteren Tische.
Die Herrschaften wünschen? rief Zibulla rüber. Maria wünschte Coca, Bruno nochmal Bier und Korn.
Nachdem Zibulla das Bestellte gebracht hatte, stand Maria auf, ging durchs Lokal, am Tresen vorbei und verschwand hinter der Tür »Zur Toilette«. Kappel folgte etwas später. Die Tür führte zu einem Gang mit mehreren Türen. Am hinteren Ende lagen die Toiletten. Durchs vergitterte und offenstehende Fenster über der Pinkelrinne konnte er in den Anricht- und Küchenraum, der hinterm Schankraum lag, sehen. Er sah Zibulla und Maria. Maria sprach mit Zibulla, hastig, fand Bruno.
Er war eher am Tisch zurück als Maria.
Zahlen, rief sie, als sie am Tresen vorbeiging.
Zibulla kam aus der hinteren Tür zu ihrem Tisch und kassierte.
In vier Wochen spielen wir gegen 07, sagte er, das wird'n Spiel! Kommst du?
Vielleicht, sagte Kappel.

4

Sie fuhren in eine Neubausiedlung am Stadtrand. Zwei Kinder öffneten, bekamen von Maria die Legosteine geschenkt.
Irmgard Speckenbach, Vorarbeiterin von dreißig Nudelweibern am Band bei vierzig Grad im Schatten, wie sie sich Kappel vorstellte, Vertrauensfrau und Leiterin der Stadtteilgruppe, breithintrig und kurzhalsig, saß auf der Fensterbank, berichtete über einen Streit um die Bandgeschwindigkeit im Betrieb, die übrigen Mitglieder der Stadtteilgruppe, junge Leute unter dreißig, von denen Kappel nur Heinz Spormann kannte, saßen und standen herum, löffelten griechisch-türkische Hammelfleischsuppe, gekocht von einigen Mädchen aus der Nudelfabrik, als es klingelte und jemand rief: Ernst ist da.
Ernst Spormann glich Hans Albers –. Jedenfalls meint er das, sagte Maria. Er hatte allerdings einen Bauch, wie sie manchmal an schmal gebauten Männern wachsen – Spitzkühler, wie es in der Gegend hieß. Man begrüßte ihn mit Respekt, nahm ihm den Hut ab, reichte ihm eine Flasche Bier.
Die anderen kommen gleich, sagte er. Kappel fragte er, ob er noch Fußball spiele.
Nicht mehr aktiv.
Du warst nicht schlecht, bißchen verspielt vielleicht. Also, sagte er dann, und es wurde sofort still, wenn Waldemar Niehus kommt – keine Frotzeleien. Der will sich bloß den Film ansehen, und ist für ihn schon allerhand, daß er überhaupt kommt. Wenn das bekannt wird, isser längste Zeit Abgeordneter gewesen. Kommt dein Papa? fragte er Maria.

Nein, kennst ihn ja.
Schade.
Als es wieder klingelte, traten der alte Spormann, seine Frau und die Frau von Ernst Spormann ein. Sie sollten sich nicht so freuen, sagte Heini Spormann, so gut sei der Streifen nicht. Er sei ja kein Fachmann. Licht aus, Film ab, rief man, aber man wartete noch auf Waldemar Niehus, der schließlich, als es draußen genügend dunkel war, ankam. Er war dicker geworden, trug eine Brille.
Na, sagte er zu Bruno Kappel, alles in Ordnung? Doris hat mir einiges erzählt.
Er setzte sich neben Kappel auf den Boden.
Das Licht ging aus, der Projektor fing an zu schnurren, und sie sahen den Schmalfilm: *Reise in die Sowjetunion, von Heinrich Spormann,* und der begann damit, daß ein kleiner Skoda an einen kleinen Wohnwagen heranfuhr, von Heini Spormann angekuppelt wurde, während seine Frau daneben stand und lachend ins Bild winkte.
Halt mal an, Sugga, rief Heini Spormann seiner Schwiegertochter Gisela zu, die den Projektor bediente, also da sind wir, der Skoda, Wohnwagen, Anna und ich. Mit dem Wohnwagen, das war ein Ding. Ihr kennt doch alle Mahlmanns Paul ...
Es folgte die lange Geschichte vom Kauf des Wohnwagens, nach deren Ende erst Heini Spormann wieder abfahren ließ, einige Zentimeter allerdings nur, bis man das Innere des Wohnwagens sah und Anna Spormann eingeklemmt zwischen Tisch und Wand und ins Bild winkend.
Halt mal an.
Papa, sagte Ernst Spormann schließlich, geht das

nicht vielleicht bißchen schneller? Das ist doch eine Reise bis Moskau und zurück.

Alle klatschten, und Heini Spormann fügte sich, allerdings unwillig, und es dauerte mit vielen »Halt mal an« auch noch über eine halbe Stunde, bis die erste Rolle abgelaufen, Skoda und Wohnwagen in Eisenhüttenstadt angekommen waren, wo man einen Mann sah, in Anzug und Krawatte und Schutzhelm vor einer Werkhalle stehend, lachend und ins Bild winkend.

Unser Karl-Heinz, sagte Anna Spormann, vor seinem Werk.

So, rief jemand, ist das jetzt sein Betrieb? Wußte ich noch gar nicht, daß die in Eisenhüttenstadt wieder alles reprivatisiert haben.

Alle lachten.

Ich mein ja nur, sagte Anna Spormann, und Gisela sagte: Ist schon in Ordnung, Anna, wir wissen ja alle, was du meinst.

Jetzt schnell durch Polen, sagte Heini Spormann. Da gibt's nichts Besonderes. Da! Die Schwatten. Machen ihre Umzüge am hellichten Tag. Unglaublich!

So, und das ist sie: die Grenze zur Sowjetunion, halt mal an.

Man sah einen Schlagbaum und ein Schild mit kyrillischen Buchstaben.

Da hab ich mehr als fünfzig Jahre von geträumt, daß ich da mal hinkomme. Und da stehe ich, siebzig Jahre alt geworden.

Nun krieg dich mal wieder ein, sagte Anna. Also, das erste, was wir an der Grenze machen sollten, war das Obst wegschmeißen und die Kartoffeln.

Warum? riefen alle.

Bakteriologische Kriegführung des Gegners, sagte Heini Spormann.
Nein, sagte Waldemar Niehus, nach den Einführungsbestimmungen der Sowjetunion dürfen bestimmte Pflanzenschutzmittel die Grenze nicht passieren. Äpfel, Birnen, Bananen, Kartoffeln, Apfelsinen undsoweiter aus den westlichen Ländern sind aber in der Regel mit den in Frage kommenden Insekten und Fäulnis abwehrenden Mitteln besprüht beziehungsweise eingerieben.
Das ist doch Geschwätz, rief Heini Spormann, aber Ernst, sein Sohn, rief noch lauter: Tünnemann hat Recht, verdammt noch mal, weiter jetzt.
Anna Spormann sagte in die Stille: Ich konnte das Obst und die Kartoffeln schälen. Dann durfte ich sie mit rübernehmen.
Die nächste Rolle zeigte ausschließlich Campingplätze auf der Strecke zwischen Brest, Smolensk und von da auf der besonders genehmigten Route nach Kalinin, und auf den Campingplätzen Heini und Anna Spormann zwischen trinkenden, essenden, lachenden, singenden, winkenden Leuten an Campingtischen. Kein Campingplatz unterschied sich von dem anderen, und Anna und Heini Spormann lachten laut auf bei jedem neuen Bild, das sie zwischen trinkenden, essenden, lachenden, singenden, winkenden Leuten an Campingtischen zeigte, sie nannten Namen, stritten sich, welche trinkenden, essenden, lachenden, singenden, winkenden Leute an wessen Campingtischen saßen.
Hör mal, sagte schließlich Heinz Spormann, der Enkel, das hättet ihr aber auch hier bei uns haben können oben auf dem Campingplatz am Großen See, Saufen und Singen.

Awatt, sagte Heini Spormann lachend, weil er sich wieder zwischen trinkenden, essenden, lachenden, singenden, winkenden Leuten entdeckte, schunkelnd und ins Bild winkend. »Durchs Gebirge, durch die Steppe zog«, fing jemand an zu singen, und alle fielen ein: »unsre kühne Division hin zur Küste jener weißen, heiß umstrittenen Bastion«; und alle sangen alle Strophen bis vor Kalinin: »Und so jagten wir zum Teufel General und Ataman. Unser Feldzug fand ein Ende erst am Stillen Ozean.«
So, sagte Heini Spormann, und auf der nächsten Rolle kommt er endlich – unser Stacho.
Pause, wurde gerufen, Pinkeln und frisches Bier.
Das Licht ging an.
Wer ist Stacho? fragte Kappel.
Stacho war sowjetischer Offizier, erzählte Niehus. Er kam 1942 als Kriegsgefangener nach hier, arbeitete im Eisenwerk und war in der Widerstandsgruppe mit Heini Spormann und den anderen. Wir haben ihn gut gekannt, ein Freund. Wir Kinder, Ernst, Herbert Ronsdorf, Gisela, die Frau von Ernst, Benno Krach und ich, haben damals mit ihm und den anderen ziemlich gefährliche Spiele gespielt, Flüchtlinge versteckt, Flugblätter verteilt, Zündschnüre gelegt. 1945 wurde Stacho mit den übrigen Kriegsgefangenen und Zwangsarbeitern in die Sowjetunion zurückgebracht. Was aus ihm geworden ist, weiß ich nicht. Die kamen ja zuerst einmal alle ins Lager unter Stalin zwecks Umerziehung. Er hat später ein paarmal an Heini Spormann geschrieben, und der hat ihn im letzten Herbst in Kalinin besucht, dabei diesen Film gedreht. Stacho war ein Bolschewik, wie er im Buche steht: unbedingter revolutionärer Glaube, ausschließlich

auf Nutzeffekt eingestellte, disziplinierte Haltung im Denken und Handeln, Selbstlosigkeit und Härte.
Wie euer Willy Brandt, rief Heini Spormann, sprach aber nicht weiter, als er seinen Sohn Ernst sah.
Es wurde wieder dunkel, Film und Skoda mit Wohnwagen liefen weiter und landeten in einer Laubenkolonie von Kalinin.
Das ist er, sagte Heini Spormann, und in Umarmung sah man Heini und Stacho, einen Kleinen, Zahnlückigen, Weißhaarigen, der anschließend ins Bild winkte und lachte.
Ist auch auf Rente gesetzt, erzählte Anna Spormann, wohnt in so'n Häuschen, mit Blumen, Gemüse, alles wie bei uns oben am Großen See, macht nicht mehr viel, nur bißchen noch für die Partei.
Wieder sah man essende, trinkende, lachende, winkende, singende Leute, diesmal vor Stachos Holzhäuschen. Weiter ging die Fahrt der zwei mit Stacho und dessen Enkelkind Wanja nach Moskau, und dann sah man alle vier strahlend auf dem Roten Platz stehen und ins Bild winken. Halt mal an, sagte Heini. So, da sind wir. Ist das was?
Ja, riefen alle.
Seht aus, wie wenn ihr die Revolution gemacht hättet, sagte jemand.
Licht an, rief Heini Spormann, wer war das? Ernstfried, du! Nein, die Revolution haben wir nicht gemacht. Aber wir haben dafür gekämpft, daß sie nicht kaputtgemacht wurde, wir und ein paar Millionen andere, und deshalb stehen wir da auf dem Roten Platz, und du sitzt mit deinem Pülleken Bier inner Hand und deiner Beatle-Mähne da und kannst dir das angucken und Witze machen. Ist das so, Tünne-

mann? fragte er nach Waldemar Niehus hin, und der sagte: Ja, Heini, so ungefähr.

Das Licht ging wieder aus, Moskaus Sehenswürdigkeiten gab es noch, einen Achsenbruch und schließlich die Heimfahrt ab Leningrad auf einem Frachter durch die Ostsee mit untergehender Abendsonne im Gegenlicht und bei sprühender Gischt am Bug. – Ende.

Alle klatschten.

Kappel hatte Schmerzen in der verletzten Schulter durch das lange und unbequeme Sitzen auf dem Boden. In seinem Hinterkopf klopfte es, Tabaksqualm und verbrauchte Luft lagen ihm auf der Brust. Er ging in die Küche, schluckte zwei Tabletten, ging dann unbemerkt ins Schlafzimmer.

Das Fenster stand offen, er legte sich auf den Fellteppich zwischen Fenster und Bett, atmete ein paarmal tief durch, schloß die Augen. Eines der Kinder schnarchte. Die Tür wurde geöffnet und wieder geschlossen.

Laß Licht aus, sagte eine Männerstimme leise. Na, was meinsse?

Seine Schulter ist wirklich verletzt, so kann sich keiner verstellen, sagte ein Mädchen oder eine Frau leise.

Bruno Kappel erkannte die Stimme. Es war Maria Ronsdorf, die flüsterte.

Die beiden blieben an der Tür stehen, von da aus war Kappel hinterm Bett auf dem Fellteppich nicht zu sehen.

Er spricht nicht viel über sich, sagte Maria, aber was er erzählt, ist manchmal bißchen überlinks, ist wild auf Amerika-Musik, wollte etwas wissen über das

Verhältnis zwischen Ernst und dem Chef und Niehus. Großes Interesse in Sachen Klein-Schweden zeigt er nicht – aber das wär ja verständlich bei dem Stand der Dinge.
Also? fragte der Mann.
Ich weiß nicht. Du, ich möcht nicht weitermachen.
Warum? fragte der Mann.
Na, einfach so.
Mach mal weiter, sagte der Mann. Wenn er faul ist, muß er Kontakt aufnehmen zu seinen Leuten, bald.
Maria sagte: Er hat heute dreimal angerufen, zweimal sein Büro in Hamburg. Einmal von uns aus, das andere Mal von Zibulla aus. Bei Zibulla hat er nach einer Karin gefragt. Das dritte Gespräch von Zibulla ging auch weit raus. Ein paar Blödelsprüche hat er abgelassen, ohne erkennbaren Sinn.
Also, mach weiter, sagte der Mann, komm, wir gehen wieder rein.
Sie gingen leise, wie sie gekommen waren.
Kappel blieb liegen. Was ihm ein Freund aus Dresden, der manchmal durch die Bundesrepublik reiste, einmal gesagt hatte, fiel ihm ein: Das Schlimmste bei euch, wie ich das empfinde, ist das vollständige Fehlen von Vertrauen. Da bleibt nichts mehr, und du kannst niemandem etwas von dir erzählen, niemandem mehr etwas anvertrauen. Kontrolle ist besser, hatte Kappel dazu gewitzelt, aber er wußte seit einiger Zeit, was der Freund gemeint hatte, und jetzt spürte er es auch.
Als er in das Zimmer zurückkam, in dem der Film gezeigt worden war, wurde Waldemar Niehus, der sich verabschiedete, gefragt, ob er hier in der Stadt wirklich öffentlich mit dem Innenminister über den

Truppenübungsplatz in Klein-Schweden diskutieren wolle.
Selbstverständlich, sagte Niehus, allerdings ist es bis jetzt ohne jegliche Attraktivität für den Mann, nach hier zu reisen, um über dieses Projekt mit irgend jemand zu reden, nachdem weder die betroffene Stadt noch der gleichfalls angesprochene Kreis ernsthafte Einwände vorgebracht, geschweige denn die Bürger von sich aus massenhaft protestiert haben. Wenn da nichts passiert – na ja.
Da wird schon was passieren, sagte Heinz Spormann, und sein Großvater, Heini Spormann, sagte zu Waldemar Niehus: Übernimm dich mal nicht. Bei der Diskussion mit dem Mann kannst du vielleicht mehr Stimmen verlieren als gewinnen.
Niehus lachte und sagte zu Kappel: Laß dich mal sehen bei uns. Unsere Oma wohnt auch bei mir. Die freut sich bestimmt, wenn du kommst.
Ob er heimfahren wolle, fragte Maria, er sähe blaß aus. Hast du Schmerzen?
Ja, sagte Kappel.
Sie verabschiedeten sich. Ernst Spormann sagte noch: In vier Wochen beim Spiel gegen 07 sehen wir uns.
Auf der Fahrt, als Kappel zu Marias Film-Kommentar schwieg, fragte sie: Tut's weh?
Überhaupt nicht, sagte er. Wann meinst du, hast du mich enttarnt? Wie lange mußt du noch weitermachen, und von wem, meinst du, habe ich den Auftrag? Verfassungsschutz, BND, Sicherungsgruppe?
Sie fuhr weiter, steckte sich eine Zigarette an, ziemlich hastig.
Du warst also im Schlafzimmer?

No, sagte Kappel, die alte Tour. Wir haben jemanden von euch rübergezogen, der packt ganz schön aus.
Sie fuhr rechts ran, hielt, schaltete den Motor aus.
Hör mal zu, sagte sie, sei mal kein vom Leben bitter enttäuschter Kleinbürger. Du weißt doch auch, wo es langgeht.
Ich höre.
Wir kennen dich nicht, wissen nur, daß du mit diesen Anarchisten zu tun hast, und die treiben sich hier in der Gegend herum. Du machst Trouble bei Engelbert Peine, führst mit diesem widerlichen Nazi, diesem Bauunternehmer, eine Szene auf, warum? Später findet man dich zweihundert Meter von unserem Haus, lebend, aber der Wagen ist ein Klumpen Schrott. Ein Arzt, dein Freund, erklärt, du hättest das Schlüsselbein gebrochen, Gehirnerschütterung, du müßtest Ruhe haben. Nach einem Tag läufst du morgens in aller Frühe schon wieder herum, hilfst bei der Reparatur am Motor. Wir fädeln gerade Aktion Klein-Schweden ein. Wer hat Interesse daran, was da läuft und wer da fädelt? Die Anarchisten wittern sicher eine Chance, sich wieder mal aufzuspielen. Die Chaoten lechzen nach dem Kampf der Volksmassen, und Aktionen dieser Art halten sie dafür. Von den Organisationen, die du genannt hast, will ich nicht reden, das hat dir hier keiner zugetraut. Na, was hältst du davon?
Okay, wenn man dazu noch die gängige Spitzelmystik zählt. Aber warum der harte körperliche Einsatz? Das steht doch nicht dafür.
Maria fuhr weiter.
Ich höre, sagte Kappel.
Hör auf, so ein Schwein bist du doch überhaupt

nicht, sagte Maria, steckte sich eine zweite Zigarette an der ersten an.
Wie berichtet man so was? fragte er. Eine gewisse Zuneigung der Beauftragten zur auszuforschenden Person soll nicht verschwiegen werden?
Hau ab, rief sie, hau sehr schnell ab.
Ganz bestimmt, ich hol nur meine Sachen, und morgen in aller Frühe fahr ich, verlaß dich darauf.
Er pfiff: »Durchs Gebirge, durch die Steppe zog unsre kühne Division.«
Daß mir das gelingt, dachte er.

Bei der Abschlepperei setzte ihn Maria ab, wendete bremsenquietschend und fuhr wieder los.
Als Kappel die Treppe hochging, hörte er aus Jimmys Zimmer die Gitarre von Jimi Hendrix: »Star Spangled Banner«, die Aufnahme vom Woodstock Festival.
Jimmy lag auf dem Bett.
Die Dachstube war mit Alufolie tapeziert. Einige Kerzen brannten, und Rauchstäbchen glimmten unter dem Poster, auf dem der Kopf von Jimi Hendrix aus einer riesigen Blume wuchs.
Kappel setzte sich auf den Fußboden, legte den Kopf an die Wand.
Er ist und bleibt der Größte, sagte Jimmy, drehte einen gewaltigen Joint aus schwarzem Krausen mit einer halben Hand voll zerkrümeltem indischen Hanf gemischt, rauchte an, gab Kappel den Apparat, und sie hörten und rauchten und schwiegen.
Später, in Marias Arbeitszimmer im Bett, aber ohne Maria, mußte er ein paarmal lachen, ehe er einschlief. Er träumte von Spielkarten und Stieren und einem bunthalsigen Vogel, der an Oliven pickte, und

von Jimi Hendrix, der seine Gitarre zerbiß.

Am frühen Morgen ging er, gallischen Kapuzenmantel und Tasche bei sich. Beides war fast heil geblieben. Nur der Mantel hatte ein faustgroßes Loch im Ärmel. Er mußte an der Küche vorbei. Die Tür stand offen, am Tisch saß der Chef.

Komm rein, sagte er, trink 'ne Tasse Kaffee mit.

Kappel setzte sich, ließ sich eine Tasse vorsetzen, Kaffee eingießen.

Na? fragte Herbert Ronsdorf.

Ich fahr nach Hause, sagte Kappel. Mir gehts wieder besser.

So, ich dachte, du wärst bißchen länger geblieben. Sah ja so aus. Willst du was für den Schrott?

Nein, sagte Kappel, und danke für alles.

Ich muß in die Stadt und nehm dich zum Bahnhof mit.

Sie fuhren im Dreihundertzwölfer. Hört sich gut an, woll, sagte der Chef. Der Motor nagelte ruhig und tief.

Wie war denn der Film gestern abend? Stacho, wie sieht der aus jetzt? Erzähl mal.

Hat viel gelacht, sagte Kappel, fehlten paar Zähne, aber sonst war er noch rüstig. Ist Rentner.

Stacho, der war richtig. Der hatte die Hosen nicht voll, sagte Ronsdorf. Am MG seh ich ihn noch, wie er die von der SS erledigt hat, als die uns fertigmachen wollten, zwei Minuten vor Kriegsschluß. So einer fehlt heute hier.

Das waren auch andere Zeiten, sagte Kappel.

Die Zeiten sind immer anders. Mal sind die Haare kurz, mal lang. Mal machen die da unten im Werk Geschützbleche und mal Coca-Cola-Automaten.

Mal sind die Panzer grau, und mal sind sie grün gestrichen. So verschieden ist das.
Am Bahnhof verabschiedeten sie sich. Komm mal wieder rein, sagte Ronsdorf, und Bruno Kappel sagte: Bis die Tage.
Er nahm den Zug nach Düsseldorf, fuhr zum Flughafen, bekam noch einen Platz in der nächsten Maschine nach Hamburg und war um Mittag in der Kanzlei.
Das ist aber keine originelle Tarnung, sagte Renner, einfach den Arm in der Schlinge tragen. Susanne sagte: Warte doch mal ab, wer weiß, was er in der Schlinge verbirgt.
Laßt mich in Ruhe, sagte Kappel und ging in sein Büro, kam noch einmal zurück. Noch was, sagte er, von Karin Kunze und dieser ganzen Gangsterei will ich nichts mehr hören. Nichts mehr, ist das klar?
Bitteschön, sagten beide.
Gib mir mal die Liste mit den geheimen Autokennzeichen von Sonderdienststellen der Hamburger Kripo.
Susanne brachte ihm die Liste. Ärger? fragte sie.
Nein.
Er verglich die Autonummern auf der Liste mit den Nummern der Wagen, die ihn verfolgt hatten. Aber die Kennzeichen, die er notiert hatte, fehlten auf der Liste.

5

Kappel arbeitete. Mit Stößen von Akten unterm freien Arm lief er von Gerichtssaal zu Gerichtssaal, zu Scheidungs-, Zahlungs-, Miet- und anderen Streitigkeiten, Termine letzter Intimverkehre bestreitend oder behauptend, Risse in Bungalowflachdächern einwendend oder leugnend, Mieterhöhungen abweisend oder begründend, stand am Richtertisch über Verkehrsskizzen gebeugt, diskutierend über Vorfahrtsregeln und Bremswege, saß auf der Verteidigerbank, Zeugen fragend, verhöhnend, verunsichernd oder lobend und stützend, plädierte stehend laut in forensischer Pose: den freien Arm, robenumärmelt, hebend und senkend, die Hand schlenkernd überm Kopf, unschuldsverweisend zum Angeklagten, drohend dem Staatsanwalt, dem Richter zum Einschlagen hingestreckt, oder plädierte sitzend leise im Konferenzstil: Stimme und Brauen hebend und senkend, über den Angeklagten verständnisvoll distanziert, mit dem Staatsanwalt fachlich ironisch, sachlich und beinahe wie unter Gleichen zum Richter hin redend.

Beraten, befragen, beschwatzen, beschwichtigen und bedauern tat er in den Bürosprechstunden, diktierte anschließend Klagen und Klagebeantwortungen, Berufungen, Einsprüche, Kündigungen und Kündigungswidersprüche, arbeitete in den Akten bis über Mitternacht, schlief im Büro.

Du übertreibst, sagte Susanne. Auch sie ging nicht heim nachts. Sie könne mit Edgar, das war ihr zweiter Mann, nicht in einer Wohnung zusammen leben, vor allem nicht dasselbe Klo benutzen. Kappel und sie vögelten manchmal ein bißchen, wenn sie nicht schlafen konnten, aber ohne richtigen Spaß. Weißt du was, sagte er einmal zu ihr, als sie nebeneinander lagen und an die Decke sahen, ich möchte Motoren reparieren. Und er erklärte den Sechszylinder-Vorkammerdiesel, wassergekühlt, ohne Büchsen, zweitausendvierhundert Umdrehungen in der Minute. Susanne schlief darüber ein.

An einem Abend ging er zum Schriftsteller Barthel, hatte überhaupt keine Lust dazu, aber Renner und Susanne hatten darauf bestanden. Die meisten, die sich dort träfen, seien ihre Klienten oder könnten es werden, er, Renner, müsse zum Referat beim Ring Deutscher Makler, sie, Susanne, habe ihren Händchenhalte-Abend bei Amnesty International. Sie täten also beide was fürs Geschäft, mithin könne Kappel auch.

Neue Stimmungen kommen auf beim Corps der Amateurideologen, sagte Renner, die sind vielleicht schon umgestiegen, und wir haben noch die Staeck-Plakate hier hängen. Also riech mal herum.

Der Schriftsteller Barthel wohnte in einem Senatorenhaus mit Alsterblick. Als Kappel sich im Marmorfliesen-Entrée vor dem Spiegel kämmte, sah er den unverwüstlichen Herausgeber.

Ei, bist du schön, sagte der in den Spiegel. Aber oben gibt es noch viel schönere Menschen. Meinst du, das wirkt: leidend den Arm in der Binde?

Kotzbrocken, sagte Kappel.

Sie gingen die Treppe hinauf, betraten die Räume mit den Gallé-Tischen und den van-de-Velde-Stühlen, den Tiffany-Lampen und der Tabatièren-Sammlung im Schrank, betraten die Räume, in denen zu ihrer Zeit aufgetreten waren der schmächtige Herausgeber mit dem Jesus-Komplex, der Politiker werden wollte, aber dem Bonn dann zu gefährlich schien, und der schmächtige Studentenführer mit der Raspelstimme, der durch die Institutionen marschieren wollte, aber dem dann in den Kopf geschossen wurde, und der kleine Giftige aus dem Norden mit der unerwiderten Liebe zum einfachen Volk, der der Lenin der SPD werden wollte, aber der dann ihr Conférencier werden mußte, betraten die Räume, in denen man vorgeführt hatte aber auch den großen, karnevaltraurigen Literatur-Nobelpreisträger, dem es peinlich war, darüber zu reden, was eine Frau mit einem Mann tut, und den großen kognaklustigen Friedensnobelpreisträger, der immerzu darüber redete, was ein Mann mit einer Frau tut, betraten die Räume, in denen Republikanische Clubs und Sozialistische Zirkel, Wohngemeinschaften, Kinder- und Buchläden, Projektgruppen und Bürgerinitiativen gegründet, fusioniert und aufgelöst, Haltungen und Linien, Worte und Gesten, Einschätzungen und Abschätzungen, Perspektiven und Strategien erdacht, diskutiert, vorgeführt, festgelegt, verworfen worden waren, immer zur leisen, im Hintergrund spielenden, von kaum jemandem außer Kappel gehörten Saisonmusik, zu deren Takt sich die Anwesenden unbewußt und auch nur andeutungsweise bewegten.

Dieses Mal spielte leise und nur von Kappel bemerkt im Hintergrund Streichermusik aus den dreißiger Jahren, und im angedeuteten Tangotakt schritten Kappel und der unverwüstliche Herausgeber vorbei an den Janssen-Graphiken, Wunderlich-Gemälden,

den Tableaux der Phantastischen Realisten aus Wien, vorbei an der dieses Mal freien Stelle neben dem zwei mal zwei großen gelbrotgrünen Fleischblatt-Schlingpflanzen-Gewucher in Öl, an der immer die Poster der Saison gehangen hatten: der jesusgesichtige, weitblickende Che-Guevara, der durchs Gebirge im fußlangen Gewand schreitende oder über seiner Warze sphinxhaft lächelnde blaurote Mao-Tsetung, der für den Sieg im Volkskrieg schreiende, MP hochreißende Dschungel-Guerillero; aber auch Lustigeres, zum Beispiel der auf dem Topf sitzende, strubbelige Frank Zappa, der abtreibungsfeindliche schwangere Justizminister oder die Arbeitervilla im Tessin; schritten im Tangotakt zu auf die Gruppe um den Hausherrn und Schriftsteller Barthel, und diese Gruppe bewegte sich ihrerseits zu dem jetzt von den Meistern Stephan Grappelli und Yehudi Menuhin furios gestrichenen Tangostück »Jalousie«, schnippte mit Fingern, nippte an Gläsern, wandte die Köpfe beim Sprechen und horchte, mal nach rechts, mal nach links, und auch im Gespräch rückte man wie beim Tango die Oberkörper eng zueinander nach vorn, dann wieder schnell nach hinten.
War das denn wirklich nötig, sich an den Lichtmast zu ketten? sprach die Kolumnistin den sich nähernden unverwüstlichen Herausgeber an, sprach damit an die Aktion des Schriftstellers, der in Athen gegen die Junta protestiert hatte, eine Aktion, die der Herausgeber mit seinem neuen Blatt unterstützt hatte, und der sagte, sich Rodolfo-Valentino-ähnlich über die viel größere Kolumnistin beugend: Aber ja.
Ein bißchen masochistisch, wie? sagte der Hausherr und Schriftsteller Barthel.

Nein, sagte der noch über die Kolumnistin Gebeugte mit scharfem Kopfruck nach links, dieses Mal in Rükkenlage unter dem über ihn gebeugten tittenlosen Oberkörper der Kolumnistin, zu dem Hochschullehrer, der allmorgendlich im Hafen in der Kluft eines Schauermanns aus den zwanziger Jahren die Zeitung *Roter Morgen* vertrieb, auf dessen Ausspruch hin: Ein Schlag ins Gesicht der griechischen Arbeiterklasse.

Wird man ihn abschieben nach der Berufung? Wie ist die Meinung des Juristen dazu? wurde Kappel gefragt, und Bruno dozierte über die prozessuale Lage, schritt dann weiter von Gruppe zu Gruppe.

Er kannte die meisten, mit einigen sprach er. Baller war auch da, nickte ihm konspirativ zu. Alle, bemerkte Kappel, waren noch schlanker geworden. Die Frauen trugen Röcke und Kleider. Weniger bunt als früher kleideten sich die Männer. Man sah kaum noch Bärte an ihnen. Die Haare berührten die Schultern nicht mehr.

Er hörte die blonde, puppengesichtige Dichterin, wie sie den neuen Kanzler beschrieb: Sein Kopf, sagte sie, erscheint mir wie der Türknauf eines Renaissanceportals, ich finde ihn männlich und gut, selbst seine Haare sind stark und gesund; hörte Fachmännisches über das Flicken und Knüpfen von Reet auf den Dächern von Bauernkaten hinter dem Elbdeich, wo viele der Anwesenden sich eine ruhige und luftreine Heimstatt angeschafft hatten, hörte den ledergekleideten Hauptprogrammgestalter, der mittags, die »Frankfurter Rundschau« in der »Bildzeitung« versteckt, am Kellinghusener Park auf den Strich ging, von sich als jemandem reden, der doch nun wirklich als ganz linker Hund im Hause verschrien sei, der aber endlich auch mal Hieristnunaberjetztwirklichdiegrenze einem zudem noch ganz schmuddeligen DKP-Burschen hätt klipp und klar sagen müssen, hörte vom fabelhaften Stellungsspiel Beckenbauers und prächtigen Schußansatz Breitners plaudern von Leuten, die noch vor kurzem Fußball für fast so schlimm gehalten hatten wie Wohnen im Reihenhaus mit Gardinenstores vor den Fenstern, hörte den geschäftsführenden Redakteur der auflagenstärksten Illustrierten die französische Situation nach der Wahl übereinstimmend mit dem *Roter Morgen* morgens verteilenden Hochschullehrer positiv einschätzen, weil die Beteiligung moskauhöriger Kommunisten an der Regierung verhindert worden sei, hörte das nach dem Kanzlerwechsel aus Bonn heimgekehrte ehemalige Presseamtsmitglied dazu berichten, wie und wie oft der Alte – dreimal im Sitzen am Tag –, wie und wie oft der Neue – viermal pro Woche im Stehen – das Bumsen betrieb, und dazu erzählen, wer wen und warum und durch wen observieren ließ.

Dieses zurückgekehrte ehemalige Presseamtsmitglied mit seinen phantastischen Bums- und Agentengeschichten zog immer mehr Anwesende zu sich. Man lauschte und lachte, zum Beispiel über den Staatssekretär, der, Opfer seines trickreichen Spiels, sich selbst observieren ließ und aufgrund komplizierter Verwechslungen dem Vorwurf ausgesetzt worden war, Oberst der NVA zu sein, diesen Vorwurf nur durch die Enttarnung einer Sekretärin, mit der er auf pornographischen Fotos zu sehen war, ausräumen konnte.

Zweiter Mittelpunkt, um den sich zum Slowfox »These Foolish Things« später alle bewegten, wurde der Kleine mit rotem Kraushaar, der früher auch schon mit griffigen Sprüchen die jeweiligen Stimmungen der Saison auf den Begriff gebracht hatte. Der sprach vom personellen Material in den höheren Etagen der Multis. Das sei durchgehend sympathischer als man gedacht habe, zudem trainiert darin, das Praktische anzugehen, gleichwohl sensibel, problemoffen und sogar reformorientiert. Allerdings würden sie neue Orientierungsdaten setzen. Jedenfalls lohne es sich, mit jenen einmal zu reden, anders als mit manchen bornierten Gewerkschaftsfunktionären, mit denen man sich in der letzten Zeit habe herumplagen müssen. Die röchen ja förmlich nach Kohl und Würstchen. Überhaupt sei es jetzt an der Zeit, die Dinge unideologisch und mehr von der Sache her anzupacken, illusionslos, das Durchsetzbare mit Augenmaß angehen undsoweiter.

Neopragmatismus: das Machbare machen und das Nötige notfalls mit Mafia-Mitteln, im übrigen halbrechts und abwarten, erklärte er später seinen beiden Kompagnons die Stimmung der Saison. Übrigens: Von Karin Kunze und Konsorten spricht kein Mensch mehr.

Müßte man ihr beibringen, sagte Susanne, dann springt sie bestimmt ab.

Bestimmt nicht, sagte Renner, du kennst nicht ihren kindischen Hang zur Konsequenz, ein Trotzköpfchen ist sie.

Kappel arbeitete weiter, schlief wenig.

Paß auf, sagte Susanne, mach Urlaub.

Das würde sinnlos sein, wußte Kappel. Er kannte dieses Stadium, seinen Kampf, sein wütendes Arbeiten gegen die kommende Apathie, gegen diese grauenhafte Passivität, diese Mitgift aus tausendjähriger Leibeigen- und Hintersassenschaft, gelocht im genetischen Code, ererbt über seine Mutter, bestärkt durch katholisches Milieu. Das holte ihn immer wieder ein, wenn er einen Tiefschlag abgekriegt hatte, und die Signale waren schon da: das Gefühl von Überdruck im Kopf und die Blitze, die irgendwo in den Gehirndärmen zuckten. Bald würde es einen Knall geben und ein Loch, und das Loch mußte wieder geschlossen werden. Und dann kam die Leere. Dieses Loch stellte er sich vor in irgendeiner Windung seines Gehirns wie die Lücke in einem Puzzle, und das fehlende Puzzlestück suchte er, hatte es auch immer gefunden, meistens war es eine idyllische Miniatur, wie beim letztenmal vor drei Jahren, als Christa in ihrem 2 CV von einem Lkw zerquetscht worden war, Christa, im sechsten Monat schwanger. Als er nach Wochen wütender Arbeit Schrank und Tisch und Bett zerschlagen hatte, war er losgefahren, in einer Kleinstadt in Niedersachsen ausgestiegen, durch Straßen und Gassen gezogen zur Mittagszeit in Stille und Hitze, vorbei an Fachwerk, Giebeln und Erkern, zerbröckelnden Mauern voll Efeu. Es hatte nach Bier gerochen, Schmieröl, Pisse und Milch, und über die Dächer hatte durch die Mittagsstille der Tarzanschrei von einem Kind gegellt. Ganz plötzlich hatte er das fehlende Stück gefunden: im kleinen Hof zwischen zwei Fachwerkhäusern mit winzigen Fenstern, schiefer Holztreppe, darunter alte Eimer und Holz, ein dunkler, schräg überdachter Gang, der irgendwohin führte, und davor stand, halb im Schatten, halb sonnenbeschienen, ein Spankorb voll Pflaumen. Das hatte gepaßt.

Danach schloß er sich ein, blieb im Bett, aß nichts, trank nur Wasser, hörte Platten, und erst, wenn er wieder Lust auf andere Leute verspürte – meist nicht eher als nach einer Woche –, verließ er Bett und Wohnung, trank sich irgendwo sternhagelvoll, und wenn er dann wieder nüchtern wurde, war er gesund.

Mitten im Plädoyer passierte es. Die Worte blieben ihm weg, eine halbe Minute lang, und alle sahen ihn an. Er konnte sich aber noch einmal fangen. Es ging um Einbruchdiebstahl, Rückfall, und Sicherungsverwahrung stand auf dem Spiel. Max, ein alter Profi, verweigerte ihm nach dem Urteil den Handschlag. Arschloch, sagte er über die Schulter weg, als er abgeführt wurde.

Einen Tag später war es soweit. Der Kammervorsitzende fragte den Kriegsdienstverweigerer, einen jungen Gärtner, was er tun würde, wenn er in Begleitung seiner Freundin – oder wohl besser ähn ähn ähn Ihres Freundes, ähn ähn ähn – und bewaffnet mit einer Maschinenpistole in einem Hohlweg fünf Radketten schlagenden Rockern gegenüberstünde.

Der junge Gärtner sah Kappel ängstlich an. Kappel lächelte ihm zu und sagte: Diese Frage wird nicht beantwortet, weil sie zu idiotisch ist.

Wie bitte? sagte der Vorsitzende.

Kappel stand auf, trat von seinem Tisch weg auf den Richtertisch zu.

Weil diese Frage zu idiotisch ist, brüllte er, wird sie nicht beantwortet, und er holte zum Schlag aus.

Unterbrechung, rief der Vorsitzende, hastete mit seinen Leuten, Beisitzern, Referendar und Protokollanten, ins Beratungszimmer.

Komm, sagte Kappel zum Gärtner, wir gehen. Aber der blickte ihn noch ängstlicher an als vorher, und Kappel fuhr im Fahrstuhl nach unten, ging an der Musikhalle vorbei über den Sievekingsplatz die Feldstraße entlang zur Sternschanze, stieg in die S-Bahn, in Eidelstedt wechselte er in die Bahn nach Norden, und irgendwo stieg er aus, ging durch sandige Hekkenwege an Weiden vorbei, folgte den Knicks und den Rainen. Holundersträucher, Eschenbüsche, Kühe und Erlen, einzelstehende Eichen und Gatter, Birken, Tränken und struppige Weiden: nichts von dem paßte genau in das randgezackte Loch irgendwo hinten in seiner Gehirnwindung.

Das passende Puzzlestück fand er endlich auf einer Weide voll weißblühendem Pfeifenkraut im halbmeterhohen Gras. Da stand ein blühender Weißdornbusch.

Fast drei Stunden lang blieb er ans Gatter gelehnt stehen, sah auf den Weißdornbusch neben der Tränke im halbmeterhohen Gras voll weißblühendem Pfeifenkraut, pfriemelte Spitzen von wildem Hopfen zwischen Daumen und Zeigefinger, zog den Saft durch die Nase tief ins Gehirn. Während der ganzen Zeit rief ein Kuckuck.

»Und wenn der Kuckuck rufen tut, ist alles wieder gut, ist alles wieder gut«, sang er vor sich hin, als er spät abends zurückkam ins Haus, wo er wohnte, in der Eppendorfer Landstraße.

Auf dem Flur traf er Ute Kleinschröter. Sie lebte mit einigen Leuten über ihm und kam hinter ihm her, als er seine Wohnungstür aufgeschlossen hatte und eingetreten war.

Wie siehst du aus, wo warst du so lange, was hast du

bloß? undsoweiter pappelte sie, knipste überall Licht an. Sie hätte von Susanne gehört, was passiert sei heute vor der Kammer im Verwaltungsgericht. Warum er auch nicht einmal zu ihnen gekommen sei, zu den Gruppensitzungen, ob er wirklich meine, die Dialektik seiner zwischenschichtbedingten Persönlichkeitsstruktur und seiner Rolle und Funktion als eines aus der Revenue lebenden Advokaten, also dieses Problem der Nicht-Identität, ob er wirklich meine, dasselbe individuell aufbröseln zu können, ob er tatsächlich nicht sehe, daß er durch die zwar von ihm abgelehnten, doch notwendig mit seiner Rolle verbundenen bürgerlichen Verkehrsformen, daß er also dadurch unter einen Druck geraten sei, der ...
Raus, sagte Kappel, oder ich reiß dich auf, und unten fang ich an. Er sperrte den Mund auf und griff ihr zwischen die Beine.
Ute Kleinschröter schwieg sofort, ging rückwärts zur Tür. Kappel folgte ihr, schickte ihr, als sie die Treppe hinauflief, einen gewaltigen Urschrei hinterher. Dann verschloß er die Tür, stellte die Klingel ab, legte Bob Dylans »John Wesley Harding« auf und warf sich in sein Bett.

Das Telefon läutete oft, er nahm nicht ab.
Er schlief viel, träumte im Halbschlaf, und meistens träumte er sich in Ronsdorfs Hof, sitzend unter der Kastanie und Wein trinkend und lachend, oder in Marias Zimmer neben, über oder unter Maria, und einmal sang Maria »Cucuru Paloma«, und sie hielt den Ton auf dem letzten U solange aus, daß er mit einem Harten aufwachte, meinte, damit ein Brett bohren zu können, und er hatte einen Orgasmus, den

er fast hörte. Er wußte, das war Schwäche. Fünf Tage und Nächte lang hatte er nichts gegessen, hatte nur Wasser getrunken. Am siebten Tag rief er bei Ronsdorf an. Jimmy war am Apparat. Kappel fragte mit verstellter Stimme nach Fräulein Ronsdorf. Nicht da, sagte Jimmy, und Kappel legte auf. Am nächsten Morgen telefonierte er noch einmal. Dieses Mal antwortete der Chef. Ist Maria da? fragte Kappel, und Ronsdorf sagte: Nein, wer ist am Apparat? Kappel schwieg.

Am Abend stand er auf, aß Eier und Speck, rasierte und duschte sich, ging zur »Tante Tai«, und da hockten sie in den Sperrmüll-Sesseln und -Sofas vor den Sperrmüll-Tischchen, die Musikanten, Jazzer, Sprücheklopper, Blödelclowns und Deutschrockfürsten und ihr Anhang: Roadies, Groupies und Promoters, Disc-Jockeys und Produzenten und das ganze bunte Völkchen aus dem Viertel: Trödelkrämerinnen und Antiquitätenbastler, Amulett- und Gürtelschnallenschmiede, Galeristen, Granulat- und Bronzebrennerinnen, die gelegentlichen Stripper, Stricher, Dealer, Aushilfs-Musiker und Werbefilm-Modelle und Komparsen und die Weekend-Monroes und -Minellis: Mädchen aus den Platten-, Bank-, Versicherungskonzernen und die randgruppengeilen Töchter aus Blankenese und ähnlichen Vierteln bundesrepublikanischer Städte schlank und schön und scharf auf Solidarität, hockten unter Plastikzimmerpalmen neben Papp-Postamenten, unter Pfauenfedersträußen neben Holzmarmorsäulchen, im verrauchten Gelblicht aus befransten Stoffschirmlampen, Bernsteinlüstern, hockten da und hörten dem Mann auf dem kleinen Podium zu, der Piano spielte und sang: Randy Newman.

Am Rundtresen unterm Fransenbaldachin fand Kappel noch einen Platz, lauschte mit den anderen dem weißen Mittelklassejungen, der vom »Yellow man« sang und vom »Harlem moon« und von »Davy the fat boy«, dem drei Zentner schweren Jungen, der für Geld auf Rummelplätzen Bärentänze tanzt, trank Bier und Schnaps, hörte sich an, wie man den Jungen fand, einsam und riesig die einen, ziemlich bedient und überhaupt nicht witzig die anderen, saß noch da, als die meisten sich schon verlaufen hatten und Harry, der schnellste Geiger nördlich der Elbe, fuchsteufelswild Tangos geigte, hörte, wie Tante Tai, die unschätzbar alte, im violetten Abendkleid aus den vierziger Jahren, Tanzbargeschichten erzählte aus den vierziger Jahren, wie sie erzählte vom einarmigen Leutnant, Luftwaffe, Nachtjäger, Ritterkreuz, einhundert Abschüsse, plötzlich Licht aus, Alarm undsoweiter. Er mußte lange den braunen Klunker am Kettchen in ihrem Ausschnitt anstarren, dachte an einen Haufen auf feinem Geröll im flachen, ausgetrockneten Flußbett, hörte zwei Mädchen die Beischlafallüren von einem Pop-Gitarristen beschreiben und Bullkart, den Musikkritiker, schimpfen über eine Staatsoper-Premiere, aus der er noch während des ersten Aktes geflohen war. Kappel hatte ihn zuletzt beim Schriftsteller Barthel gesehen.

Wie findest du das hier? fragte er Kappel und beschrieb mit ausgestrecktem Arm einen Halbkreis, meinte das Lokal und die Anwesenden. Ich will es dir sagen, es ist die Farce der Farce der Farce der Bohème, so wie die Gesellschaft bei Barthel die Farce der Farce der Farce des Salons ist. Aber es ist die menschlichste Bleibe weit und breit, zumindest nördlich der Elbe.

Kappel, schon ziemlich benebelt, sagte: Die menschlichste Bleibe weit und breit ist ein Tisch unter einer Kastanie auf einem Hof, in dem Kinder spielen und Hühner gackern.
Alle am Rundtresen sahen ihn fast erschrocken an. Tante Tai fragte mißtrauisch, ob das ein neuer Trend sei.
Kappel schüttelte den Kopf.
Er verließ das Lokal als letzter, schwankte an Häusern vorbei, sang: »Durchs Gebirge, durch die Steppe zog unsre kühne Division . . .«, ging zu Fuß die drei oder vier Kilometer bis zur Kanzlei, legte sich hin, schlief bis um zehn, kochte sich einen starken Kaffee, fuhr dann zu seinem Arzt, der ihm den Verband abmachte.
Die Kallusbildung sei gut, schon fast sei alles verheilt, er müsse den Arm jetzt mehr bewegen, aufpassen aber an der Schulter, keine schweren Sachen tragen. Ohne Verband käme er aus, allerdings nicht ohne Schlinge für ein paar Tage noch.
In seinem Büro zurück, arbeitete er die Post auf.
Später ging er die Zeitungen der Woche durch. In der UZ las er von einem großen Zeltlager über Pfingsten in Klein-Schweden, von einem Auto-Korso gegen die beabsichtigte Landnahme des Naherholungsgebietes für Nato-Zwecke, von einer Protestkundgebung in der Stadt, auf der der Landtagsabgeordnete der SPD, Waldemar Niehus, gesprochen habe. Eine erneute Prüfung habe der Innenminister zugesagt, er habe auch zugesagt, öffentlich mit den Bürgern der Stadt über das Projekt zu diskutieren. Maoisten und Anarchisten hätten mal wieder versucht, bei der Protestkundgebung ihr Süppchen zu kochen, seien aber bei der Bevölkerung nicht angekommen.

Kappel rief Werner an, einen Kneipwirt vom Kiez, bat ihn, zwei gute Karten zu besorgen für das Spiel am nächsten Tag. Hab ich, sagte Werner, Gegentribüne Block 23 auf Höhe der Mittellinie. Ich schick dir jemanden vorbei.

Anschließend telefonierte er mit Baller. Ich hab noch eine Karte für das Spiel morgen. Gegentribüne Block 23, sagte er, um neunzehn Uhr bin ich da.

Verbindungen zur guten alten Unterwelt müßte man haben, sagte Baller, ich komme.

6

Es war schon nach sieben, als Kappel aus der Taxe sprang und hinter den letzten laufenden Gruppen herrannte in Richtung Gegentribüne, während der Chor der Sechzigtausend, der probenden Handsirenen, Böller, Hupen, Hörner, Tröten, Glocken, Trillerpfeifen sich einstimmte.

Wo bleibst du denn bloß, verdammt noch mal, schrie Baller ihm von weitem entgegen.

Sie drängelten sich durchs Kontrolltor, liefen die Treppen hoch, und gerade, als sie die Plätze erreichten, kamen die Mannschaften auf das Feld, und noch im Luftschnappen klatschten sie mit den Sechzigtausend, standen, als man spielte: »Auferstanden aus Ruinen«, zum bösen Gepfeife vor allem in den Stehtraversen hinter den Toren und im Block links neben ihnen, und dieser Block sang dann auch die

erste Strophe vom Deutschlandlied, schwenkte dazu schwarzrotgoldene Fähnchen und *Bild* mit der Schlagzeile: Warum wir heute gewinnen.
Die Unbelehrbaren, sagte in der Reihe vor Kappel einer im blaukarierten Freizeithemd.
Wer seid ihr? rief Kappel rüber. Die schrien zurück: Deutsche.
Deutsche Jugend des Ostens, erklärte ein Älterer, und der Blaukarierte rief rüber: Dürft ihr denn überhaupt ohne Papi zum Fußball? Ihr seid doch gerade erst Fuffzich.
In ihrem Block lachten alle und auch ein paar in dem Block rechts neben ihnen: Fußballfreunde von drüben.
Kappel nimmt einen Schluck aus der Flasche, die Baller ihm reicht. Na, sagt er, denn mal los, und sie lachen sich an.
Noch trippeln die Spieler, springen, hüpfen, prüfen das gute Geläuf – schwarzweiß die Bundesdeutschen, blauweiß die Demokratischen.
Arbeiter gegen Künstler, sagt einer vor ihnen, mal sehen, was dabei herauskommt.
Deutschland, Deutschland, kommt im Stakkato der erste Sprechchor zu Tröten, Hupen, Handsirenen, und die aus der DDR rufen: sieben, acht, neun, zehn, Klasse.
Sechzigtausend applaudieren zum Anpfiff. Schwarzweiß stößt an, und dann läuft der Ball schon über den rechten Flügel. Grabowski zu Vogts, der zu Cullmann, und der legt sich den Ball zu weit vor, und es gibt Einwurf für die Blauweißen, zu Hoffmann, dem Beckenbauer das Leder wegnimmt und zu Hoeneß schlägt, und der gibt zu Müller, steil, aber Bransch, der Schlosser aus Jena, erreicht ihn noch eher, läuft,

marschiert, kommt noch bis Schwarzenbeck, der gibt zu kurz zurück, so daß Maier rauslaufen muß, noch eben vor Sparwasser und zum Ächzen auf den Tribünen und Stehtraversen zufassen kann.
Beifall, und Kappel ist beinahe glücklich, erstmals wieder seit Wochen, hört zu, lacht über die Sprüche und Kommentare um sich herum, gibt Eigenes auch dazu, sagt: Soll doch mal Schnappen lernen beim Völkerball in der Mädchenschule, als Maier den Flankenball Kreisches erst beim zweiten Zupacken fest hat, verpfeift Schiedsrichter Ramon Bareta Ruiz, der einen Freistoß gibt, weil Keeper Croy einen Schritt vor dem Abschlag zuviel gemacht haben soll, klatscht Beifall, als Schwarzenbeck, Absatz, kickt zu Grabowski, und der wieder, Absatz, kickt zu Flohe, und der aus vollem Lauf übernimmt, brüllt, wie Kreische fünf Meter vor Maiers Tor freistehend, Volley, knallt in den Abendhimmel, und diskutiert mit Baller über den erfolglosen Müller, schreit schon fast: Tor, als dieser um Weise herum einen Drehschuß setzt an den Innenpfosten, übersingt den Chor der Jugend des Ostens, der meckert: »Ohne Sichel, ohne Hammer, solche Säue san ma«, als im Konterstoß Lauck, der Schlosser und Mittelfeldspieler, knapp und gefährlich am langen Eck vorbeiballert, laut und mit Tausenden auf allen Rängen: Oh, wir wollen Tore sehn, nach der Melodie: Ja, wir san mit'm Radl da.
Erst in der Pause zum Ballett des Musikkorps der Hamburger Schutzpolizei und im Stimmengewirr ringsherum sagt Baller: Du mußt Karin da herausholen, unbedingt. Die Sicherungsgruppe weiß nämlich heute schon, was unsere Freundin morgen vorhat.

Netzer, Netzer, Netzer, fordert ein Chor auf der Vortribüne, und in den Stehtraversen fallen einige ein, aber der River-Kwai-Marsch vom Musikkorps der Polizisten bleibt Sieger.
Sie haben also jemanden drin in der Gruppe? Wer ist es? Pacco?
Ich weiß es nicht.
Und der macht auch die Pläne, was?
Vermutlich.
Na, ruft der im blaukarierten Freizeithemd dazwischen, was haltet ihr denn von unseren Weltklasseindividualisten?
Die verlieren.
Meint ihr?
Nu, der Maier ist doch Hauptmann bei der NVA, sächselt jemand rechts im Block. An dem Gelächter beteiligt sich nur die Jugend des Ostens im linken Block nicht.
Weiter, sagt Kappel zu Baller. Aber der preßt die Lippen aufeinander, schüttelt den Kopf, und dann kommen auch schon wieder zum Applaus und zu Pfiffen die Mannschaften auf das Spielfeld.
Anstoß für die Demokratischen. Das Spiel läuft zäh. Die Republikanischen wirken müde. Weise macht mit Müller, was er will. Grabowski läuft nicht für sein Geld. Wätzlich spielt mit hartem Hammer. Beckenbauer kann jetzt fighten. Croy ist eine lange Katze. Höneß war schon besser. Der kleine Vogts zeigt, wie man kämpft. Immer kommt der Schwarzenbeck zu spät. Bransch ist mehr als Klasse. Cullmann läßt die Zunge hängen. Overath rennt rum wie falsch Geld.
Netzer, Netzer, Netzer.

Laßt den Netzer doch mal ran.
Lauf doch für dein Geld. Ist die Prämie nicht hoch genug? Kopfball müßte man können.
Breitner ist doch selber Kommunist. Bayerischer Doppelpaß: darüber lacht doch jedes Kind in Dresden.
Netzer, Netzer, Netzer.
Sicher ist der Beckenbauer elegant, das ist meine Alte auch. Uwe müßte jetzt dabei sein.
Netzer, Netzer, Netzer.
Netzer kommt zum Spielfeldrand: Sechzigtausend klatschen.
Netzer läuft sich warm: Sechzigtausend schreien.
Netzer zieht den Trainingsanzug aus: Sechzigtausend brüllen.
Netzer läuft aufs Spielfeld: Sechzigtausend tosen.
Netzer läuft auf Bransch zu, nimmt dem Mann den Ball ab: Sechzigtausend klatschen.
Netzer schießt den Ball ins Aus: Sechzigtausend schweigen.
Netzer ist erledigt.
Wo, wo bleibt das eins zu null, singen alle, auch der Bundeskanzler und sein Kabinett in der Ehrenloge auf der Haupttribüne, schwarzrotgoldene Fahnen wehen, Deutschland, Deutschland, klatsch, klatsch, Deutschland, Hupen, Hörner, Handsirenen, Tröten, Glocken, Böller, Trillerpfeifen feuern die Schwarzweißen an, und Torwart Croy fängt die Flanke, wirft den Ball auf Rechtsaußen zu Hamann, der dribbelt über die Mittellinie, sieht Kaiser Franz, spielt steil zu Sparwasser hin, und der zieht an Höttges, an Berti Vogts vorbei und schießt, schießt auf das Tor, schießt in das Tor, läuft weiter und wirft sich ins Aus, und

die Blauweißen werfen sich über ihn und im Schrei der Achtundfünfzigtausendfünfhundert zwischen Entsetzen und Überraschung, aber auch Anerkennung und Neid, jubeln Eintausendfünfhundert, schwenken die Fahnen, die schwarzrotgoldenen mit Hammer und Zirkel, lachen, fallen sich in die Arme und singen. Im Lager der Jugend des Ostens schreit jemand: Verrat.
Na, sagt Baller.
Na, sagt Kappel.
Sie grinsen sich an.
Der Blaukarierte sagt: So, das haben wir nun davon, der Rest ist Schweigen.
Hoch solln se leben, hoch solln se leben, dreimal hoch, singen Kappel und Baller mit den Fußballfreunden von drüben rechts neben ihnen im Block. Links neben ihnen im Block ruft man: Dann geht doch rüber.
Warum wir heute gewinnen. Tausende von Bildzeitungen liegen herum und werden übertrampelt von Tausenden, die schweigend das Stadion verlassen, zum swingend-jubelnden »Waterloo, Waterloo«, dem Schlager der Saison aus den Lautsprechern mit zehntausend Watt. Jemand sagt: Die wollten verlieren, ist doch klar, aus der A-Mannschaft raus. Jetzt kommen sie in die B-Mannschaft und brauchen noch nicht gegen Brasilien und Holland zu spielen. Raffiniert.
Aber der Mann wird ausgelacht.
Darauf müssen wir einen trinken, sagt Kappel.
Sie fuhren in Ballers Wagen, erzählten noch einmal die Spielzüge nach, analysierten das Spiel.
Den Gegner kommen lassen, früh stören, aber in den

eigenen Strafraum locken, dann über die kleine Sturmspitze mit schnellen Stößen kontern. Direktes Spiel Aktion über drei Spieler Keeper, Mittelfeldspieler, Stürmer. Das ist bester Fußball, meinte Kappel.
Nein, sagte Baller, das ist gutmütige Strategie, Kollektiv plus Einzelleistung. Aber Erfolgsfußball heute, das ist Totalspiel, jeder alles machen, immer, wie Cruyff, Deyna, Beckenbauer und früher Pele. Immer auf Angriff spielen, auch wenn du verteidigst, aber dazu gehört optimale Ballbeherrschung, tierige Kondition, ausschließlich aufs Spielfeld konzentrierte Phantasie. Das kannst du aber nicht, wenn du außerdem noch Schlosser bist oder zum Beispiel einen hebst, wenn du gerade mal möchtest. Spitzenleistung von Spitzenspezialisten – unmenschlich erfolgreich. So wird das auch im Fußball sein.
Defaitist, sagte Kappel, holte vom Rücksitz eine Flasche Korn, schraubte den Verschluß los, trank an, reichte sie Baller, der im Fahren einen tiefen Schluck nahm.
Sie hielten am Eppendorfer Moor. Niemand war in der Nähe. Baller stellte das Licht ab.
Die haben unten bei euch was vor, sagte er, in dieser Aktion Klein-Schweden. Die wollen da Trouble machen. Karin muß da raus. Du mußt zu ihr.
Erzähl mal.
Der Typ ist seit einem halben Jahr in Karins Crew. Da läuft nichts, was die Sicherungsgruppe nicht weiß. Die wollen Karin und die anderen so lange am Leben halten, bis der Prozeß gegen die RAF-Leute gelaufen ist.
Und natürlich sollen sie bis dahin noch ordentlich Terror machen.

Natürlich.
Kannst du nicht rauskriegen, wie der Typ heißt?
Nein.
Ziemlich unwahrscheinlich, was du da bringst, sagte Kappel. Warum zum Beispiel ist dann diese Außenüberwachung nötig, wenn in Karins Gruppe dieser Spitzel ist? Man weiß doch, wo sie ist und was sie vorhat. Da ist keine Logik für mich. Ich zum Beispiel hatte immer jemanden im Nacken.
Ist doch Unsinn, sagte Baller, du bist ein Opfer dieser Verfolgungs- und Agentenhysterie. Hinter dir war niemand her. Er, Bruno, müsse aufpassen. Das seien erste Anzeichen der Seuche, die sich immer mehr ausbreite. Wenn man Zufälligkeiten nicht mehr als solche erkenne, Erscheinungen, die verschiedene Ursachen hätten, auf eine einzige Ursache zurückführe, wenn man schließlich davon überzeugt sei, hinterm Augenzwinkern des Nachbarn und hinterm eigenen Darmkrampf stecke DER GEGNER – dann sei es soweit.
Durchblicker, sagte Kappel und nahm einen tiefen Schluck aus der Flasche.
Nehmen wir mal an, ich glaube dir, sagte er. Aber glaubst du, Karin glaubt mir?
Versuchs mal. Sie geht ins Ausland. Papiere, Transport, Adresse, ist alles klar. Ein Jahr totale Stille, dann bißchen schreiben in den einschlägigen Blättchen, das übliche; nach zwei bis drei Jahren ist sie wieder hier – ohne Garantie natürlich.
Warum strengst du dich eigentlich so an? sagte Kappel, dein Verhältnis zu Karin ist mit Sicherheit aktenkundig. Jeder deiner Gegner kann das jederzeit benutzen, ob Karin nun weitermacht oder nicht. Im

Gegenteil, wenn du sie da rausholst, störst du doch bloß Kreise.
Es geht mir wirklich darum, daß sie da rauskommt.
Rein menschlich?
Rein menschlich.
Baller nahm ihm die Flasche aus der Hand, trank. Aber eigentlich ist es mir jetzt schon fast gleich, sagte er. Ich wollte irgendwie die Angelegenheit mit Karin bereinigen. Ich wollte noch was für sie tun, bevor . . .
Er schwieg.
Bevor?
Ich muß dir was erzählen, sagte Baller. Ich liebte ein Mädchen in Pinneberg.
Kappel nahm ihm die Flasche ab, tat einen tiefen Zug und sagte: Ich kenne das Blödelchanson und finde es überhaupt nicht witzig.
Baller holte sich die Flasche zurück, trank.
Aber es ist so, sagte er. Wir wollten heiraten. Du hast mich da angerufen, als du meintest, ich sei im Bordell. Sie ist die Tochter eines Bäckers, der noch richtig backt, Brötchen, Brot, Kuchen, wie früher, verstehst du? Du glaubst nicht, wie gut das riecht. Ich habe da manchmal mitgeholfen, Teig geknetet, ihr Vater, fabelhaft, ein Mann von der alten Sorte, ähnlich wie meiner. Die Backstube im Höfchen undsoweiter.
Kappel sah Baller an, sprachlos. Der redete und redete vom Backen und von der Bäckerstochter, ihren Eltern und Geschwistern, zeichnete ein Familienidyll im Duft von frischgebackenem Brot am mehligen Tisch in der Küche hinter dem Laden.

Zu dritt hatten sie einmal Ballers Familie besucht, seinen Übervater besichtigt, Superintendent, Filmpastor, groß und breit und mit buschigen Augenbrauen und Baßstimme. Vor dreißig Jahren hatten ihn die Nazis zweimal für ein paar Stunden verhaftet, und davon schwärmte er heute noch: Meine Herren, machen Sie mit mir, was Sie wollen, aber verlangen Sie nicht von mir undsoweiter. Scharf verhört, aber immer korrekt, der Wahrheit zuliebe muß das gesagt werden ... im Dienstwagen später wieder zur Pfarre gebracht, sehr korrekt, Herr Pastor, Sie sind zwar unser politischer Gegner, aber, undsoweiter.
So einfach war das gewesen.
Am Mittagstisch, voll mit Frau – die zweite – und Mutter und Schwiegermutter und sieben Kindern, dazu der Besuch, hatte er sonor gebetet: Und daß ich hochmütig bin gewesen, heute, zweimal, Herr, meinen alten Fehler, vergib ihn, und gib auch dem Klaus, unserem Benjamin, einen schönen Fußballtag und mindestens ein Zwo zu Null gegen TuS Holstein. Ameeehn.
Drauf fröhliches Lachen, die Hände gereicht, rechts und links um den Tisch, und im Chor laut gesagt Gu-ten-Ap-pe-tit, dabei im Takt die gefaßten Hände geruckt, und später im Asbach-Zimmer-uralt, wo Vater seine Predigten immer noch mit der Hand schreibt, wurde zu Kognak, Kaffee, Zigarren – Herz und Lippe schmatzten dabei – die Lage eingeschätzt: Wir wollen uns doch nichts vormachen, die DDR kann doch auch nur ... Ein hoher Parteifunktionär, diese Namen behält man ja nicht, sagte mir neulich noch in Dresden undsoweiter.

Was willst du gegen so einen Vater machen? Karin war richtig erschüttert gewesen.
Da kannst du nichts machen, hatte Baller gesagt, den nimmt man einfach hin, und es war so etwas wie Stolz in seiner Stimme gewesen.
Und weißt du, wer sie mir weggenommen hat? fragte Baller.
Wen? fragte Kappel. Er hatte nicht mehr zugehört.
Elke.
Nein, wer?
Ein Schornsteinfeger, ein Schornsteinfeger aus Pinneberg.
Kappel nahm ihm die Flasche aus der Hand, trank.
Früher hast du mehr vertragen können, sagte er, und du hast bessere Geschichten erzählt.
Ich dachte, gerade du hättest Verständnis dafür. Fahr mich nach Hause.
Baller startete, fuhr los. Ehe Kappel ausstieg vor dem Haus, in dem er wohnte, lachte er laut.
Was ist los? fragte Baller.
Ich stell mir den Schornsteinfeger vor mit Mehlfingerspuren an der Hose, vorne.
Hau ab, sagte Baller.
Bruno stieg aus, ging zur Haustür.
Halt, rief Baller hinter ihm her.
Er ging zum Wagen zurück.
Ich meine, wir beide müssen das für Karin noch tun. Außerdem vertrittst du sie doch als Anwalt. Also, fahr hin. Wo kann ich dich telefonisch erreichen?
Sofort, ohne zu überlegen, nannte Bruno die Nummer von Ronsdorfs Abschlepperei.

Am nächsten Morgen arbeitete er seinen Schreibtisch leer.
Ab morgen nehme ich Urlaub, sagte er zu den anderen, und den Porsche. Einsprüche?
Im Gegenteil, sagte Renner.
Genehmigt, sagte Susanne.

Dritter Teil

I

Stephan legte die dicke Polizeiakte auf den Palisandercouchtisch. Hier, sagte er, in zwei Stunden bin ich zurück. Bis dahin mußt du durch sein.
Stephan ging, zog die Etagentür hinter sich ins Schloß.
Kappel war bei Strathmann gewesen, hatte lange auf Doris eingeredet, erzählt, was er von Baller gehört hatte, daß Pacco oder ein anderer in Karins Nähe ein V-Mann sei, daß Karin rückwärts in offene Messer schritt, daß man Karin da heraushole müsse undsoweiter.
Ich weiß trotzdem nicht, wo sie sich aufhält, hatte Doris gesagt, auch wenn ich dir deinen Blödsinn nicht glaube, und Bruno hatte gemerkt, daß sie nicht log, so, wie sie aufstand, herumging und zu Tom sagte: Nun sprich du doch auch mal.
Wir wissen es nicht, ehrlich, Junge, hatte Tom gesagt.
Wenn er weiterkommen wollte, mußte er zunächst einmal alles im Zusammenhang mit den Aktionen um Klein-Schweden Stehende wissen. Dieses Wissen steckte in den Polizeiakten.
Für Geld und gute Worte war Stephan bereit gesen, die Akten zu besorgen.
Nicht wegen dem Geld, hatte er gesagt, bestimmt nicht, obwohl ich das natürlich auch gut gebrauchen

kann als kleiner Beamter, bestimmt. Aber wir sind ja schließlich verwandt.
Eben, hatte Bruno gesagt.
Er ging über den Langfloorflauschhaarteppich an das Klappfach für die Hausbar in der Wohnzimmeranstellwand, öffnete es, schüttete sich einen Kognak ein, setzte sich ins weißgraue Skaisofa, nahm die Akte.
Er war im Aktenlesen geschult, hatte, wie jeder Aktenbearbeiter, seine Technik entwickelt und sah ziemlich schnell das aus den sogenannten Vorgängen, also Berichten, Protokollen, Notizen, Stellungnahmen, Vorschlägen, Entscheidungen undsoweiter anderer Aktenbearbeiter sich zusammensetzende Bild, das den Sachverhalt, das reale Ereignis also, widerspiegeln soll. Er kannte aber natürlich auch das bürokratische Axiom, Lehrsatz Nummer eins sozusagen, einer noch zu entwickelnden Bürokratologie. Danach enthält die Akte nur das durch die Akte entstandene Bild vom realen Ereignis, weil sich nämlich jeder Aktenbearbeiter sein Bild vom realen Ereignis macht nach dem Bild vom realen Ereignis, das sich ein anderer Aktenbearbeiter vom Bild des realen Ereignisses eines anderen Aktenbearbeiters macht.
Polizeiakten las Bruno besonders gern, auch dann, wenn sie ihn oder seine Mandanten nicht betrafen. Sie waren meistens spannend und komisch zugleich. Reale Ereignisse nach Polizeiakten haben nämlich etwas Zwielichtiges, Verdachterregendes, Strafwürdiges an sich und außerdem etwas erhaben Gestelztes und lächerlich Gespreiztes. Ersteres versteht sich natürlich aus dem grundsätzlichen Mißtrauen der Verfolgungsbehörden gegenüber allen realen Ereig-

nissen. Das zweite hängt damit zusammen, daß Unter- und Mittelbau der Verfolgungsbehörden den Ton der gehobenen und oberen Behörden treffen möchten, diesen Jargon aus großbürgerlicher Umgangssprache, Justiz- und Militärvokabeln und Klassenpetzerwichtigkeit.

Kappel fand, was er vermutet hatte: Das Bürgerkomitee und seine Aktionen wurden unterschiedlich eingeschätzt. Während die örtliche Schutzpolizei ein gewisses Verständnis zeigte, versuchte die Kripo, und vor allem deren politische Abteilung, die von der Schutzpolizei vermutete Harmlosigkeit des Ganzen zu zerstören. Der alte Polizeihauptkommissar Bolte zum Beispiel, unter vielen anderen, verfaßte einen allgemeinen stellungnehmenden Bericht:

An 14 K *NA 812*

Die beabsichtigte Bereitstellung des zwischen B 51, B 234, B 235 und E 73 liegenden ca. 300 Hektar großen Klein-Schweden genannten Staatsforstgebietes für militärische Zwecke ist in der Bevölkerung auf erhebliche Kritik gestoßen, die infolge propagandistischer Aktivitäten eines sich Bürgerkomitee Klein-Schweden nennenden Personenzusammenschlusses ständig wächst. Zu den Mitgliedern des genannten Personenzusammenschlusses zählen bekannte Persönlichkeiten der Stadt. Die von ihnen veranstalteten Protestversammlungen und Demonstrationen stoßen auf breitesten Rückhalt in der gesamten Bevölkerung.

Angesichts der gegen das projektierte Objekt des Bundesverteidigungsministeriums vorherrschenden negativen Stimmung wird vorgeschlagen, von einer Zwangsräumung des sich noch auf dem bezeichneten Staatsforstgebiet befindlichen fest angelegten Campingplatzes mit ca. 60 zum Teil ständig bewohnten Campingwagen vorerst abzusehen, zumal die nach § 1 (2) Landbeschaffungsgesetz erforderliche abschließende Stellungnahme der Landesregierung zu dem geplanten Vorhaben des Bundesverteidigungsministeriums noch aussteht.

Bolte PHK

Gegen diesen Bericht fertigte die Kripo K 14 nur, und sozusagen lakonisch, eine Liste über sämtliche Mitglieder des Bürgerkomitees Klein-Schweden an. Zu Tom Strathmann zum Beispiel wurde vermerkt:

Dr. Thomas Strathmann, prakt. Arzt, 34, verh., 2 Kd., wohnhaft am Ort, geordn. wirtschaftl. Verh.; Ruf und Führung gut.

Parteilos. Akt. Anti-Atombew. (1963–67), Störung von NPD Vers. (1968–69).

Verantwortl. Bürgerinitiative: Grün in die Stadt. Zahlr. Unterschr. (Vietnam, Ostverträge, Chile usw.).

DDR-Besuche (3), Sowjetunion (1).

Verh. mit Doris geb. Niehus, Schwester von Waldemar Niehus, MdL/SPD.

Doris N.: FDJ, KPD am Ort (1952, 1957).

Über Heinz Spormann las man:

Werkzeugschlosser, 19, ldg., wohnhaft am Ort, geordn. wirtschaftl. Verh. Ruf und Führung gut.

Entstammt alter komm. Familie (3. Gener.).

Ständ. pol. Aktiv. Zahlreiche DDR-Besuche, u. a. 6 Monate Aufenthalt daselbst.

Und zum Bürgerkomitee selbst hieß es:

Allgem.:
Loser Zusammenschluß von Personen ohne Rechtsform. Anzahl (wechselnd) 120 bis 130 Pers. Geschäftsleute 2 Prozent, freie Berufe (Ärzte, Anwälte, Pfarrer usw.) 18 Prozent, Beamte, Angestellte 5 Prozent, Hausfrauen, Arbeiter u. ä. 15 Prozent.
Jugendl. versch. Organis. (Gewerkschaftsjugend, Falken, SDAJ, Sozial. Schülerbund, CVJM) 60 Prozent.
Kerngruppe (Vorstand) besteht aus 6 Pers. (siehe u.).
Versammlungsort: Privatwohnungen, Gastwirtschaft Zibulla, am Ort; ev. Jugendzentrum, am Ort.
Zweck: Verhinderung von Einrichtung milit. Übungsgelände im Staatsforstgebiet Klein-Schweden (siehe Material Anlage 1).
Aktivitäten:
Seit Januar 1974: Flugblätter, Plakate, Versammlungen (angem.), Petitionen, Organisation von Demonstrationsmärschen (angem.). Siehe Material Anlage 2.
Finanzierung:
Mitgl.-Spenden (angebl.); Zuwendungen von Gewerksch., ev. Kirchengem., DKP (vermutl.). Siehe Material Anlage 3.

Auch die Ereignisse im Landschaftsschutzgebiet selbst schätzten Schutzpolizei und Kripo verschieden ein:

An 14 K
Bericht
Am 28. 5. 1974 errichteten Jugendliche verschiedener Organisationen – Gewerkschaftsjugend, Falken, SDAJ, CVJM – ohne Genehmigung ein

Zeltlager im Staatsforstgebiet Klein-Schweden am sogenannten Großen See in unmittelbarer Nähe des Campingplatzes und deklarierten ihre Aktion als »Besetzung«. In den folgenden Tagen stießen laufend auch nicht ortsansässige Jugendliche sowie jugendliche Stadt- und Landstreicher zu diesem Zeltlager, so daß sich am 31. 5. 1974 mehr als 500 Personen dort aufhielten. Am Nachmittag des 1. 6. 1974 (Samstag vor Pfingsten) kam es zu einer Sympathiekundgebung für die sich widerrechtlich auf dem bezeichneten Flächengebiet befindlichen Personen und deren Aktion. Ein ca. 1000 bis 1200 starker Kfz-Konvoi bewegte sich aus der Stadt kommend über die Straßen B 51, B 234, B 235, A 21 und umkreiste unter anhaltendem Hupen das Staatsforstgebiet Klein-Schweden, ehe er anhielt. An Heck und Vorderscheiben sämtlicher Kfz klebten von dem sogen. Bürgerkomitee Klein-Schweden verteilte gelbe Streifbandzettel mit der Aufschrift: Truppenübungsplatz vor unseren Türen: NIEMALS. Die Insassen der Kfz sowie weitere Personen, die teils zu Fuß, teils mit dem Fahrrad aus der Stadt gekommen waren, begaben sich zum sogen. Großen See, wo es unter Leitung des sogen. Bürgerkomitees Klein-Schweden zur Durchführung einer Protestveranstaltung kam, auf der auch Redner nicht verfassungsfeindlicher Parteien und Organisationen auftraten und Protestlieder zum Vortrag gebracht wurden.
Personenzahl: 3000 bis 4000, darunter viele Arbeiter (!) und Angestellte aus versch. Betrieben (ca. 25 Prozent).

Wolker PK

14K
Zum Bericht PK Wolker betr. Anwesenheit von Arbeitern und Angestellten aus versch. Betrieben am 1. 6. 1974

In der wöchentlich vor den Betriebstoren der Fa. Müller-Balzenbeck AG zur Verteilung kommenden Betriebszeitung der DKP »Das rote Faß« wird zunehmend gegen das projektierte Militärgelände im Forstgebiet Klein-Schweden Stellung bezogen. Das gleiche gilt für die Betriebszeitung der DKP »Die rote Nudel«, die vor der Fa. Kirkel mbH. zur Austeilung gebracht wird.
Letztere enthält betr. bezeichn. Angel. auch einen Beitrag in griechischer sowie einen Beitrag in türkischer Sprache (Nr. 18/74).
Vgl. »Das rote Faß« Nr. 16/74; 17/74; 18/74.
»Die rote Nudel« Nr. 16/74; 17/74; 18/74
in zust. Abtlg. *Zelter KHK*

An 14 K *NA 827*
Verlaufsbericht
Betr. *Einsatz der E-Hundertschaft im Forstgebiet Klein-Schweden am 3. Juni 1974 (Pfingstmontag).*
1. Aufträge: a) Entsetzung der sich widerrechtlich im Staatsforstgebiet Klein-Schweden aufhaltenden Personen.
b) Räumung des Campingplatzes am sogen. Großen See im Forstgebiet Klein-Schweden.

Verlauf des Einsatzes
14^{02} *Aufbruch des Zuges der E-Hundertschaft mit*

5 Gruppenfahrzeugen, einem Fu St KW und 2 Unimog-Schleppfahrzeugen zum Abtransport der Wohnwagen vom Campingplatz und Abfahrt über B 234, A 21 (Höppelkesweg)

14^{32} *Eintreffen am Zufahrtsweg zum Großen See und Campingplatz. Durchfahrt nicht möglich, da Zufahrtsweg gesperrt (Kiefernstämme ca. 20 m lang, Ø ca. 35–50 cm, Normalfässer der Fa. Müller-Balzenbeck AG, gefüllt mit Erde und Steinen, sowie Schrottfahrzeuge und Sperrmüll als Barrikaden quer über den Fahrweg errichtet) und Nebengehölz, undurchdringlich für die Fahrzeuge.*

14^{52} *Eintreffen an Heideschneise ca. 2 km nördlich des Nordberges. Sicht auf Zeltlager am Südufer des Großen Sees gut. Entfernung ca. 2000 m. Abmarsch von Zug 2 und Zug 5 der E-Hundertschaft unter meiner Führung über Heideschneise Richtung Zeltlager. Die übrigen Züge verbleiben in Bereitschaft in den Gruppenfahrzeugen unter Führung von POK Schlippkötter.*

15^{13} *Vom Zeltlager her nähert sich eine größere Anzahl von Personen in loser Marschformation.*

15^{15} *Meldung über Fu St KW, daß sich Konvoi von Protestfahrzeugen aus der Stadt in Anfahrt befindet. Ich fordere Zug 3 der E-Hundertschaft zur weiteren Verstärkung an.*

15^{26} *Die vom Zeltlager herannahenden Personen formieren sich zu geschlossenen Reihen und verharren untergehakt ca. 300 m vom Zeltlager entfernt in Marschrichtung der von mir geführten Züge.*

15^{34} Ich fordere die Personen – ca. 100 überwiegend Jugendliche beiderlei Geschlechts – durch lautes Rufen und durch Handzeichen dreimal auf, Platz zu machen und den Durchmarsch freizugeben. Die Personen verharren untergehakt unbeirrt weiter in Kettenstellung. Daraufhin setze ich Zug 2 und Zug 5 (PHM Strüllmann, PHM Hüseken) von vorn zum Aufbrechen der Kette ein. Beim Zusammenprall entsteht ein kurzes Handgemenge, bei dem körperliche Gewalt angewendet wird, um den Durchbruch zu erzielen. Einige Beamte nehmen den Schlagstock dabei in die Hand, setzen ihn aber nicht ein. Es gibt keine Verletzten.

15^{47} Eintreffen im Zeltlager. Wir werden umringt von ca. 200 Personen, die auf uns einreden, vom weiteren Einsatz Abstand zu nehmen.

15^{59} Meldung über Funk StKW, daß Konvoi, bestehend aus Protestfahrzeugen mit mehr als 200Demonstranten, eingetroffen ist. Demonstranten können nicht aufgehalten werden und laufen über die Heideschneise auf das Zeltlager zu.

16^{02} Vom gegenüberliegenden Ufer des Großen Sees stoßen ca. 100 Personen vom Campingplatz zum Zeltlager.

16^{08} Der anwesende und mir bekannte Heini Spormann erklärt, daß eine freiwillige Räumung nicht in Frage komme. Dieser von den anwesenden Zivilpersonen allgemein vertretenen Auffassung schließen sich unter anderem auch der Arzt Dr. Thomas Strathmann und der Pastor Mathias Mühlensiepen an.

16^{12} Die Demonstranten, verfolgt von Zug 1 und Zug 4 der E-Hundertschaft unter Führung von POK Schlippkötter, erreichen das Zeltlager. Es kommt zwischen ihnen, den übrigen anwesenden Zivilpersonen und den Beamten über die Berechtigung des Einsatzes zu Diskussionen, um deren Abbruch ich mich unter Androhung von Disziplinarmaßnahmen gegenüber den Beamten vergeblich bemühe.

16^{41} Eintreffen von POR Schlüter auf Kradfahrzeug.

16^{57} Nach Unterredung mit Mitgliedern des Vorstandes des Bürgerkomitees Klein-Schweden befiehlt POR Schlüter Abbruch des Einsatzes.

17^{09} Abmarsch der Kräfte

17^{38} Rückfahrt in die Stadt

18^{07} Entlassung der E-Hundertschaft durch POR Schlüter.

Bolte, PHK

14 K

Auszug aus der Kopie eines Schreibens vom 4. 6. 74 POR Bernhard Schlüter an den Regierungspräsidenten über den Oberkreisdirektor Dr. Egon Halbe

... und anderer gut beleumundeter, ja sogar angesehener Persönlichkeiten der Stadt sowie der Tatsache, daß die Meinungen im Polizeibeirat diesen Einsatz betreffend erheblich und sogar sehr (!) handgreiflich voneinander abgewichen waren, schließlich auch, daß eine abschließende Stellungnahme der Landesregierung über dieses blödsinnige Projekt überhaupt noch nicht vorliegt, konnte ein weiterer Einsatz, der nur unter Anwendung er-

heblicher körperlicher Gewalt hätte durchgeführt werden können, nicht verantwortet werden – wie es ja auch früh genug von meinen im Gegensatz zu den Kollegen von der Kripo mit der Sachlage bestens vertrauten Beamten vorausgesagt worden war. Ich habe den anwesenden Vorstandsmitgliedern des Bürgerkomitees Klein-Schweden sowie dem mir persönlich bekannten Heinrich Spormann, dem Sprecher der Campingplatzbewohner, eine Frist zur freiwilligen Räumung, die am 25. Juni um 24^{00} abläuft, bewilligt.

Dem Streit über die korrekte Einschätzung des Komplexes Klein-Schweden auf örtlicher Ebene wurde ein Ende gesetzt:

Kopie eines Auszuges aus Kopie eines Schreibens des Bundesministers der Verteidigung an den Ministerpräsidenten des Landes Nordrhein-Westfalen

mit dem handschriftlichen Vermerk von KOR Peine an POR Schlüter: *zur gefl. Kenntnisnahme, Ihr Arschlöcher*

... ist nach ordnungsgemäßer Durchführung des Anhörungsverfahrens gemäß § 1 (2) Landbeschaffungsgesetz eine weitere Verzögerung bei der Bereitstellung des bezeichneten Flächengebietes »Klein-Schweden« geeignet, die Landesverteidigung wesentlich zu beeinträchtigen.

Die Verteidigung der Bundesrepublik erfordert eine Abdeckung mit einem ausreichend dichten Netz von Einrichtungen zur Unterbringung, Versorgung und Ausbildung der Truppe sowie mit Anlagen der Kampfführung. Militärische Übungsplätze müssen

jeweils in zumutbarer Entfernung zum Standort der Truppen angelegt werden, die auf ihnen üben sollen, und ferner auf Grundstücken, die für die vorgesehene Verwendung geeignet sind.
Diese Voraussetzungen lassen es bei der Enge des Bundesgebietes nicht zu, Flächen, die wie das sogen. Klein-Schweden in der Nähe dicht besiedelter Wohngebiete liegen, als Landschaftsschutzgebiete ausgewiesen sind und als Naherholungsgebiet bezeichnet werden, bei der Auswahl von Gelände für Übungsplätze auszusparen. Die Bundesregierung und alle staatstragenden Parteien bejahen die Notwendigkeit der Verteidigung auch und gerade nach Abschluß der Ostverträge. Diese Politik kann nicht nur von den höchsten Regierungs- und Parteivertretern proklamiert werden, während gleichzeitig auf der mittleren und unteren Ebene rechtswidrige Demonstrationen gegen diese Politik, wie die Besetzung des bezeichneten Flächengebietes und andere Ausschreitungen durch randalierende Jugendliche und extremistische Elemente geduldet werden ...

Zu Karin Kunze entdeckte Bruno nichts in den Akten. Dafür fand er neben detaillierten Angaben zu ihrer Person und Biographie etwas über Maria Ronsdorf.

An 14 K
Gedächtnisprotokoll
über die Rede einer noch Unbekannten auf dem Laufhof des mathematisch-naturwissenschaftlichen Gymnasiums mit sprachlichem Zweig am 14. Juni 1974 zwischen 10^{00} *und* 10^{15}.

Auf dem Laufhof hielten sich zur angegebenen Zeit in der sogen. großen Pause ca. 300–350 Schüler und Schülerinnen sowie einige aufsichtsführende Lehrpersonen auf.
Sie gruppierten sich am linken, südlichen Rand des Laufhofs in Höhe der Einfahrt im weiten Halbkreis um die Mülltonnen herum. Erhöht auf einer der Mülltonnen stand die o. g. unbekannte Person weibl. Geschlechts, ca. 17 Jahre alt, ca. 170 cm groß, langes, schwarzes, in der Mitte gescheiteltes Haar, dunkler Teint, bekleidet mit straffem graugrünen Pullover und engen Blue jeans, und richtete an die Versammelten eine Rede, ohne Megaphon, etwa folgenden Inhalts:
»Liebe Schülerinnen und Schüler. Wie ihr wißt, sollen Zeltlager und Campingplàtz am Großen See in Klein-Schweden zwangsweise geräumt werden. Ihr wißt, worum es geht. Man will in Klein-Schweden einen Truppenübungsplatz anlegen. (Pfiffe und Pfui-Rufe der Versammelten) Viele von euch waren über Pfingsten oben in Klein-Schweden. Ihr habt erlebt, wie die Bevölkerung Partei ergriffen hat für die Erhaltung Klein-Schwedens als Naherholungsgebiet und gegen die Polizei, die den Auftrag hatte, Zeltlager und Campingplatz abzureißen. Zwar sind die Polizisten wieder abgezogen. Aber sie werden wiederkommen, wenn bis zur nächsten Woche, Dienstag, den 25. Juni, Klein-Schweden nicht freiwillig geräumt ist. Wir werden aber nicht freiwillig Klein-Schweden Panzern und Artillerie überlassen. Wir wollen hier friedlich leben. (Anhaltender Beifall der Versammelten.) Unterstützt uns. Was Ihr tun könnt, darüber wollen wir heute nachmittag

diskutieren. Wir treffen uns um 4 Uhr im evangelischen Jugendzentrum.«
Dieses wurde von mir, an der Zufahrt zum Laufhof des mathematisch-naturwissenschaftlichen Gymnasiums mit sprachlichem Zweig hinter der Hecke stehend, gehört und beobachtet. KOM Pauli war ebenfalls anwesend. POW Backhoft hat die Rede nicht mit angehört, da er von mir den Auftrag erhalten hatte, die Lage auf dem Laufhof des mathematisch-naturwissenschaftl. Gymnasiums mit sprachlichem Zweig der Befehlsstelle, Union 11/01, mitzuteilen.
Die noch unbekannte weibliche Person verließ kurz nach Ertönen des Klingelzeichens zum Abschluß der großen Pause den Laufhof des mathem.-naturwissenschaftl. Gymnasiums mit sprachlichem Zweig in Richtung Hauptstraße.

gez. PK Wolker

14 K
Vermerk zum Bericht des PK Wolker
P Mi. K. Tullmann und Unterzeichner befanden sich während der Ansprache, die von 10^{00}–10^{08} dauerte, in unmittelbarer Nähe der Mülltonnen auf dem Laufhof des mathem.-naturwissenschaftl. Gymnasiums.
Bei der von PK Wolker beschriebenen Rednerin handelt es sich um Maria Ronsdorf, weitere Personalien bekannt. Die von PK Wolter gemachten Angaben über den Inhalt der Rede treffen zu. Maria Ronsdorf richtete ihre Rede an ca. 400 Schülerinnen und Schüler und eine Lehrperson.

Piepenbrink KOK

Randnotiz zum Vermerk zum Bericht des PK Wolker:
Habt Ihr nicht Wichtigeres zu tun, Ihr Hosenscheißer? PK Wolker zum Chef.

gz. Bolte PHK

Daß man bald mit einigem, vielleicht auch von seiten Karins und ihrer Gruppe, rechnen konnte, entnahm Kappel einem Auszug aus dem Schreiben des Regierungspräsidenten an den Oberkreisdirektor mit Abschriften an die verfeindeten POR Schlüter und KOR Peine:

... ist der Innenminister grundsätzlich zur Teilnahme an einer öffentlichen Podiumsdiskussion betr. Militärgelände in Klein-Schweden bereit, sofern vorher die widerrechtliche Inbesitznahme des Geländes am sogenannten Großen See beendet ist. Zur Durchführung des Räumungseinsatzes stehen neben den örtlichen Kräften 7 Hundertschaften Bereitschaftspolizei, 1 Hundertschaft Bundesgrenzschutz, 4 Wasserwerfer und 3 Panzerfahrzeuge bereit und werden u. U. zum Einsatz gebracht. Bei dem bestehenden Einverständnis großer Teile der Bevölkerung in Stadt und Umgebung mit den Aktionen des sogenannten Bürgerkomitees Klein-Schweden soll auf Anweisung des Innenministers der Räumungseinsatz am 25. Juni 1974 jedoch gegebenenfalls mit Beweglichkeit und Zurückhaltung zur Durchführung gebracht werden. Die genaue Angabe des Einsatztermins erfolgt kurzfristig durch zust. Stelle ...

Kappel goß sich noch einen Kognak ein, las noch einmal das »Gedächtnisprotokoll über die Rede einer noch Unbekannten auf dem Laufhof des mathematisch-naturwissenschaftlichen Gymnasiums mit sprachlichem Zweig« (Romantitel aus der Schule der Neuen Zärtlichkeit, dachte er), »unbekannte Person weibl. Geschlechts, ca. 17 Jahre alt (sie ist 19, sagte er laut), ca. 170 cm groß (geht mir bis zum Mund, dachte er), langes schwarzes, in der Mitte gescheiteltes Haar, dunkler Teint, bekleidet mit straffem graugrünen Pullover und engen Blue-jeans« (geiler Bulle, sagte er laut).
Er hörte Geräusche an der Tür.
Stephan kam zurück, nahm die Akten, steckte sie in seine Mappe. Ich muß gleich wieder los, sagte er, wir gehen getrennt. Warte eine Viertelstunde.
Weißt du, wo die Frau ist, Karin Kunze? fragte Bruno.
Nein.
Ist sie in der Nähe?
Ich weiß es nicht.
Hör zu, sagte Kappel, ich weiß, daß sie hier Trouble machen will, und daß ein V-Mann bei ihr ist. Ich muß sie da rauskriegen, verstehst du? Dafür zahle ich.
Stephan setzte sich, goß ein Glas Kognak ein, trank. Bruno wartete. Stephan schwieg.
Fünftausend, sagte Bruno.
Nein.
Bruno konnte erhöhen, aber nicht so weit, wie Stephan es wollte. Der hatte durchgerechnet, das sah er: mehr als fünfundzwanzig Dienstjahre noch und Pensionsanspruch bei einer Lebenserwartung von neunundsechzig Jahren. Davon ein Viertel und alles

gleich auf die Hand. So wichtig war also die Sache.
Bruno mußte passen. Vergiß es, sagte er.
Stephan trank noch einen Schluck, aber Kappel schwieg. Da stand er auf, nahm die Aktentasche.
Tschüß also, sagte er, und nichts für ungut.
Darüber mußte Bruno lachen, und Stephan ging ziemlich mißtrauisch, wie es aussah.
Also, sagte er noch an der Tür, warte noch eine Viertelstunde. Dann gehst du.
Bevor er die Wohnung verließ, rief Kappel beim Landgericht in Hamburg an, verlangte Staatsanwalt Ballèr. Der sei in einer Sitzung, zwischen elf und zwölf zurück, wurde ihm gesagt.

2

An Hauswänden, Bauzäunen und Mauern in der Stadt klebten gelbe und rote Plakate. Sie zeigten Panzer, zerschossene Häuser und Bäume. »Volltreffer nicht im Wohngebiet«, »Panzer nicht vor unserer Haustür«, »Erholung statt Kriegslärm«, las Kappel, wenn er langsam vorbeifuhr.
Er parkte am Bahnhof, ging zu Fuß weiter. Vor dem Kaufhaus wurden Flugblätter, an die gelbe Streifen geheftet waren, verteilt. »Aufruf zum aktiven Widerstand«, las er, »das Bürgerkomitee Klein-Schweden zur Verhinderung des Truppenübungsplatzes fordert Sie zu neuen Aktionen gegen das geplante Wahnsinnsprojekt auf. Kommen Sie morgen nach Klein-Schweden! Protestieren Sie gegen die Zwangsräumung von

Campingplatz und Zeltlager! Morgen ist es soweit. Kraftfahrer, kleben Sie wieder die gelben Streifen in Ihr Fahrzeug!« Auf den gelben Streifen stand: »Truppenübungsplatz vor unseren Toren: NIEMALS!«
Zwei Tische waren aufgestellt vor dem Kaufhaus – Informationsstände, vor denen ein paar Leute standen.
In der Kneipe von Erwin Zibulla traf er um diese frühe Tageszeit nur den Wirt und einen Mann am Tresen. Bruno, sagte der Mann am Tresen, Bruno Kappel, Mensch, altes Haus, wie geht es dir?
Der Mann hieß Talhoff, war ein ehemaliger Mitschüler, der zwei Klassen über Kappel gesessen hatte. Er war heute Redakteur beim Generalanzeiger. Kappel erinnerte sich, irgend etwas über ihn gelesen zu haben in einer überregionalen Zeitung und fragte ihn danach. Talhoff druckste herum. Da fiel Kappel ein, daß eine satirische Zeitschrift ihm vor einiger Zeit den Titel des jahresschlechtesten Journalisten verliehen hatte wegen einer Reportage über einen Stadtstreicher, der in der Hauptstraße der Stadt schnapsvoll und erfroren aufgefunden worden war – zu Recht, wie Talhoff befunden hatte, was habe sich der Nichtstuer auch nachts und im Winter und in der Hauptstraße der Stadt auf den Bürgersteig legen müssen.
Kappel bekam ein Bier und einen Korn auf den Tresen gesetzt.
Er sei unterwegs durch die Stadt, quasselte Talhoff, alte, originelle Gaststätten aufsuchen. Eine Serie gedenke er darüber zu schreiben im Generalanzeiger. Und dies hier ist ja wohl ein rechtes altes Wirtshaus, nicht wahr?
Das weißt du doch, sagte Zibulla, unseren Opa und

unseren Papa hasse noch kennengelernt, wenn du euren Alten hier rausgeholt hast, jeden Abend und Sonntagmittag.
Talhoff redete weiter: Das sei doch eine richtige alte Arbeiterkneipe gewesen seinerzeit, wenn er sich recht erinnere. Die Wände seien braun gestrichen gewesen, nicht vielfarbig tapeziert wie jetzt, ein echter alter Holztresen habe hier gestanden, nicht dieses modern gekachelte Ding mit Chromstange, im alten Eichenschrank habe man die Vereinspokale aufbewahrt, nicht, wie jetzt, auf den Resopalborden an den Wänden, Holztische habe es gegeben und Bänke, nicht diese Resopaltische und Stühle, nicht diese Plastikblumen überall. Warum haben Sie das nur getan, guter Mann?
Weil das Zeugs hier besser zu pflegen ist, du Klugscheißer, sagte Zibulla, und die Leute wollen das so. Die arbeiten nämlich im Werk, und die haben es hier gern sauber und bißchen hell, anders als im Betrieb. Kannst ja raufgehen in die Oberstadt in Kuhlmanns Eck, sitzen die Oberschüler, Bankangestellten, Studenten und so Leute wie du. Die habens lieber dunkel und klüngelig, weils bei ihrer Arbeit zu sauber und hell ist, meinen sie. So verschieden ist das Leben. Nochmal dasselbe, Martini dry?
Ja, sagte Talhoff und ging mit seinem Glas an einen Tisch hinten im Lokal, gab Kappel Zeichen, er möge zu ihm kommen, und als Kappel sich an den Tisch gesetzt hatte, beugte er sich vor, sprach flüsternd auf ihn ein, ob er wisse, was hier vor sich gehe, was das Bürgerkomitee Klein-Schweden mache und plane? Kappel schüttelte den Kopf, hörte sich an, was Talhoff über die gescheiterte Räumungsaktion in Klein-

Schweden erzählte und über die Protestversammlungen in der Stadt, die Flugblätter undsoweiter.
Um das Naherholungsgebiet, eine gute Sache, sicher, geht es aber den Drahtziehern überhaupt nicht, sagte er, die wollen das Engagement der Bürger in dieser Sache für fremde Zwecke ausnutzen. Er, Talhoff, brauche ihm, Kappel, ja nicht zu erzählen, welche Zwecke das seien, wer dahinterstünde, deshalb sei er, Talhoff auch hier, in Zibullas Kneipe. Hintergrundinformationen, du verstehst. Man wisse ja, daß sich in dieser Kneipe die erwähnten Leute träfen, hier würden die Pläne ausgeheckt undsoweiter.
Wen er denn eigentlich meine, der dahinterstecke, unterbrach Kappel schließlich das Gelaber.
Talhoff sah ihn halb mißtrauisch, halb triumphierend an. Na, sagte er, der Osten und seine Leute, die er hier hat, die Kommunisten vom Schlage Spormann und seiner Clique.
Wer bezahlt das wohl, sagte er, zog das Flugblatt mit dem gelben Streifen aus der Tasche. Er beugte sich noch weiter vor, flüsterte noch leiser: Und noch eins, Fremde sind in der Stadt und oben in Klein-Schweden, Leute, die niemand hier kennt – und noch vorgebeugter und noch leiser: Sogar die Bombenleger sollen hier sein.
Sowas, sagte Kappel, das hört sich ja richtig gefährlich an, da will ich aber gleich wieder weg, stand auf, zahlte und ging.
Die Gegenpropaganda lief also. Das hatte er schon auf der Herfahrt gemerkt. Hinter Osnabrück hatte er einen jungen Mann mitgenommen. Am linken Ärmel seiner roten Lumberjacke war ein Wappen aufgenäht und darüber in goldenen Lettern: Deutschland. Was

das bedeutete, hatte Kappel wissen wollen, und der Junge hatte erzählt, er sei Unteroffizier beim Bundesgrenzschutz, stationiert in Flensburg. Vor drei Wochen habe er seine Eltern besucht, auf der Rückfahrt in Osnabrück einen Unfall gebaut, Totalschaden. Die Wirbelsäule habe er sich verletzt dabei und Prellungen abgekriegt. Jetzt fahre er wieder nach Köln. Kappel, mißtrauisch geworden, begann den Jungen auszufragen, gab sich dabei aus als jemand vom Fach, Strafverfolgungsbehörde Hamburg, mehr wolle er nicht verraten, und der Junge hatte drauflosgeplappert: freiwillig habe er sich gemeldet zum BGS auf drei Jahre, und das gelte, wie er, der Kollege, so dürfe er ihn ja wohl nennen, wisse, bei der Polizei als Vollzugsdienst. Aber er werde länger beim BGS bleiben. Vielseitig sei der Dienst und spannend, eingesetzt würden sie auch bei Demonstrationen, Hausbesetzungen undsoweiter. Ja, warum nicht auch bei Streiks, wenn es wilde seien. Nein, ein anderer Beruf käme für ihn nicht in Frage, sein Vater sei Polizist, sein Großvater sei es gewesen, das stecke in der Familie einfach drin, und es mache ihm eben auch Spaß. Als MEK-Spezialist wolle er sich nach Ablauf der Zeit ausbilden lassen, das mache noch mehr Spaß, beispielsweise gehöre zur Ausbildung, daß man drei Stunden lang bis zum Hals in Sand eingegraben aushalten müsse, ameisenumwimmelt, keinen Piep dürfe man von sich geben, sonst ...

Was denn in Köln los sei, hatte Kappel weiter gefragt, ob er noch einmal die Eltern besuchen wolle, Erholungsurlaub? Da hatte der Junge gegrinst. Darüber dürfe er nun nicht reden, nicht einmal zu einem Kollegen von der Strafverfolgungsbehörde. Soviel könne er aber verraten: im südlichen Ruhrgebiet sei ein Unruheherd entstanden. Kommunisten, eingeschleust aus der DDR, hätten sich dort versammelt. Angriffsziel seien militärische Objekte, mehr wisse er auch nicht. In Köln jedenfalls habe er sich zu melden. Aber vielleicht spreche er da von Dingen, die ihm, dem Kollegen von der Strafverfolgungsbehörde in Hamburg, nichts Neues bedeuteten. Möglicherweise führe er, der Kollege aus Hamburg, mit seinem schnellen Porsche sogar dorthin? Na?

In Dortmund hatte Bruno das Bürschchen rausgelassen. Schönen Dienst auch, hatten sie sich zum Abschied gewünscht.

Man blies in diesem Sommer mal wieder heftig zur Kommunistenhatz, und die jungen Treiber wie das Bundesgrenzschutzbürschchen ahnten wieder mal nicht, wozu man sie benutzte.

Von einer Telefonzelle aus rief Bruno Baller an. Ich bin also doch gefahren, sagte er, komme aber hier nicht weiter. Laß mal mehr ab.

Um fünfzehn Uhr bei deiner Nummer, sagte Baller und hängte ein.

Kappel fuhr zum westlichen Zubringer nördlich der Autobahn und bog von da aus ab in einen Weg, der sich zwischen Kiefern hindurchschlängelte zu einem Teich, den man »Pillekes See« nannte. Er wollte den Wagen da abstellen und zu Fuß zum Großen See gehen. Bis zu Ballers Anruf um drei in Ronsdorfs Abschlepperei war noch Zeit, aber schon nach fünfzig Metern stoppten ihn zwei Männer in der Uniform von Bereitschaftspolizei. Er dürfe hier nicht durch, das Gebiet sei gesperrt.

Warum, fragte Kappel.

Übung.
Im Landschaftsschutzgebiet?
Beide lachten. Sie waren nicht älter als zwanzig Jahre. Er könne davon nichts wissen, er käme ja aus Hamburg. Das Gebiet sei für Verteidigungszwecke vorgesehen, von Zivilpersonen dürfe es nicht mehr betreten werden.
Finden wir auch nicht gut, so'n schöner Platz, sagte der eine, feines Erholungsgebiet für die Leute aus der Stadt.
Eine Sauerei ist das, sagte der andere. Sie können von der Ostseite her noch rein, aber auch nicht mehr lange, und er erklärte Kappel, wie er fahren müsse.
Kappel setzte zurück, fuhr über den westlichen Zubringer weiter bis zur nördlichen Bundesstraße, von da in Richtung Nordosten, umkreiste so einen Teil von Klein-Schweden.
Kiefernwälder und Birkenhaine standen hier bis dicht an die Straßenböschung. Die Sonne kam durch. Es hatte in der Nacht bis zum Morgen geregnet, und man sah die Feuchtigkeit, wie sie zwischen den Bäumen dampfte. Nach zehn Kilometern lenkte er in die schmale Nebenstraße, die durch Klein-Schweden lief und über den Nordberg an Ronsdorfs Abschlepperei vorbei in die Stadt führte, passierte den Sandweg, den er damals auf der Fahrt zur Goldenen Hochzeit seiner Eltern gefahren war zu dem See, in dem er gebadet hatte. Zwei Polizeimannschaftswagen versperrten die Einfahrt. Nach einem Kilometer kam der Zufahrtsweg in Richtung Westen zum Campingplatz am Großen See. Er mußte den Wagen abstellen, denn der Aschenweg war unpassierbar, vollgepackt mit Baumstämmen, Sperrmüll, Schrottwagen, Fässern und

anderem Krimskrams. Er arbeitete sich durch Gestrüpp und Unterholz.
Am Eingang zum Campingplatz, einem Torbogen aus Baumstämmen und Holzbrettern wie vor der Shiloh-Ranch, traf er einige junge Männer an, unter ihnen Heinz Spormann, der ein Walkie-Talkie-Gerät bei sich trug. Willst du uns helfen? fragte Spormann.
Braucht ihr denn Hilfe?
Sie gingen zum See.
Der Große See war nichts weiter als ein fast rundes Gewässer mit einem Durchmesser von höchstens einhundert Metern, ein Baggersee, wie er nach größeren Erdbewegungen zurückbleibt. Zum Bau der Autobahn, der Verbindungsstraßen und Zubringer hatte man von hier Erde und Sand geholt. Es gab vier dieser Baggerseen in Klein-Schweden, aber der Große See war der größte und schönste, mit schmalen, sanft abfallenden Sandufern und umgeben von Kiefernschonungen und Birkenhainen. Auf der Heideschneise am gegenüberliegenden Ufer standen Zelte. Über die Schneise hinweg sah man den Nordberg und auf dem Nordberg die Silhouette von Ronsdorfs Abschlepperei.
Die Polizei kommt wahrscheinlich wieder vom Süden über die Heide, sagte Heinz Spormann. Das Zeltlager drüben ist unser Brückenkopf. Da werden die erst mal aufgehalten.
Sie standen am Nordufer. Komm mit zum Essen in Opas Wohnwagen, sagte Heinz Spormann, kennsse ja aus dem Film »Reise in die Sowjetunion«.
Sie gingen über einen breiten, sandigen Weg durch das Camp. Auf beiden Seiten standen die Wohnwagen neben- und hintereinander, unregelmäßig an-

geordnet, auf kleinen Parzellen, abgegrenzt voneinander durch kurz gehaltene Hecken, blühende Büsche, Birken und Kiefern und Zäune aus Bast. Vor die meisten Caravans waren bunte Vorzelte gespannt, kleine Rabatten hatten sich einige angelegt, und es gab Blumengärtchen mit Gartenzwergen, Windmühlen und winzigen Teichen. Einige Parzellen waren leer.
Elf sind abgehauen, sagte Heinz Spormann, hier stehen noch zweiundvierzig Wagen.
Die Leute saßen an Tischen im Freien oder in ihren Vorzelten, aßen zu Mittag, tranken, lachten und redeten, und Kinder liefen herum. Die Sonne schien. Es roch nach Harz, und vom See her wehte ein lauer Wind. Das Ganze erinnerte Kappel an Ausflüge mit seinen Eltern, früher als Kind, in den Märchenwald mit Knusperhäuschen, Dornröschengarten, Rübezahlhöhle und Zwergenpalast.
Daß Karin Kunze hier nicht biwakierte, war ihm klar. Zu ihr paßte sowas nicht. Außerdem war sie verwundet, wäre leicht aufgefallen. Auch Pacco würde sich nicht in Wald und Heide begeben. Ein Stadtguerillero tat das nicht. Die beiden hockten zusammen in einer Wohnung mit Schaumgummimatratzen auf dem Boden und ausgehängter Tür auf Tischlerböcken, und diese Wohnung lag in einem Hochhaus, in Dortmund, Essen oder Düsseldorf – nahm er an. Aber, wenn sie den Innenminister kidnappen, blutige Krawalle anzetteln wollten beim Kampf um Klein-Schweden oder etwas anderes vorhatten in dieser Gegend, mußten sie Leute haben, die für sie arbeiteten, die sie auf dem laufenden hielten, die für sie agitierten, und zwar im Zentrum des Geschehens, und der war hier am Großen See.

Heini und Anna Spormann und zwei Männer in Badehosen saßen im Vorzelt zu dem kleinen Wohnwagen, der schon durch Moskau gefahren war. Heinz Spormann und Bruno Kappel setzten sich dazu, aßen Möhren durcheinander mit Hammelfleisch, tranken Bier.
Willst du hierbleiben, wenn es losgeht morgen, fragte Heini Spormann.
Mal sehen, sagte Kappel.
Überleg dir das. Du hast ja was zu verlieren.
Gibt es denn was zu gewinnen?
Wie meinst du das?
Ist ziemlich viel Polizei in der Gegend, die haben sicher was vor.
So?
Wenn die sich mal was vorgenommen haben ...
Ja?
... wird das ja wohl eine Machtfrage, oder?
Büschen Klaugen, woll, sagte Heini Spormann, aber wenigstens bisse nicht so einer, der meint, bräch die Revolution aus, morgen. So welche haben wir nämlich auch hier. Paß mal auf, worum es hier geht, und hör dir mal die Geschichte an:
Vor fünfzehn Jahren wohnten wir noch in dem Viertel am Werk und hatten hinter der Bahn unsere Gärten. Das war unser Naherholungsgebiet, wie man das heute nennt, nicht die Schweiz, aber wir fühlten uns wohl da. Nach Feierabend krosten die Leute in ihren anderthalb Sechzig, zogen Gemüse und Obst, hatten Kaninen, Tauben und Hühner, feierten manchmal zusammen, gab natürlich auch Krach, aber sie lebten, wenn du verstehst, was ich meine. 56 wurde das Viertel und die Kleingartensiedlung niedergerissen. Die

Müller Balzenbeck AG, der das alles gehörte, baute dann das dahin, was da jetzt steht, und das gehört ihr natürlich auch. Damals hatten sie die Partei mal wieder verboten, und wir saßen mal wieder im Knast – ich und noch ein paar von unseren Genossen, und als wir nach zwei Jahren wieder herauskamen, wohnten unsere Familien in Neubausiedlungen aus Beton, ziemlich verstreut, die einen da und die anderen dort, und da und dort gab es keine Gärten, geschweige denn Hühner und Tauben, aber gepfefferte Mieten und Krach zu Hause. Die Autobahn war damals fertig geworden, und hier, Klein-Schweden, wie wir das später nannten, das war nichts weiter wie 'ne aufgebaggerte Wüste, große liegengelassene Baustelle. Die Regierung wollte das Land verkaufen. Müller-Balzenbeck war interessiert, natürlich. Und wir haben mit der Regierung verhandelt, lange und hart. Waldemar Niehus, den muß man da loben und andere von der SPD. Jedenfalls haben wir schließlich erreicht, daß sie das Land nicht verkauften. Es sollte Naherholungsgebiet werden. Es wurde aufgeforstet, und wir haben, vor allem am Großen See hier, geholfen – das hatten wir angeboten, erst nur ein paar, später wurden es mehr. Und dann wurde dies zu Klein-Schweden, und den Campingplatz haben wir eingerichtet. Ist zwar nicht so wie früher, und die meisten können auch nur zum Wochenende hier rauskommen. Aber wir fühlen uns wohl, und die Erholung haben die meisten auch nötig.

So ohne weiteres ziehen wir deshalb nicht ab. Die müssen uns hier schon wegschaffen, und zwar mit Gewalt. Kapiert?

Das wird ihnen womöglich gelingen, sagte Kappel.

Ist noch nicht abgemacht, Junge. Wenn nämlich die Leute aus der Stadt weiter auf unserer Seite stehen, uns helfen, wie Pfingsten zum Beispiel, dann haben wir eine Chance. Aber nicht provozieren lassen, keine Aktionen, die nicht von allen aus dem Bürgerkomitee getragen werden. Das ist wichtig.
Gibt es welche, die provozieren? fragte Bruno.
Hier auf dem Campingplatz nicht, sagte Heinz Spormann, aber im Zeltlager drüben vielleicht.
Wer ist denn da?
Von uns Leute, Lehrlinge und Jungarbeiter. Einige haben sich Urlaub genommen, wie ich, aber die meisten kommen nach Feierabend erst hoch und ziehen morgens von hier auf Arbeit. Auf die kannsse dich verlassen. Aber da gibts auch andere, und das sind viele, so Struppis, Herumzieher. Wo die herkommen, weiß kein Mensch, und was die vorhaben. Kuck sie dir mal an. Du suchst doch wen hier oben, oder?
Ihr seid ja mal wieder gut informiert. Bin ich enttarnt?
Man lachte.
Vergiß das, sagte Heinz Spormann.
Anna Spormann stellte eine Flasche Korn und Gläser auf den Tisch, Heini goß ein. Prost, auf daß wir gewinnen, sagte er. Sie tranken.
Danke für Essen und Bier und Schnaps, sagte Kappel, ich muß noch einmal los.

Vor nicht mal anderthalb Monaten war ich hier, dachte er, als er in den Hof der Abschlepperei fuhr, das könnten auch anderthalb Jahre sein nach dem, was inzwischen passiert ist. Aber was war schon passiert? Nichts war passiert in Hamburg, nichts, was wichtig gewesen wäre, das Übliche bloß.

Anderthalb Monate bin ich nicht mit Maria zusammengewesen, dachte er, das ist wichtig, und darüber erschrak er fast. Vierunddreißig war er alt, und er war so, wie die meisten mit seinen Jahren aus seiner Schicht in diesem Staat – also einer, der umsonst, aus Freundschaft und für Liebe, nichts mehr unternahm – eigentlich.

Ja, die Kastanie stand noch im Hof und unter ihr der lange Tisch, und am Tisch saß auf gekipptem Stuhl, zurückgelehnt an die Kastanie, einen Westernhut halb überm Gesicht, im Schoß einen Recorder voll Rockmusik, Jimmy, der Lehrling und Hendrix-Fan. Hello, sagte der, ein guter Wagen das, Mann.

Ja, der Hund schlief vor der Hütte, die Hühner scharrten im Sand, die Tauben flatterten über den Hof, die Ziegen schritten herum, die Kinder lachten im Backsteinhaus. Hier war also auch nichts passiert.

Kappel setzte sich an den Tisch, auf dem noch Teller, Gläser, Schüsseln, Flaschen standen.

Hör dir das an, sagte Jimmy, das ist Noel Redding an der Baßgitarre, und jetzt kommt Jimi dazu. Er drehte den Recorder lauter: »The wind cries« hieß der Titel, und so spielte Hendrix ihn auch.

Pepe kam aus dem Backsteinhaus, lachte, befühlte Brunos Arm. Wieder gut? fragte er, spülte zwei Gläser mit Mineralwasser aus, goß Wein ein. Prost.

Sie tranken. Jimmy erzählte, wie sie den Zufahrtsweg zum Großen See verbarrikadiert hatten mit Schrottwagen, er und der Chef und andere. Er zog jeden Abend ins Zeltlager und kam morgens zurück.

Das ist ein Fest, Mann, sagte er, aber wie.

Pepe machte »deutsche Polizei« vor, wie sie grimmig, doof auf Mannschaftswagen hockt, einer neben dem

anderen, wie sie absteigt und in Ketten losmarschiert, Hand am Gummiknüppel.
Als das Telefon schrillte, dreimal, viermal, sah Kappel zum Haupthaus. Kurz darauf rief der Chef: Ist Jupp hier, der Kappel?
Ich komme, rief Kappel zurück.

Im Büro mit dem ölfleckigen Schreibtisch – vollgepackt mit Papier, Rechnungen, Briefen, Prospekten – dem Aktenregal voll Ordnern, Werkzeug und anderem Krimskram, dem MAN-Kalender vom vorigen Jahr, lag Herbert Ronsdorf auf dem Sofa, Hände hinterm Kopf, beobachtete Bruno beim Telefonieren.
Schibeck, Eduard, sagte Baller, Schibeck, Eduard, zu dem mußt du gehen, der weiß, wo sie ist. Hast du verstanden?
Ja, sagte Kappel. Er hörte an dem Klicken, daß Baller von einer Telefonzelle aus sprach.
Bei euch. Findest du. Sei vorsichtig, der ist bewaffnet.
Hier? fragte Kappel.
Ja, in deinem Heimatkaff, sprachlos, was?
Tschüs, sagte Kappel und hängte ein.
Der Jupp, sagte Herbert Ronsdorf vom Ledersofa her, sieh mal an, der Jupp. Weiß Maria, dasse im Lande bist?
Nein.
Na!
Wo ist sie, fragte Kappel.
In der Stadt. Bekümmert sich um die Schüler. Die sollen morgen hochkommen zum Großen See. Beim Großkampftag dürfen ja auch die Kleinen nicht fehlen. Die und die paar Heinis vom Campingplatz: da wird Polizei und Bundesgrenzschutz aber laufen, was meinsse?

Kappel lachte. Bis jetzt haben die doch ganz schön Erfolg gehabt, sagte er.
Der Chef stand auf, stieß mit dem Kopf fast an die Decke, holte aus dem Aktenregal eine Flasche und zwei Gläser, goß ein. Hier, sagte er und Prost. Kappel schluckte. Der Fusel hatte über fünfzig Prozent.
Ich kuck mir das von hier oben aus an, sagte der Chef, und notfalls wird eingegriffen. Willst du schon wieder weg?
Ja, ich komme aber wieder.
Wird sich die Maria aber freuen, sagte Ronsdorf, ehrlich.
Bruno spürte einen Stich oder Schlag oder Riß im Bauch. Er fuhr in die Stadt, an den Schulen vorbei, hoffte Maria zu finden, aber die Schulen waren leer.
In einer Telefonzelle suchte er im Telefonbuch Schibeck, Eduard. Das war kein Name aus der Gegend, und es gab auch nur einen mit Namen Schibeck, E., und zwar in der Schützenstraße, nicht weit von der Adolf-Kolping-Straße, wo seine Eltern wohnten.
Es war ein vierstöckiger sozialer Wohnungsbau, die Haustür stand offen. Schibeck wohnte im dritten Stock. Eine Frau, Mitte vierzig, öffnete, hatte ein Kopftuch um, einen Lappen in der Hand. Ob er Herrn Schibeck sprechen könne, fragte Kappel. Die Frau sah sich um. Sie putze gerade, aber bitte schön, er dürfe sich bloß nicht umsehen hier im Flur. Aber im Wohnzimmer bin ich schon durch, sagte sie, kommen Sie. Mein Mann ist gerade von Schicht zurück. Wäscht sich. Setzen Sie sich solange.
Frau Schibeck ließ ihn allein in diesem drei mal vier großen Zimmer mit der Blumentapete, der Chouchgarnitur, fahrbar und drehbar durch verchromte Rol-

len, um den Couchtisch aus Nußbaum mit Spreizbein und Messingfuß, auf durchgewebtem Veloursperser, unter der sechsschaligen Nußbaumlampenkrone, mit dem eichefurnierten Wohnzimmerschrank: zwei Glastüren mit Ziergitter und Beschlägen aus Messing brüniert, vor Leseringbüchern, Salzstangenhalter, Likörkutsche und dem Markenporzellanservice »Eremitage«, neben dem TV-Gerät auf antik bearbeitetem Fernseh-Phono-Wagen mit stabilem Untergestell aus Schmiedeeisen, dem Grüngewucher in Kupferkannen und -kesseln auf der Dreietagenblumenbank neben der flämischen Clubleuchte vor den Feintüll-Bordürenstores in Florentiner Musterung und dem pflegeleichten Dekostoff aus schwerem Gewebe in klassischer Ornamentik und neuzeitlichen Farben.

Er setzte sich, schloß die Augen vor der Berghütte am Wildbach im Felsengebirge über der Couch.

Dieses Schaudern vor dem Zeugs um ihn herum fühlte er nicht zum erstenmal, und er konnte auch dieses Gefühl erklären: die *Klempnerriege* hatte ihm und anderen einen Sperrkontakt eingebaut, der funktionieren sollte bei der Signalreihe: kleine Leute, schlechter Geschmack, Wohnküchenmief, Wohnzimmerkitsch undsoweiter. Achtung, nicht kontaktieren! Vor dieser Berührungsangst hatte der Direktor Interbrigadist gewarnt. Als man ihn verhaftet hatte, durften die Lehrer von neuem das Alte lehren. »Odi profanum vulgus et arceo ...« Ich hasse das gemeine Volk, hatte Watzke, der Lateinlehrer und ehemalige Lehrer einer SS-Schule, Doris Niehus aufsagen lassen, und dann hatte er die Ode erklärt. (Damals waren die noch ziemlich plump.) Dieser Haß des Horaz sei heute ebenso noch berechtigt wie vor zweitausend

Jahren. Man solle sich nur einmal ansehen, wie sie lebe, die Plebs, das Pack, der Pöbel, wie der sich einrichte, nämlich wie der gebildete Bürger, aber eben nur *wie*, denn er könne ja gar nicht so leben wie jener, einfach von Geburt aus nicht. Nachahmung sei alles, daran erkenne man ihn und seinen Stil, den Kitsch. Statt Schönheit liebe er Glätte, wahre Empfindung könne er nicht verstehen, er sei nicht sensibel, nur sentimental, Größe ersetze er durch Pose undsoweiter. Ähnlich seien sie, diese Leute, wie Neger, die sich die weiße Kultur überstülpten und deshalb so lächerlich wirkten, die aber auch so brutal alles niedermetzelten, wenn sie an die Macht kämen. Am schlimmsten seien hier die hochgekommenen Gewerkschaftsfunktionäre. Die könnten ja nicht einmal richtig Deutsch. Deren Wohnungen müsse man sich einmal ansehen – alles Talmi, alles Kitsch, grauenhaft. Wenn diese Leute einmal zur Macht kommen sollten, dann gnade uns Gott.

Und Doris hatte gefragt: Wie richtet sich denn heute ein SS-Lehrer ein? Noch immer altdeutsch und mit Bamberger Reiter und Uta und Ekkehard überm Kamin? Oder jetzt funktional und mit Abstraktem über der Heizung? Sicher doch nicht mit Fotos von Auschwitz, oder?

1957 war das. Die antikommunistische Hysterie war auf dem Höhepunkt und ärger noch als in diesem Jahr. Sie wollten Doris von der Schule werfen, aber so stark waren sie nicht mehr. Doris blieb. Doch sie und Tom und Bruno schwiegen in den folgenden Jahren, wenn die alten Lehrer agitierten, und sie agitierten täglich, und diese Agitation und Brunos Schweigen waren nicht ohne Wirkung geblieben. Der

Sperrkontakt funktionierte zwar nicht richtig, aber es klickte doch. Er bekam keinen Ekel, keinen Haß. Aber der Ansatz dazu, dieses Abwehrgefühl, stellte sich manchmal, wie hier in diesem Raum, ein.
Daß Karin Kunze mit dem Bewohner dieses Zimmers verkehrte, konnte er sich schwer vorstellen. Oder aber dieses hier war raffinierte Tarnung, und das träfe natürlich den konspirativen Geschmack der BRD-Guerilleros: Kleinbürgerverachtung per Ironie dritten Grades.
Als Schibeck ins Zimmer trat, stand Kappel auf. Schibeck trug Schlappen, Schlabberhosen und ein gelbgrünrotes Freizeithemd überm gewaltigen Bauch.
So oder so, dachte Kappel und sagte: Ich heiße Bruno Kappel, bin Rechtsanwalt in Hamburg und befreundet mit Karin Kunze, die ich auch vertrete. Ich muß mit ihr sprechen. Es ist wichtig.
Schibeck sah ihn an – in der Gegend nannte man das »wie ein gestochenes Kalb«.
Else, komm mal, rief er zur Tür hin, und zu Kappel sagte er: Wir kaufen nichts, überhaupt nichts, da könnense quatschen wie sie wollen.
Seine Frau kam ins Wohnzimmer. Hier, sagte Schibeck, sag du ihm das auch, daß wir nichts kaufen. Das machen wir nie, und hab das sogar meiner Frau verboten. Stimmt das?
Ja, Emil, sagte Frau Schibeck.
So konnte sich niemand verstellen, wußte Kappel.
Auch nicht, wenn ich ihnen jetzt sage, daß Sie nicht mal eine Anzahlung zu erbringen haben, sagte er, nicht einen Pfennig.
Er griff in die Brusttasche, zog irgendeinen Brief heraus, reichte ihn Frau Schibeck. Lesen Sie das, sagte er, setzen Sie sich doch. Ich sage Ihnen ...

Du rührst das nicht an, sagte Schibeck zu seiner Frau und zu Kappel: Steckense das ein und gehen Sie.

Sie wissen doch überhaupt nicht, worum es geht, sagte Kappel laut, als Schibeck ihn an der Schulter faßte und zur Tür drängte. Glauben Sie mir, Sie verpassen eine echte Chance.

Ja, ja, kennen wir schon, sagte Schibeck, und jetzt raus, aber dalli.

In der Tür drehte sich Kappel noch einmal um.

Ich kenne ihren Sohn, den Eduard, sagte er.

Ach Gott, sagte Frau Schibeck, was sind Sie bloß für einer. Wir haben nur eine Tochter und die wohnt in . . .

Nu quatsch doch nich mit dem Gauner noch herum, unterbrach sie ihr Mann laut.

Im Wagen nahm Kappel das Magazin aus der 7/65 Walther, die er in der tiefen Tasche seiner Lederjacke trug.

Scheißballer, sagte er halblaut und fuhr zwei Straßen weiter in die Adolf-Kolping-Straße zu seinen Eltern im anderthalbstöckigen grauen Rauhputzhaus. Im Vorgarten roch es nach Friedhof: nach feuchtem Buchsbaum und fauler Erde. Seine Mutter öffnete.

Eigenartig, sagte sie, als wenn ich es geahnt hätte.

3

Er wurde wach, weil er fror. Es atmete um ihn herum. Auf dem schrägen Zeltdach lag Taunässe. Er setzte sich. Im fahlen Licht sah er die Umrisse von Körpern

unter Decken und Schlafsäcken. Es roch nach Menschen. Jemand schnarchte. Draußen im Busch gluckſten Vögel. Morgendämmerung im Zelt – das hatte er lange nicht mehr erlebt. Er war durstig, suchte nach einer Flasche Mineralwasser, die er ans Kopfende gelegt hatte, fand sie nicht. Die Decke war ein Stück zur Seite gerutscht, und er sah neben sich den schönen, runden und nackten Hintern von Maria, bekam Lust, drängte sich an sie, Maria drehte sich herum, wurde halb wach.
Ich will noch schlafen, sagte sie.
Er deckte sie zu, verschränkte seine Arme hinter dem Kopf, betrachtete über sich, außen auf der hellen Zeltbahn, die Tautropfen. Einige glänzten, flimmerten schon. Die Sonne kam langsam hoch.
Kappel war am Abend zu Fuß über die Heideschneise gekommen. Durch Erikakraut war er gegangen in die untergehende Sonne, auf das Lager zu. Die Zelte standen im weiten Halbkreis. Ein Hochsitz wie der Wachtturm im Fort Apache warf einen langen Schatten, und die Spitzen der Kiefern im Hintergrund leuchteten rot und gelb, also technicolor. Enten strichen vom See her kommend über die Schneise. Er hatte den Schlafsack geschultert, ging wie nach einem langen Ritt durch diese Marlbororeklame, war der einsame Fremde, »Something about him, something dangerous«. Es war fast windstill, und es roch nach Erde und Harz. »There was a deadly calm in our valley, and he came in that summer, a tall man, dressed in black. Call me Shane, he said. He never told us more.« Im Hintergrund sang Jonny Cash »Don't take your guns to town, son«.
So war er ins Lager gekommen. Aber man hatte ihn

kaum beachtet. Zwischen den Zelten saßen, standen und lagen junge Leute, langhaarig die meisten, tranken Rotwein aus Flaschen, lachten, erzählten und rauchten: Fürsten in Lumpen und Loden, Prinzessinnen in Jeans und Tramps in Levis Leinen und Parkas, die Herumzieher, und wie und warum die hergekommen waren, wußte er.
Wenn sich irgendwo Widerstand organisierte in diesem Staat, lief diese Nachricht noch schneller als Notierungen an der Börse. Hoffnung macht hellhörig wie die Angst, und es gab tausend Augen und Ohren, Telefone und Telegramme und drahtlose Nachrichtenübermittlung, und einige von den vielen, die immer mehr Unerträglichkeiten spürten, von Kurzarbeit, hochschnellenden Preisen bis hin zu den unbewohnbaren Städten, erfuhren fast ebenso schnell davon wie diejenigen, für die diese Unerträglichkeiten tragbar und sogar einträglich waren.
Es gab aber welche, die empfingen die Botschaft früher als andere. Sie verfügten über ein besonderes Nachrichtensystem, vermutete Bruno, ähnlich wie es bei einigen Indianern und finnischen Lappen funktionierte, also gedankenschnell und über Entfernungen, weiter als Tagesreisen, hinweg. Das waren Schüler, die keine Schule, Lehrlinge, die kein Betrieb nehmen wollte, Verkäuferinnen, die nicht mehr verkaufen, Stenotypistinnen, die nicht mehr tippen, und solche, die überhaupt nicht mehr lernen oder arbeiten wollten oder konnten oder die es gar nicht erst versucht hatten. Keiner von ihnen war älter als zwanzig Jahre. Irgendwo zwischen Flensburg und München fühlten, witterten, rochen, hörten sie es, ihre Widerstands-, Abenteuer- und Reiselust packte sie, und sie pack-

ten den Schlafsack und zogen los, on the road, auf die Straße, nicht alle, nur einige von den vielen, die, die gerade nichts Besseres vorhatten, und sie kamen auch schnell an den Ort, wo was los war.
Kappel kannte sie von Demonstrationen gegen Fahrpreiserhöhungen zum Beispiel oder von Hausbesetzungen, an denen er selbst als Aktiver oder in den gerichtlichen Nachspielen als Anwalt teilgenommen hatte. Von ihnen stammten die treffendsten Sprüche und Reime; ihr Witz, ihre Phantasie riß die anderen mit. Sie konnten mit Polizisten lachen und sich im nächsten Augenblick mit ihnen prügeln. Sie ließen sich von Straßenbahnen über Schienen schieben, sprangen aus Fenstern auf Wasserwerfer, wußten, wie man Molotowcocktails bereiten und werfen mußte, wie und wodurch Bereifungen platzten und wie man sich vor Tränengas schützte. Ohne Leute dieser Art wären zu allen Zeiten manche Widerstandsaktion, Erhebung, Revolte oder sogar Revolution gescheitert, manche allerdings auch gelungen. Sie waren unberechenbar, und wenn sich gefährliche Führer fanden, wurden sie gefährlich.
Unter ihnen wollte Kappel Karins Agenten finden.
Eduard Schibeck hatte er nicht gefunden, nicht im Adreßbuch bei seinen Eltern, nicht beim Einwohnermeldeamt über Vetter Stephan.
Im Zelt der Lagerleitung hatte ihn Monika begrüßt, ein Mädchen, das er vom Filmabend bei der Stadtteilgruppe her kannte. Unsere Leute kommen später, hatte sie gesagt, die haben in der Stadt noch einiges zu tun. Morgen ist ja Großkampftag.
Ob Maria auch komme, hatte Kappel wissen wollen, und Monika hatte gelacht und gesagt: Vielleicht, und

hatte ihm Essensmarken gegeben. Im großen Zelt hatte Kappel dann Nudeln und Gulasch gegessen, beobachtet, herumgehört unter den Herumziehern, und die erzählten von dem letzten Guru-Maharigi-Festival in Kopenhagen, von den harten Kämpfen mit der Polizei in Frankfurts Westend-Viertel, neuen Typen und Gebräuchen in Stockholm und Amsterdam, von zu nassen Parks in London, guten Kneipen, Hausbesetzungen in kleinen Städten, die kein Jugendzentrum schaffen wollten, von Rock- und Folkfestivals, Bands, vom Rebenernten im Languedoc, von schmuddeligen Heilanstalten während der Ersatzdienstzeit, Fasanenjagen beim Mistral in der Camargue, von Nulltarifaktionen im Revier, von Schlachten mit den Rockerbanden Hamburgs und vom Silbermond in der Biskaya undsoweiter. Bruno hatte kaum Verdächtige ausmachen können. Einmal redete ein dünner Junge, flaumbärtig, mit Schweinslederleggins und Kosakenhemd, über einen Posten F N Brownings Kaliber 9 mm, Modell 10/22, 176 mm lang, der im Taunus vergraben läge, bot ihn zum Kauf an. Aber der Junge stellte sich bald als Schwätzer heraus. Einem Mädchen mit blondem Kraushaar traute er mehr zu. Die rief, daß endlich mal was passieren müßte, das wär eine Scheiße hier, sie hätten ja nicht mal die primitivsten Waffen. Bery, einer, dem viele Respekt zeigten, erzählte, Gloria sei ein Fall, vor kurzem erst aus der Anstalt in Aplerbeck entlassen, aber harmlos und nett im Grunde.

Trotzdem nahm Kappel sich vor, Gloria später anzusprechen, und auch den, den sie Torfstecher nannten, ein breiter Bursche, der nicht redete, aber angestrengt horchte und öfter in sich hineingrinste.

Später hatte Kappels Aufmerksamkeit allerdings nachgelassen, vom Rotwein und von dieser Stimmung um ihn herum, an den langen Tischen, in Sitzrunden auf dem Boden, bei Gitarrenspiel, Summen und Singen, halblautem Lachen und Schweigen und fremden Geschichten im Geruch von Rotwein und süßem Heu.

Nach dem Essen waren die Organisierten, wie sie von den Herumziehern genannt wurden, angekommen, müde. Die meisten von ihnen wollten aber für den nächsten Tag bleiben, legten sich deshalb noch nicht in die Zelte, machten ein Feuer aus Birkenholz, lagerten sich, sangen Lieder: »Dem Morgenrot entgegen«, »Roter Wedding«, und die Herumzieher setzten sich dazu, Gitarren wurden geschlagen, Banjos.

»The answer is blowing in the wind«, die Hymne der Herumzieher aller Länder, sangen und summten dann alle mit, und später sangen alle die alten Lieder »Wenn alle Brünnlein fließen« und »Es dunkelt schon in der Heide« und mehr, und alle wunderten sich, daß sie die Lieder noch kannten.

Kappel versuchte mitzusingen, fühlte Widerstand, dachte: Sperrkontakt; und der war ihm eingebaut worden von einer anderen *Klempnerriege,* der von der Firma »auditive Kommunikation«, und diese Herren waren viel raffinierter als die vom Schlage der Watzkes. Die konnten sich auf Adorno berufen, den Antifaschisten, und danach führte solche Folklore, vormals die deutsche, gemeinsam (am Feuer!) gesungen, geraden Weges nach Stalingrad.

Ein junger Mann, der Kluft nach kein Herumzieher, sagte zwischen den Liedern: Das ist mir zu klassenneutral. Er wurde ausgelacht. Für Kappel war er unverdächtig.

Viele waren schon in den Zelten verschwunden, da saß Bruno noch am Feuer, spielte auf der Mundharmonika blues. Bery begleitete ihn auf der Gitarre, und als sie sich leergespielt hatten, sagte jemand hinter ihm: Komm, wir gehen jetzt schlafen.
Es war Maria, und sie waren in ein Zelt gegangen, auf einer Schaumgummimatratze unter eine Decke gekrochen, leise, damit niemand wach wurde.
Vorwürfe sind keine Vorwürfe mehr, wenn sie geflüstert werden, Kopf an Kopf, raffiniert formulierte Sarkasmen sind bloßes Zischeln, und wiederholt und deutlich gezischelt werden sie unsagbar albern, tonloser Hohn hört sich wie Unterdrücken von Husten an, gespieltes Lachen geht überhaupt nicht, und Aufzählen von Fakts: erstens wolltest du, zweitens hattest du, drittens warst du doch, ist schon Lullaby. In der Umarmung waren sie eingeschlafen.
Ihr Kopf lag auf seinem Arm, und der Arm schmerzte nicht mehr. Er zog den Schlafsack vom Kopfende, rollte ihn auf, legte ihn über die Decke, wurde allmählich warm, schlief wieder ein und wurde erst wieder wach, als die Sonne auf das Zelt schien.
Die Plane am Eingang war hochgeschlagen, und er sah Leute herumgehen mit Waschzeug unter dem Arm, hörte reden und lachen. Maria lag nicht mehr neben ihm, und er sah sich um.
Nur rechts neben ihm auf einer Feldpritsche hockte noch jemand.
Morgen, sagte der, Maria ist schon unten in der Stadt, die Schüler raufholen, soll ich dir sagen.
Sie reckten sich, gähnten, redeten. Manfred war Anreißer in der Faßabteilung bei der Müller-Balzenbeck AG. Er reichte Kappel einen Flachmann mit Weinbrand.

Besser wie Zähneputzen, sagte er, geht der Nachtgeschmack im Mund von weg.
Seit zwei Wochen schlafe er jede Nacht in diesem Mief, morgens fahre er zur Arbeit ins Werk. Ist auch nicht das Wahre, wenne dabei malochen mußt, sagte er; die Struppis überall hier oben, musse aufpassen, daß die keinen Blödsinn machen, zum Schlafen kommsse kaum, und die Frau zu Hause is sauer, naja. Heute bleib ich jedenfalls hier, den ganzen Tag, mal gespannt, was sich so abspielt, werden viele hochkommen, wenn das Wetter gut bleibt.
Hast du freigekriegt, so ohne weiteres?
Ja, unbezahlt, einen Tag. Kommt denen doch zupass bei der Kurzarbeit. Und hier oben der trouble, der ist ihnen auch nicht unrecht; lenkt ab von den Schwierigkeiten im Betrieb. Die haben sogar einen Batzen Geld gespendet für die Verpflegung im Zeltlager, daß jeder nur zwei Mark am Tag zahlen muß. Warum? Ganz blick ich da auch noch nicht durch.
Sie dösten beide noch ein bißchen vor sich hin, gingen dann zum See und schwammen. Waschen mit Seife war verboten.
Als sie sich trockenrieben, sagte Manfred, jetzt bisse sauber wie deine Weste.
Was?
Damals dachten wir, daß man dich angesetzt hätte auf uns.
Ach.
Ist aber klar jetzt. Unser Fehler.
Wie schön.
Manfred lachte. Ich war das, sagte er, mit Maria im Schlafzimmer. Und wo hattest du dich versteckt?
Im Nachttisch, sagte Bruno.

Nachher, im großen Zelt, gab es Frühstück, Kaffee und für jeden zwei Brötchen. Mit besten Empfehlungen von der Firma Müller-Balzenbeck AG, sagte Manfred.
Ein Stuhl stand auf einem der langen Tische. Darauf saß ein Junge mit silbernen Locken, fast nackt, und sang zur Gitarre, nasal, im Tennesseesound und -slang.
Und den Refrain sangen oder summten alle mit:
»And it's a hard, and it's a hard, it's a hard, and it's a hard, it's a hard rain's a gonna fall.«

Draußen war es schon warm, wolkenlos. Das Wasser flimmerte in der Morgensonne, und es roch nach Harz. Das Feuer, an dem sie nachts gesessen hatten, glimmte noch, und feiner Rauch stieg fast senkrecht hoch. Knattern und Sirren von Motorsägen kam aus dem Kiefernwald in Richtung Westen. Es sah nicht aus nach einem Tag, an dem »a hard rain« fallen würde.
Auf dem Hochsitz hockte ein Mädchen und sah durch einen Feldstecher über die Heideschneise. Man baute Barrikaden.
Die Heideschneise war an keiner Stelle breiter als dreißig Meter. Die erste Barrikade stand einhundert Meter vom Zeltplatz entfernt in Richtung Straße und die zweite gleich hinter dem großen Essenszelt, zu beiden Seiten vom Hochsitz. Man hatte Baumstämme in zwei Meter Abstand und doppelreihig in die Erde gerammt und sie durch quer- und übereinanderliegende Stämme und dicke Äste verbunden. Die Zwischenräume wurden mit Erde, Geäst und Steinen gefüllt bis auf Mannesgröße. Man hatte schon in der

Nacht begonnen und war fast fertig. Bery schien diese Art Barrikade geplant zu haben, so wie er herumging, mal mit anfaßte, Anweisungen gab. Es war die älteste Fortifikation überhaupt: das Pfahlwerkverhau. Nach den örtlichen Verhältnissen und für den möglichen Fall gab es nichts Besseres.
Von Barrikaden hatte Bruno schon geträumt mit zehn. Damals hatte er in einem Buch Delacroix' »Freiheitsgöttin führt das Volk« gesehen, die Frau mit den freien Titten und der Flatterfahne. Und er – Bruno – war der Junge davor mit den beiden Pistolen. Barrikade, das hieß für ihn: Hier ist jetzt Schluß, bloß zwei Seiten gibt es noch, entweder oder, und kein Undsoweiter mehr, und er hatte sie sich geträumt quer über Straßen und Plätze, sperrige Haufen und Türme aus zerbrochenen und zerhackten Schul- und Kirchenbänken, Beicht- und ähnlichen Folterstühlen, Tisch und Ehebetten. Aber aus einer hölzernen Scheißhausbude, aus Balken und Stempeln, Verschalungsbrettern und was man sonst noch aus Holz auf Baustellen findet, und natürlich aus Fässern, Fässern mit Steinen gefüllt, hatte seine erste Barrikade bestanden an der Kaiser-Wilhelm-Straße/Ecke Bäckerbreitergang im April 68, und kein Bildzeitungsauto war bei ihm durchgekommen. Aber sie hatte so wenig aufhalten können wie die von Thälmanns Leuten nur zweitausend Meter Luftlinie entfernt in Barmbeck fünfundvierzig Jahre zuvor im Oktober beim Hamburger Aufstand, obwohl sie natürlich nicht nutzlos gewesen waren, beide nicht. Nutzlos war nicht mal die »barricade pure« in der rue Racine gewesen, im Mai 68. Wie die Kommunarden-Barrikade auf der Place Vendôme im April 1871 war sie nur aus Pariser

Pflastersteinen gestapelt und diente als Kulisse für Filme und Fotos von Godard und Touristen; ganz anders als die Doppelbarrikade in der rue Monge, tränengasweinend errichtet aus Pflastersteinen, Bäumen, Bänken, Fässern, Gittern, Straßenlaternen und Autos. Drei Tage und Nächte lang hatten sie ausgehalten gegen die CRS, ach Karin, mit Pflastersteinen und Eisenstücken und Molotows, zwischendurch trinkend, lachend und vögelnd und weinend und liebend, ach Karin.
Fehlen Fässer mit Munition, sagte Bery.
Nicht schlecht, sagte Kappel, du verstehst was davon.
Bery lachte. Er trug eine Brille mit ziemlich dicken Gläsern, nahm sie ab, wischte die Gläser mit einem Taschentuch.
Man kommt so rum, sagte er, ähnliche Barrikaden, aber Schiffsholz, keine Baumstämme, und mit guter Munition, standen in der Bogside in Derry, August 69 bei der Orangistenparade. Drei Tage und drei Nächte stürmten die Horden von Bullen und Protestanten auf das Katholikenviertel. Aber an diesen Barrikaden sind sie nicht durchgekommen.
Er setzte die Brille wieder auf.
Ohne die Gläser seh ich nur Wasser und Fische, sagte er.
Vielleicht kommt hier auch niemand durch, sagte Kappel und ging weiter, um seine Verdachtspersonen zu suchen.
Gloria, die aus Aplerbeck Entlassene, fand er im Heidekraut sitzend, in der Runde mit anderen, die einem Vollbärtigen zuhörten. Der spielte auf der Flöte, pentatonisch und ziemlich monoton.
Bruno setzte sich neben Gloria. Sie war ganz versun-

ken. Fast eine Viertelstunde lang spielte der Vollbärtige, ehe er absetzte, den Kopf senkte und vor sich hinstarrte. Unheimlich, sagte Gloria, das ist ... das ist unheimlich ... ist das ... irre unheimlich ... einfach ... Sag mal, fing Kappel an, aber Gloria schüttelte den Kopf, lächelte, legte die Hand auf seinen Mund.
Der Vollbärtige hatte die Flöte wieder angesetzt und blies, und er blies dasselbe noch einmal, nur ein bißchen schneller. Gloria nickte rhythmisch dazu. Bruno blieb nur fünf Minuten, länger konnte er das Geblase nicht ertragen, dann stand er auf und ging.
Gloria hatte sicher nichts mit Karin und deren Leuten zu tun. Nach Brunos Erfahrungen hatten die BRD-Guerilleros und mehr oder weniger auch deren Sympathisanten etwas an sich, das sie nicht unterdrücken konnten oder wollten. Das war, nahm Bruno an, für sie zum Überleben nötig: diese lächelnde Verachtung von Auserwählten, die er schon im Tonfall heraushören konnte.
Einen Anflug davon hatte Karin immer schon gehabt, und Kappel hatte das sogar gemocht anfänglich und jedenfalls an dem Tag oder besser in der Nacht, als sie sich zum erstenmal nahegekommen waren in einem Wagen der Achterbahn auf dem Dom. Das war eine der seltenen warmen Hamburger Nächte gewesen, klar, und man meinte, das Meer zu riechen. Er schrieb damals an seiner Examensarbeit, Tag und Nacht. Aber jene Nacht war zu warm. Außerdem hemmte ihn ein Problem aus dem Bereicherungsrecht, so daß er Nägel kaute. Also ging er auf den Rummel, wollte in schnellen, gleichgewichtsstörenden, schwerkraftaufhebenden, rasenden und rotierenden Todes-, Teufels-, Weltraum-Schaukeln, -Karus-

sells und -Bahnen Kopf und Körper irritieren. Auf der Achterbahn begann er, sprang in den Wagen, die Fahrt ging ab, steil hoch, und er saß in der Schwebe, bruchteilsekundenlang, spürte Eis im Hintern, und das schlug hoch in den Hals beim Sturz, und der Magen rotierte, und der Magen samt Herz und Gedärm flogen wer weiß wohin in der Kurve, und dann kam alles zurück beim Hochschnellen auf den nächsten Zenit. Natürlich schrie und schnaufte und brüllte er laut, vor allem bei dem verrückten Überschlag, als er glaubte, er werde an der Wand vom Hochbunker neben dem Heiligengeistfeld zerschellen. Aber das Mädchen im selben Wagen, zweimal war es an ihn gerutscht, schrie nicht, lachte nicht, lächelte bloß, so ein Ist-ja-ganz-lustig-die-Sache-aber-was-solls-Lächeln. Außer Atem fragte er Karin, als die Achterbahn endlich anhielt, ob sie nicht dieses gewisse Gefühl zwischen Kopf und . . ., daß man einfach schreien müßte, man meinte doch, also jetzt ist es aus im nächsten Augenblick.

Da hatte sie diesen Ausdruck im Gesicht gehabt und den Ton in der Stimme: Naja, vielleicht, ein bißchen. Bei den meisten ist das aber wohl ärger als bei mir.

Seine Mutter nannte solche Leute »Etwas Besonderes«.

Das hatte ihn gereizt.

Dieses gewisse, wahne Lächeln in Stimme und Augen, um Nase und Mund, wovon Kappel meinte, es gehöre zu den »Etwas Besonderen«, den Achterbahn- und Papageienschaukelverächtern, war aber nicht auszumachen an dem, den sie Torfstecher nannten.

Bruno traf ihn beim Geschirrspülen hinter dem großen Zelt. Er grinste, als Kappel ihm auf den

Kopf zu sagte: Ich muß zu Karin, unbedingt. Wo ist sie?
Torfstecher antwortete nicht. Er war taubstumm.

4

Der Platz um den Großen See ist schwer einzunehmen. Über die beiden möglichen Zufahrtswege kommen Fahrzeuge schlecht heran. Im Osten der Aschenweg zum Campingplatz ist eine unpassierbare Halde aus Schrott und Gerümpel, und auf der Heideschneise im Süden stehen die beiden Barrikaden nach Berys Plan. Kiefernschonungen, Birkenwälder und Unterholz rund um den See bis heran an die Straßen bilden eine natürliche Sperre. Nur ein Großeinsatz mit Panzerfahrzeugen könnte Erfolg haben.
Der Plan des Bürgerkomitees Klein-Schweden, diesen Großeinsatz durch eine Massenversammlung am Großen See zunächst einmal für diesen Tag und vielleicht auch für länger zu verhindern, könnte gelingen. Jedenfalls wird der Tag zunächst mal ein Volksfest.

Helikopter vom Bundesgrenzschutz sind in der Luft, umkreisen Klein-Schweden: Aufschwung und Kreisflug und Paarflug in Schleifen und Abschwung, das macht denen Spaß, und wieder höher im Junihimmel, und von oben her aus den gläsernen Kanzeln sieht man die Schüler schon früh, auf Rädern, Mofas und Mopeds, zu Fuß über den Nordberg kommend, zie-

hen über die Nebenstraße, den Höppelkesweg, zur Heideschneise und rennen über die Heide in Klumpen und Knäueln, grellbunt und zappelig, Donald Duck und seine Kumpane, ausgerissen aus Disneyland, und ziehen im Laufen die bunten Klamotten vom Leib, rollen und springen ins Wasser, und dann ist der See voller Köpfe wie der Jangtsekiang beim Jubiläumsschwimmen mit Mao Tse-tung.
Abschwung über den See, und da steht er, nicht höher als zwanzig Meter, fauchend und knatternd: Drehflügelböen fegen über den See, Wasser spritzt, und alle im See lachen und winken. Hinter Glas lachen Gesichter zurück. Ein Film wird gedreht.
Aufschwung und Wende über der flatternden Kiefernschonung. Der Hubschrauber zieht zu den beiden anderen nordwärts, kommt nach zwei Stunden zurück von Süden her über den Nordberg, und man kann aus der Kanzel heraus unter sich wandernde Leute sehen – Bundhose, Faltenrock, Loden und Eichenstock, viele aber auch ohne Wanderkluft –, winken herauf, ältere meist, noch läuft die Frühschicht, noch ist nicht Büroschluß, und rechts und links entlang dem Höppelkesweg sieht man da unten Schaschlik-, Würstchen-, Eis- und Reibkuchenbuden.
Und weiter nach Norden, in Höhe des Froschsees, sind die Kollegen von der Bereitschaftspolizei, liegend und sitzend um ihre Mannschaftswagen. Und nördlich der nördlichen Bundesstraße, versteckt zwischen Scheune und Schuppen, sieht man zwei igelköpfige Wasserwerfer.
Schleife und Anflug über den südlichen Zubringer voll Lkws, und am Pillekes See sitzen die Jungen vom BGS in Reihen hintereinander, davor steht der In-

strukteur. Die Panzerfahrzeuge unter Tarnnetzen zwischen Kiefern sind auch aus der Höhe von einhundert Metern nicht auszumachen.

Nach der Mahlzeit beim nächsten Rundflug in drei verschiedenen Höhen können die in den Kanzeln sprechen von »Scharen« und »Strömen« und »Autoschlangen, Reisebussen aus allen Richtungen«, und von »Gewimmel in Busch und Heide«. Rund um den Großen See brennen Feuer, an denen gebraten wird, durchs Wohnwagencamp reiten Kinder auf Ponys, Halbnackte laufen herum, liegen auf farbigen Tüchern im Heidekraut, zwischen den Zelten, und Luftballons fliegen den Helikoptern entgegen. »Niemals« können die in den Kanzeln lesen und »Panzer«, bevor sie zerplatzen, und später im späten Nachmittagslicht ist der Große See aus fünfhundert Metern Höhe ein gesplitterter Taschenspiegel im Ameisengras.

Runter auf fünfzig Meter und full speed über die Schneise, und tiefer und stehend fast zwischen den Birken wie eine Libelle im Schilf, sind im glotzenden Auge Tanzende um ein Bretterpodest, auf dem vier, nur in Hosen, rocken, aber und wie, drei Gitarristen und einer am Schlagzeug, das hören die hinter der gläsernen Glotze nicht, wie das losgeht beim Knattern und Jaulen und Surren.

Und Aufschwung und Kehre über die Heide zurück, und der andere fegt, aus der Schleife sackend, knapp über die Wohnwagendächer. Trinkende, essende, lachende, singende, winkende Leute können die aus dem Cockpit zur Scharnhorst-Kaserne melden.

Im dritten Hubschrauber, fünfhundert Meter kreisend über Klein-Schweden, hat man den Überblick: ziemliches Durcheinander im Zielgebiet. Drei- bis viertausend Leutchen. Normaler Verkehr auf B 234, B 235, E 73. Parkende Pulks um und an A 21. Sicht gut. All systems go. Okay und Ende.

Bruno Kappel ist zwischen den Leuten. Mit Maria und Doris Strathmann zieht er herum. Ganze Familien sind da, mit Kindern in Tragetaschen, Männer und Frauen aus den Betrieben, dick die meisten und bunt gekleidet, im Gegensatz zu denen aus der Oberstadt, die ausgewaschene Freizeitjeans tragen und mager sind, Ledermädchen und -jungen, Sturzhelme am Riemen in Händen, griechische, türkische, spanische Mädchen und Männer, Bauern in grünen Joppen, Leute in Wanderkluft, Männer in Straßenanzügen, Krawatten im Jackett versteckt, Frauen in Dirndln und Sommerkostümchen, Kinder, zahllose Kinder, die Schüler und die Herumzieher zwischen knurrigen Rentnern, actiongeile Fotografen und Reporter. Nonnen sind sogar da, sagte jemand.
Ist das nun euer breites Bündnis? fragt Bruno Maria. Die lacht, und Doris sagt: Die bunte Front des Volkes, Frieden, Freundschaft, Eierkuchen.
»Blutwurst, Brei und Bier statt Argumente und Klassenkampf« ist ein Flugblatt überschrieben, das überall herumliegt. Über Lautsprecher, die um den See herum in Bäumen hängen, werden Kinder gesucht und Freunde von Freunden, Genossen aus Gelsenkirchen, und einmal zum gewaltigen Gelächter eine Damenbluse und -hose. Manchmal erklärt eine tiefe Stimme: Wir wollen Klein-Schweden behalten. Dies darf kein Platz für Panzer werden und ähnliches.
Da gibt es Beifall, Pfeifen und Klatschen. Alte Bekannte, Kumpane und Fußballfreunde sind da. Sie

erzählen, reden von früher, essen Würstchen und Stücke von Ochsen am Spieß und gebratenen Panhas, das Manna der Gegend, von den ganz linken Flugblattverfassern als Blutwurst eingeschätzt, trinken Bier und Korn und Wein.

Später, als er sich den Kopf wieder klar schwamm, hörte Bruno, auf dem Rücken paddelnd, Kopf an Kopf mit Maria, die Musik des Tages: Schalmeienpolka vom Campingplatz, gemischt mit stampfendem Rock aus dem Zeltlager, Akkordeon und Buzukis, türkische Trommeln und Flöten dazwischen von irgendwoher und Lautsprecherknarzen, Lachen, Rufen, Kreischen und Singen. Ein Song war aufgekommen, und den Refrain hörte man von überall: »Blutwurst, Brei und Bier, ja das alles haben wir.«

Ist das Popmusik? fragte Maria.

Sie war am Morgen mit den Schülern wieder hochgekommen, hatte mit ihnen im See geschwommen, und Kappel hatte sie getroffen, als sie sich am Ufer stehend trockenrieb und mit den Kindern um sie herum und im See alberte. Sie trug einen von den kaum sichtbaren Bikinis, die in diesem Sommer Mode waren, sie sah sehr schön aus.

Bist du schon wach, hatte sie ihn gefragt, und er hatte gesagt, du darfst nicht so einfach weggehen morgens. Ich wollte nämlich noch was von dir.

Tais-toi en présence des enfants, hatte sie gesagt, und sie waren zusammen in das Zelt gegangen, in dem sie geschlafen hatten. Als sie ganz nackt war und sich mit dem Handtuch zwischen den Schenkeln trocknete, platzte ihm fast die Hose. Er faßte sie um die Hüfte, drehte sie herum, küßte sie, legte die Hand auf ihre Spalte, zog einen Finger leicht zwischen den Lippen hoch, und Maria suchte mit ihren Fingern seinen Reißverschluß. Im Zelt war es warm, aber sie legten sich unter eine Decke, für den Fall, daß jemand hereinkäme, und sie waren fast eine Stunde unter der Decke geblieben.

Nur ein paar Leute schwammen im See. Die Sonne stand schon zwischen den Föhren im Westen, und das Wasser schimmerte an einigen Stellen rötlich-gelb. Die Oberfläche war kaum gekräuselt, fast glatt, reflektierte die Musik zu einem Schallmischmasch. Das Ganze sah und hörte sich an wie die Schlußeinstellung in einem alten Metro-Goldwyn-Mayer-Film.
Ob das Popmusik ist, fragte Maria noch einmal.
Bruno tauchte, kam zwischen ihren Beinen hoch, blieb zwischen ihren Schenkeln, küßte sie.

Niemand war ins Zelt gekommen als sie unter der Decke lagen. Später waren sie dann zum Informationszentrum gegangen, einem großen Zelt am Eingang vom Campingplatz, mit Campingsesseln und -stühlen, Pressematerial, hektografierten Blättern und Fotos von Klein-Schweden »vorher und nachher«, Schreibmaschinen, Telefon und Mikrofon für die Lautsprecheranlage. Die gesamte *Kerngruppe* des Bürgerkomitees Klein-Schweden war anwesend: Tom Strathmann, korrekt gekleidet wie ein Arzt beim Hausbesuch, der Pastor Mühlensiepen, zwar ohne Bäffchen, aber mit einem Gesicht, das unerbittlich Gutes dachte und allzeit denken würde, Hans Albert Wickenhausen, der fünfzigjährige Kunstmaler, vorbestraft wegen Körperverletzung, dreimal geschie-

den, und genauso sah er auch aus: unbedingt unabhängig und radikal-liberal, Heinz Spormann, zupackender Jungarbeiter, geradeheraus, offen und ehrlich, wenn auch Kommunist, Hajü Pottmann, bärtig, in bluejeans-Kleidung, dynamischjung, ganz gebändigter Juso, und jetzt dazu noch Maria, jung und hübsch und aktiv.
Warum er so lache, war Bruno gefragt worden von Ernst Spormann aus dem Hintergrund.
Fehlt noch einer, hatte Bruno geantwortet, kann ich den nicht mimen, den Mann von der grünen Front, Landwirt, Patriot, und gerade deswegen?
Du bist unseriös, hatte Tom Strathmann gesagt und ein anderer: Es werden Ratsherren der Stadt erwartet, Stadtdirektor und Bürgermeister, sogar Landtagsabgeordnete, von Journalisten überallher zu schweigen.
Diesen anderen kannte Bruno aus den roaring sixties in Hamburg, Ebbinghaus, ein Journalist bei *express*.
Der hatte nach Baller und Karin gefragt, und Kappel hatte erzählt, vorsichtig, aber auch interessiert, als Ebbinghaus sich wiederholt nach Karin Kunze erkundigte.

Ich will es nicht mehr wissen, sagte Maria.
Was, fragte Bruno, luftholend, um sie herumschwimmend.
Ob das Popmusik ist, sagte sie.
Wieder auf dem Rücken paddelnd, sah Bruno dem Hubschrauber zu, der über die Heideschneise schwebte.

Im Informationszelt hatte Maria den Auftrag vom Komitee bekommen, sich unter die Leute zu mischen, herumzuhören undsoweiter.

Paßt dir doch sicher gut, Heinz Spormann hatte gegrinst, und Ernst Spormann war aufgestanden.
Ich muß zurück in den Betrieb, komm aber heute nachmittag noch einmal hoch. Und noch eins, sagte er, schon halb aus dem Zelt und sich noch einmal herumdrehend, wenn hier eine rote Fahne auftaucht oder sowas, und ihr greift da nicht sofort ein, dann ...
Er hatte Handkantenschläge in der Luft ausgeteilt und böse in die Runde geblickt, war gegangen.
Sie waren dann auch losgezogen, hatten vor dem Zelt Doris Strathmann getroffen, die Ebbinghaus kannte, jedenfalls begrüßten sich beide mit einer Umarmung. Das hatte Kappel mißtrauisch gemacht.

Hast du deine Anarchistenhelfer gefunden, fragte Maria.
Nein, oder besser, ich weiß nicht.
Sie schwamm um ihn herum. Bist du sicher, daß welche hier oben sind?
Ja. Sag mal, was hältst du von Doris in diesem Zusammenhang, fragte er.
Komm, ich schlepp dich, leg deinen Kopf hierhin, sagte sie.
Das tat Bruno und fragte, was hältst du also von ihr?
Sie hat vor zwei Wochen einen Besuch im Knast gemacht bei einem RAF-Typ, den sie kennt, sagte Maria.
Und?
Sie war entsetzt über die Isolation.
Echt?
Ja, über die Isolation vom Volk.
Komm, sagte Bruno, wir gehen raus. Mir wird kalt im Wasser.

Als sie am Ufer standen, sich trockneten, kam aus dem Lautsprecher eine hohe, erregte Stimme: Meine Damen und Herren, liebe Freunde, bitte herhören, es ist wichtig, bitte hören Sie zu.
Der Pastor, sagte Maria.
Und der Pastor sprach, seine Stimme zitterte, und er weinte fast, so hörte sich das jedenfalls an. Er predigte, daß vier hohe Polizeibeamte anwesend seien (Pfeifen und Johlen der Drei- bis Viertausend), daß sie verhandelt hätten (Pfeifen und Beifall), daß der Campingplatz nicht geräumt werde (gewaltiger Beifall), daß sie das versprochen hätten (Zwischenrufe: Schriftlich, schriftlich), daß Polizeioberrat Bernhard Schlüter mit seinem Wort dafür einstünde (schwacher Beifall), daß wahrscheinlich nichts unternommen würde, bevor die Stellungnahme der Regierung in Düsseldorf vorliege (Beifall und Pfeifen), daß die Besucher bald und geordnet abziehen möchten (Johlen, Beifall, Pfeifen). Das, Freunde, bitte, meine Damen und Herren, das, liebe Freunde, haben wir versprochen (Schweigen). Meine Damen und Herren, meine Freunde, das ist ein Sieg, ein Sieg.
Der Lautsprecher knackte, man hörte die ersten Takte der Internationale, die dann sofort abbrach. Beifall wurde geklatscht.

Später, nach dem Abzug der meisten Leute, gingen Bruno und Maria zum Wohnwagen von Heini Spormann. Im Vorzelt saßen die beieinander, die sich eine Zeitlang aus dem Wege gegangen waren, und sie waren sich auch jetzt nicht einig. Waldemar Niehus meinte, die Sache sei gelaufen, Klein-Schweden bliebe Klein-Schweden, ein Truppenübungsplatz werde hier nicht

errichtet, das wagten die nicht mehr, der Innenminister werde den Rahm noch abschöpfen für sich, nämlich in der öffentlichen Diskussion dem Willen des Volkes sich beugen, hahaha, Wählerstimmen einheimsen wolle der Wasserballer, so, und er, Waldemar Niehus, habe sogar den Verdacht, die ganze Angelegenheit sei gespielt, man habe im Ernst nie einen Truppenübungsplatz in Klein-Schweden errichten wollen.
Er stand hinter dem Rollstuhl, in dem Berta Niehus saß, die Vierundneunzigjährige, blaß und durchsichtig, mit großen, gelben Habichtsaugen, langem weißen Haar, sah aus wie *Marah Durimeh*. Sie sprach seit Jahren nicht mehr, schüttelte zu dem, was ihr Enkel jetzt sagte, böse den Kopf.
Haiopai, sagte Herbert Ronsdorf.
Mit Bierflaschen vor sich hockte er zusammengepreßt in einem Campingsessel aus Aluminiumrohr und Segeltuch. Warum denn dann so'n Aufwand?
Aufwand sei da wenig, Manöver könnte man das nennen, sowas sei sowieso immer wieder fällig. Und man kann die Reaktion der Bevölkerung prüfen. Was willst du mehr, Viehmann?
Sieht man mal wieder, wie man den Blick verlieren kann für Realitäten als SPD-Funktionär, sagte Heini Spormann. Er saß auf einem Hocker neben dem Kochapparat. Sein Sohn, Ernst, der auf einem Stuhl am Tisch saß, Unterarme um ein Schnapsglas gelegt, sagte: Von wegen gespielt. Bei einer Million Arbeitslose Ende des Jahres, davon gehen die aus, spielen die nicht. Daß schon seit Jahren in Stabsmanövern Eingreifen von Truppen, regulären Truppen, nicht nur Bundesgrenzschutz, gegen Arbeiter durchgespielt

wird, weisse woll nicht, oder tusse bloß so? Nee, nee, neee, hier oben ein Truppenplatz ist schon wichtig für die, strategisch; zum Revier hin und auch zu uns hin.

Herbert Ronsdorf fragte Ernst, wie die Stimmung im Werk dazu sei.

Wie wohl? sagte Ernst Spormann, bei ner außerbetrieblichen Sache.

Waren doch viele Kollegen hier oben, zweihundert bis dreihundert schätz ich, sagte der Chef.

Ja, nach Feierabend. Und ist auch klar. Die sind ganz schön sauer, wenn die nicht mehr hochkommen können zum Wochenende und in den Ferien. Nach Mallorca können die nämlich nicht.

Na also.

Na also, na also. Aber Brocken für sowas hinschmeißen, wie du meinst, gibt es natürlich nicht. Das sind Arbeiter, und das ist anders im Betrieb wie bei so'nem kleinen Schrottkrauter, der arbeitet und schläft, wenn es ihm grad Spaß macht.

Herbert Ronsdorf schnaufte. Und schmeißen die Brocken nicht hin, weil'n Betriebsrat, n' Freigestellter, seinen Posten nicht verlieren will, sagte er.

Bestimmt nicht für'n Schrotthändler, um ihn vor der Pleite zu retten. Oder meinsse, ich weiß nicht, sagte Ernst Spormann.

Nu seid doch ruhig, sagte Gisela Spormann. Sie saß auf dem Treppchen, das in den Wohnwagen führte und rauchte.

Also die andere Seite macht weiter, Tünnemann, verlaß dich drauf, sagte Ernst Spormann zu Waldemar Niehus. Die geben noch nicht auf, warum auch. So sehen wir das. Chancen haben wir bloß, wenn die

Bevölkerung weiter mitmacht. Und das hat ja heute geklappt.
Ja, sagten alle, und tranken.
So und jetzt ist gut, woll, sagte Herbert Ronsdorf. Ist doch Gelaber. Ihr wißt genausogut wie ich, daß da was passieren muß, und zwar mit'm Knall, sonst nehmen die das doch hier überhaupt nicht ernst. Bürgerkomitee, herrjeh, wem muß ich denn das vertobakken, verdammi nochmal.
Wenn was passiert hier mit Knall, wie du das nennst, sagte Heini Spormann, isses aus. Dafür haben die Kollegen nämlich überhaupt kein Verständnis.
Und ich auch nicht, brüllte Ernst Spormann den Chef an.
Der zwängte sich aus dem Sessel, ging auf Ernst Spormann zu, gebückt.
Du, sagte er sehr laut, du ... Aber in dem Augenblick kam der Pastor Mühlensiepen herein.
Kinder, rief er, Kinder, ich könnte euch alle umarmen, so glücklich bin ich.
Herbert Ronsdorf blieb mit einem Ruck und in seiner gebückten Haltung stehen wie ein abgeknipster Roboter, drehte sich dann langsam, ganz langsam herum, sah den Pastor an und sagte heiser und langsam: Ja, das tu mal, Junge, umarm se alle, das habense verdient.
Dann ging er laut und heiser lachend aus dem Zelt. Maria lief hinter ihm her.
Ach Gott, sagte Mühlensiepen, jetzt habe ich wohl was Falsches gesagt.
Nee, nee, laß man, ist schon richtig, sagte Ernst Spormann, kommense, setzen Se sich.
Während der Pastor redete und redete, erzählte Bruno

leise Berta Niehus von sich, was und wo er arbeite, daß er noch nicht verheiratet sei, wie er sich fühle undsoweiter. Sie streichelte ein paarmal über seine Hand.

Als Maria zurückkam mit Tom und Doris und den anderen vom Bürgerkomitee, aber ohne ihren Vater, winkte Berta Niehus. Maria kam, und Berta Niehus sah beide, Bruno und Maria, nacheinander an, kniff ein Auge zu und lachte. Maria küßte sie auf die Stirn. Es kamen noch ein paar Leute ins Vorzelt, einige setzten sich in den Wohnwagen, man trank und erzählte, und es wurde so etwas wie eine leise Siegesfeier. Aber das war auch noch nicht das Ende vom Tage.

Über das Ende gab es später viele Berichte, Zeugenaussagen und solche Geschichten, wie sie häufig in Kneipen entstehen, wo man zum Bier einen Schnaps trinkt: Vertellkes, in denen nicht mit Tatsachen agitiert wird, aber mit Möglichkeiten von Tatsachen. Gewalttätigkeiten spielen da eine Rolle, übertrieben natürlich – Alkohol ist ja im Spiel –, so wie in vielen Balladen der Iren. Zum Beispiel, daß eine Gang grün Uniformierter den Gummiknüppel einem Mädchen hineingesteckt hat, stimmt nicht, und auch nicht, daß zwei Rocker einem Beamten den Sack abgebissen haben. »Faschistischer Terror« und »Nazifolter«, wie ein Flugblatt verzweifelt wahrhaben wollte, war das noch nicht, und es gab auch kein »erbärmliches Jammern im roten Nest als der Morgen graute« wie *Bild* hämisch wünschte.

Der Morgen graute am 26. Juni spät, denn der dicke Nieselnebel schluckte viel Licht. Die Zelte am Großen See hingen zerrissen an Stangen, lagen am Boden zwischen Decken, Papier, Geschirr, nassen Bündeln, kaputten Gitarren, zerschlagenen Tischen, Stühlen und Lautsprecherboxen. Hochsitz und Barrikaden waren geschleift, und die Schwaden, die aus der Kiefernschonung über die schlammige, aufgebrochene Schneise krochen, waren gesättigt mit Gas.

Als der Morgen graute, hörte man nichts mehr am Großen See, auch nichts vom Campingplatz her, den man verschont hatte.

Lärm hatte es in der Nacht gegeben, als die Besucher vom Tage aus Stadt und Umgebung längst wieder zu Hause waren. Die »dienstpflichtgemäße Entsetzungsaktion«, wie man den Überfall von fünf Hundertschaften, drei Panzerfahrzeugen und einem Wasserwerfer später im Polizeibericht nannte, dauerte höchstens zwei Stunden und begann kurz nach Mitternacht. Man hatte der Lage entsprechend nicht den offenen Vorstoß gewählt, sondern die Überrumpelung. Junge Bundesgrenzschutzsoldaten, verkleidet wie die Herumzieher, schlichen sich aus den Kiefernschonungen an, überwältigten die Lagerwachen auf Hochsitz und Barrikaden, lautlos, wie sie den Nahkampf gelernt hatten, und postierten sich selber als Wache. Von den Besetzern hatte sich bei dem Regen, der eingesetzt hatte, außer den Wachen niemand mehr draußen aufgehalten. Die meisten der Organisierten waren zurück in die Stadt gefahren, und die anderen hockten alle im großen Eßzelt.

Als Bruno, Maria, Tom und Doris vom Campingplatz aus Heini Spormanns Wohnwagen kamen, spielten wahrscheinlich schon die verkleideten Jungen vom Bundesgrenzschutz die Lagerwache, rückten vielleicht schon die Hundertschaften, Panzerfahrzeuge und

Wasserwerfer ohne Licht über die Schneise vor. Jedenfalls hätten sie davon nichts hören können im Hundert-Phon-Rock aus dem großen Zelt. Die Luft war voll damit, und im Zelt konnten sie sich nur schreiend verständigen. Schwelltöne ließen die Gitarristen auf dem Podium los. Verstärkergeheul und wash-wash-Töne im feedback und andere Gimmicks. Das jaulte, splitterte, fetzte. Und der Drummer knüppelte, was sein Zeug hielt.
Was ist das, schrie Maria.
Heavy rock, schrie Bruno zurück und arbeitete sich näher an die Band heran. Feste Wolken von Qualm hingen über den Köpfen. Es roch stark nach süßem Heu. Man hatte die Tische zur Seite gestellt, und man saß und lag auf der Erde. Bruno schätzte: dreihundert Leute.
Der Vollbärtige mit seiner indischen Flöte sprang aufs Podium, pfiff und blies, daß es eine Freude war. Und Bruno wäre fast auch hochgestiegen mit seiner Mundharmonika. Jimmy, der Lehrling, machte den Roady, fummelte an den Verstärkern herum und ordnete auf dem Podium Kabel und Licht – und Leute, die mitspielen wollten. Es war eine gute, entspannte Stimmung, und niemand dachte an Schlimmes, als jemand mal wieder aufs Podium sprang, zappelnd und naß. Alle dachten: einer, der mitmachen will, jetzt; als die Band »uptight« anspielte, meinten sie, der will wie Stevie Wonder loshecheln, aber der schrie: Die Bullen, die Bullen, die Bullen, aufhören, los, die Bullen ... und fast gleichzeitig war blackout, Musik aus, die Stromkabel, die man vom Campingplatz rübergezogen hatte, gekappt, und dann atmete niemand im Dunkeln.

Sie hörten, wie die Kettenfahrzeuge Hochsitz und Barrikaden umlegten, und in dem Brechen und Bersten und Knirschen Motorbrummen und dann die Heule vom Wasserwerfer und die knarzige Lautsprecherstimme in dem Augenblick, als draußen Scheinwerfer angeknipst wurden und das große Zelt zum Breitwandkino machten.

Hier ist die Polizei. Achtung, hier ist die Polizei. Hier ist die Polizei. Kommen Sie härrraus, nacheinander härrraus. Die Hände über den Kopf. Ich wiederhole, hier ist...

Und dann schrien und brüllten alle im Zelt.

Maria, rief Bruno, Mariaaa, und wußte natürlich, wie unsinnig sein Schreien war in dieser King-Kong-Panik.

Er wurde über das Podium durch die zerrissene Leinwand gestoßen, stolperte in das grelle Licht, sah Plastikschilder, Plastikschilder im Halbkreis um sich herum und helle Helme, Schlagstöcke, und vom igelköpfigen Wasserwerfer schoß das Wasser über die Plastiksoldaten weg, und das Wasser war mit Gas gemischt, und das war nicht nur Tränengas, wie er noch wußte aus dem Mai in Paris.

Bruno Kappel wälzte sich im Schlamm, hielt seine Hände vor Mund und Augen und dachte: Ich werde ersticken, betete: O, Maria hilf.

5

Der Entsetzungseinsatz lief unter der Bezeichnung »Schneisentanz«. Wenn Bruno Kappel sich an jene Nacht erinnerte, fiel ihm der Ausdruck »Faschismus mit Herz« ein, der von Bernd Schrage stammte.
Mit der Acht aneinandergeschlossen, waren sie über die Heideschneise getrieben, geschleppt und gezogen und in Häftlingstransporter geschoben worden, nicht mehr als siebzig von ihnen, wie sich später herausstellte. Die anderen und alle Mädchen und Frauen hatte man fliehen lassen.
Im Polizeibericht hieß es später: *Die Einsatzleitung hielt unter Berücksichtigung der bekannten Stimmung innerhalb der Bevölkerung und der damit zusammenhängenden psychologischen Belastung der örtlichen Kräfte eine Unterbringung sämtlicher Störpersonen in der Untersuchungshaftanstalt am Ort für nicht angezeigt.*
Deshalb waren sie einzeln oder zu kleineren Gruppen bei verschiedenen Polizeirevieren in der näheren und weiteren Umgebung abgesetzt worden, und deshalb standen Kappel und Schrage naß und verdreckt vor dem Ganoventresen einer kleinen Polizeistation im Bergischen.
Nachdem sie versucht hatten, sich gegenseitig die eklige und atemstörende Flüssigkeit abzuwischen, was kompliziert ist für Aneinandergekettete, und nachdem sie ziemlich laut geschimpft und gebrüllt hatten in dem Häftlingstransporter, und nachdem alle anderen schon abgeliefert und sie nur noch allein in der Grünen Minna saßen, hatten sie sich erkannt

und sehr laut und lange gelacht und immer noch gelacht, als der Wagen angehalten, als man sie losgeschlossen, als man sie in die Revierstube geschoben hatte.

Hier zwei mit'm Lachkrampf. Durchgedreht oder sowas. Mit der nächsten Abteilung kommt noch einer. Schönen Dienst auch.

Der Hauptwachtmeister von diesem Revier stand auf, kam zum Ganoventresen, redete auf sie ein, sie sollten doch vernünftig sein, sich beruhigen, das wären bloß die Nerven, in der Frühe würden sie wieder freigelassen, es gäb auch eine schöne Zelle, Pritsche für jeden, paar Decken noch dazu, schliefen sie weich, also nicht so schwer nehmen alles, undsoweiter.

Passent op, Jongs, dat werd noch rischtisch gemütlisch. Hier, trinken ärscht moln Körnschen. Er griff unter sich, stellte fünf Gläser hin, goß Schnaps ein.

Seine beiden Kollegen, beide Polizeimeister, standen von ihren Tischen auf, kamen zum Tresen.

Na, dann Prösterschen.

Sie tranken alle.

So isset schon besser, woll?

Ich möchte dem Richter vorgeführt werden, sagte Kappel.

Nu laß doch den Quatsch, Jong, sagte der Hauptwachtmeister, glaisch noch äinen, auf äin Bäin kanme nit stehen. Prösterschen.

Hören Sie, sagte Kappel, ich bin Rechtwanwalt.

Na, dann wäisse ja, datte vierundzwanzig Stunden hierbläiben darfs.

Schrage lachte. Spaßverderber, sagte er zu Bruno.

Kappel gab auf, trank sein Glas leer. Nochn Körnschen, sagte er.

An der Wand neben der Tür zu den hinteren Räumen versuchte Walter Scheel nicht rheinisch zu lächeln.
So isset rescht, glaisch küt noch äiner von eusch und dann gehtet inne Haia. Segget ens, said ihr nitn bißchen alt für sonne Dolleräi da draußen nachts und im Regen? Dat is doch bloß wat für Schüler und Studenten und sone Struppis.
Wir gehen aufs Abendgymnasium, sagte Kappel.
Ihr könnt euch hier waschen und trockenmachen, sagte einer der beiden Polizeimeister, zeigte auf eine Tür hinter sich. Seife und Handtücher, alles da. Auch Kleiderbürste.
Na, is dat ne Bedienung? fragte der Hauptwachtmeister.
Nachdem sie sich, so gut es ging, gesäubert und getrocknet hatten, bekamen sie eine Decke um die Schultern gehängt, und sie setzten sich auf eine Bank, rauchten und erzählten sich, was sie machten. Man hatte Schrage als DKP-Mitglied nicht in den Schuldienst übernommen. Er arbeitete jetzt als Journalist bei der UZ, wollte über die Protestaktion in Klein-Schweden berichten und war deshalb zum Großen See gekommen.
Schrage war einer von Kappels ersten Klienten in einem der letzten Prozesse vor der Studentenamnestie gewesen. »Enteignet Springer, alle Macht den Räten« und ähnliches hatten Bernd Schrage und Peter Wollenweber in roter Farbe auf den Beton vom Hamburger Fernsehturm gesprüht. Beide waren in erster Instanz wegen Sachbeschädigung zu ein paar Wochen mit Bewährung verurteilt worden. Sie hatten mit Tricks und Finten das Verfahren lange hinziehen können, und die Berufungsverhandlung im Herbst 69,

zweieinhalb Jahre nach der sogenannten Tat – Springer und andere waren ganz und gar nicht enteignet, die Notstandsgesetze waren aber in Kraft, und Willy Brandt hatte Kanzler werden dürfen –, lief als Farce ab.
Kappel vertrat die Berufung der beiden Sachbeschädiger in dieser grotesken Verhandlung unter Vorsitz von Richter Büscher, fast sechzig, der hartnäckig Wert legte auf das Ritual forensischer Höflichkeit, obwohl er herzkrank war. Wahrscheinlich hatte man ihn in die Verhandlung geschickt, um ihn für immer loszuwerden. Er ließ sich auch provozieren, brüllte und tobte herum, weil niemand aufstand, wenn er gefragt wurde, weil Schrage rauchte und Wollenweber Maultrommel spielte, weil Kappel kein Robe trug, weil das Publikum im Gerichtssaal, lauter Studenten, eingehakt auf den Bänken hockend, schweigend und ernst zu schunkeln anfing, sobald der Richter sprach. Man war unter sich: die ungezogenen Mittelschichtskinder und ihr empörter Vater – beinahe, denn einer der beiden Schöffen, rothaarig und dick, paßte da nicht hinein, und vielleicht auch nicht Bernd Schrage.
Bei den Angaben zur Person, die Richter Büscher von den Angeklagten verlangte, unterbrach zunächst Wollenweber sein Spiel auf der Maultrommel, setzte sich auf die Lehne der Anklagebank und erklärte, bei derartigen Angaben müsse er Onkelchen und seine Kumpane – so nannte er das Gericht – um Geduld bitten, da seine – Wollenwebers – Person und in direktem Zusammenhang damit auch die von ihm begangene Tat nur aus der langen und ereignisreichen Geschichte der Familie Wollenweber heraus eine Erklärung finden könne. Erste sine qua non dieser Tat,

der er angeklagt werde, sei nicht einfach nur die Zeugung seiner – Wollenwebers – Person durch seine Eltern, den Generaloberst a. D. Friedrich Iwan Wollenweber und dessen Ehefrau Anna Maria geborene von Setzheim, obgleich dieser Zeugungsakt, vollzogen im Herbst 1947, einer detaillierten Darstellung bedürfe, die er auch später liefern werde. Soviel könne er dazu aber jetzt schon verraten, dieser Zeugungsakt sei ein Überfick gewesen. Auch müsse er jetzt schon das Augenmerk von Onkelchen und seinen Kumpanen auf die Tatzeit lenken, den 7. November 1967, also fünfzig Jahre nach der glorreichen russischen Revolution. Dieses Datum habe in seiner Familie eine große Rolle gespielt, sei vielleicht sogar der Schlüssel zu seiner – Wollenwebers – Tat am fünfzigsten Jubeltag der großen und ruhmreichen Oktoberrevolution.
Länger als eine Stunde, unterbrochen durch turbulente Szenen am Richtertisch und auf den Zuhörerbänken, hatte Wollenweber dann die Geschichte der Wollenwebers erzählt, die 1763 von Pommern aus in die Kirgisensteppe an die Wolga gezogen waren, unter Zarin Katharina der Zweiten dort gesiedelt und mit den Jahren immer weitere Landstriche unter ihren Pflug gebracht hatten, bis ihnen schließlich ein Gebiet von der Größe Westpommerns gehörte, dieses Besitztum dann aber nach dem 7. November 1917 vor der heranrückenden Roten Armee fluchtartig verlassen mußten. Sein – Wollenwebers – Großvater habe noch seinen – Wollenwebers – Vater, einen Knaben von sieben Jahren, ehe man ins Fluchtgefährt gestiegen sei, in dem sich auch drei Kisten voll Gold befunden hätten, hoch über den Kopf gehalten, auf das weite Land ringsum kopfnickend gewiesen und

gesagt: Sieh es dir an. Das gehört uns, und du wirst es uns zurückholen. Stets hätten die Wollenwebers auf ihre Väter gehört. Schon mit siebzehn habe daher sein – des Angeklagten Wollenwebers – Vater das für nicht mal eine halbe Kiste des mitgebrachten Goldes angeschaffte elterliche Gut in Pommern verlassen und sich freiwillig der Reichswehr zur Verfügung gestellt, dort und später habe er réussiert, und es sei ihm schließlich dann auch gelungen, an der Spitze des Hitlerheeres bis in die alte Heimat an der Wolga vorzustoßen. Ein weiteres Mal habe aber die Rote Armee einen Strich durch die Rechnung der Wollenwebers gemacht, in Stalingrad. Erst 1947 sei sein – des Angeklagten Wollenwebers – Vater zurückgekehrt und zwar – aufgepaßt! – am 7. November, also dreißig Jahre nach der siegreichen Oktoberrevolution, und zwar mit dem Wunsch, recht bald seinem noch nicht gezeugten Sohn die Familienaufgabe der Rückgewinnung des Landes der Wollenweber an der Wolga zu übertragen. Daher sei es noch in derselben Nacht der Rückkehr in ein verwandtschaftliches, größeres Anwesen bei Neumünster, wo die Ehefrau Anna Maria geborene von Setzheim, verjagt von Haus und Hof in Pommern, Zuflucht gefunden hatte, zu seiner – des Angeklagten Wollenwebers – Zeugung gekommen, zu diesem gewaltigen Geschlechtsakt am 7. November 1947, dreißig Jahre nach der großen Oktoberrevolution, zu diesem erregenden Beweis für die Theorie über den Zusammenhang von Orgasmus und Klassenkampf.

Und Wollenweber beschrieb diesen Geschlechtsakt so, daß es Richter Büscher zuviel wurde. Er verurteilte ihn zu einem Tag Haft wegen Angriffs auf die Würde

des Gerichts und ließ die Strafe sofort vollstrecken.
Nach dem Tumult hatte Bernd Schrage mit seinen Angaben zur Person begonnen, erzählt, daß seine Familie nicht auf eine solche, der Familie des Mitangeklagten Wollenweber ähnliche, ereignisreiche Geschichte zurückblicken könne, daß seine, des Angeklagten Schrages, Familie sozusagen ohne Geschichte sei. Nichts weiter seien seine Vorfahren gewesen als Land- und später Industriearbeiter, daß er – der Angeklagte Schrage – also gleich und ohne Umschweife auf die nach den neueren Erkenntnissen der Psychologie zur Erklärung einer Persönlichkeit bedeutsamen vorgeburtlichen Ereignisse, also vor allem auf den Akt seiner – des Angeklagten Schrages – Zeugung zu sprechen kommen könne. Um diesen Zeugungsakt zu verstehen, müsse man ausgehen von der Auffassung, wie sie in Arbeiterkreisen über den Geschlechtsverkehr herrsche, der, das sei vielleicht nicht bekannt, zwar häufig als »Feinbrot des Arbeiters« bezeichnet würde, aber viel öfter noch als »Hakken«, »Stoßen«, »Bumsen«, »Hämmern« …
An dieser Stelle war Schrage unterbrochen worden von dem rothaarigen Schöffen. Hören Sie auf, sagte der, hier den Narren zu spielen. Sie sind doch aus einer anständigen Familie. Sie mögen ihre Eltern. Was haben Sie denn zu tun mit den Sprüchen der Leute hier und deren Benehmen. Mir ist das peinlich und Ihnen hoffentlich auch.
Natürlich hatten alle gelacht. Aber Schrage hatte nicht weitergesprochen. Er war richtig rot im Gesicht geworden und hatte auch später bei der Verhandlung geschwiegen.
Aber schön war es doch, sagte Bernd Schrage, als sie

jetzt in Decken gehüllt auf der Bank des Polizeireviers in diesem rheinischen Nest davon erzählten, lachten und weiterredeten von jenen Jahren, und wie immer, wenn Leute, die dazugehört hatten, darüber redeten, kam diese seltsame Stimmung auf: man wollte sich berühren, die Augen beschlugen, und man war nahe am Lachen und Weinen.

Der Hauptwachtmeister, breit, durchblutet und mit den Basedowkulleraugen vieler Leute dieser Gegend, saß zurückgelehnt im Schreibtischsessel und las ein Romanheft. Die beiden Polizeimeister, einer von ihnen trug einen knappen Kinnbart, spielten Schach.

Ein Wagen fuhr vor, der Häftlingstransporter wurde aufgeriegelt. Man hörte Stimmen, und dann erschraken alle bei einem Schrei, der in Brüllen überging. Die Tür wurde aufgerissen und hineingestoßen wurde Bery, der kurzsichtige Barrikadenbauer und Bluesgitarrist.

Hier, euer dritter Mann, sagte der, der ihn in die Revierstube gestoßen hatte, ein Rabiater ist das. Hattn Kollegen innen Sack getreten, hier vor der Tür.

Scheißbullen, sagte Bery, nahm seine Brille ab, wischte die Gläser.

Nanana, sagte der Hauptwachtmeister, der aufgestanden war, sowat sät me doch nit.

Das ist nackter Faschismus, sagte Bery, setzte die Brille wieder auf, nackter, brutaler Faschismus.

Nein, sagte Bernd Schrage, das ist Faschismus mit Herz.

Der Bereitschaftspolizist, der ihn reingebracht hatte, drückte Bery auf die Bank neben Schrage.

Schließn ruhisch los, werden wir schon mit fertisch, mit den Jong, sagte der Hauptwachtmeister.

Nachdem er die Handschellen los hatte, rieb Bery sich die Gelenke. Habt ihr ne Zigarette, fragte er Kappel und Schrage.
Bruno reichte ihm sein Päckchen.
Kriss sogarn Körnschen, komm, sagte der Hauptwachtmeister, griff neben sich. Die beiden Polizeimeister standen auf, kamen herüber.
Ich scheiß auf deinen Schnaps, sagte Bery und blieb sitzen, während Kappel und Schrage rübergingen, ihr Glas hoben, Prösterschen sagten und tranken.
Der Hauptwachtmeister nahm das Pintchen für Bery, beugte sich damit über den Tresen. Na nu komm schon, Jong, sagte er, dat is käin Gift.
Der Polizeimeister ohne Kinnbart lachte. Bery kam und schlug ihm das Glas aus der Hand. Es zersplitterte nicht auf dem Holzboden, und Bery setzte sich wieder.
Sowat, sagte der Hauptwachtmeister, kam langsam um den Tresen herum, ging auf Bery zu.
Halt, sagte Kappel.
Wat denn, sagte der Hauptwachtmeister, bückte sich, hob das Schnapsglas auf und ging hinter den Tresen zurück.
Wat ihr äusch so vorstellt von uns, sagte er, goß noch einmal ein. Schäißbullen, sowat, sät me doch nit, Prösterschen.
Das Telefon klingelte. Der Polizeimeister ohne Kinnbart nahm ab. Ich geb'n dir mal, sagte er, legte den Hörer auf den Schwenkarm, schob ihn rüber zum Hauptwachtmeister.
Wat, sitzen opn Bronnen? Un is am Singen? Bäi dem Wetter? Kann sich nit auswäisen? Bringene her. För den hant vie ok noch en Plätzken fräi.

Er legte auf. Nee, sagte er, wie op Fasenacht, eg säg jo, wie op Fasenacht.
Das ist seine Theorie, sagte der Polizeimeister mit dem Kinnbart: früher war nur einmal im Jahr Karneval und heute jeden Tag.
Stimmt dat nit? fragte der Hauptwachtmeister.
Das gibt aber dann einen Aschermittwoch! sagte Bruno Kappel, was?
Und darauf wartet ihr, was? sagte der mit dem Kinnbart.
Nein, sagte Bernd Schrage, den wollen wir verhindern.
Der Kinnbärtige beugte sich vor, wollte wohl Schrage packen, unterließ es aber.
Verhindern, verhindern, das werden wir, wir werden verhindern, verlaßt euch drauf, sagte er laut.
Nanana, sagte der Hauptwachtmeister, käine Politik. Kommt, nochn Körnschen.
Körnschen, Körnschen, Körnschen. Du immer mit deinem Körnschen. Ich scheiß auf ... ach was, sagte der Polizeimeister und ging zu seinem Tisch.
Stell noch ne Pritsche rein, für den Sänger, sagte der Hauptwachtmeister.
Was quatscht ihr überhaupt mit solchen Typen rum, sagte Bery von der Bank her zu Kappel und Schrage.
Halten Sie den Mund, schrie der Polizeimeister mit Kinnbart.
Nochn Körnschen, sagte Kappel.
Der Kinnbärtige sprang hoch, riß die Tür zu den hinteren Räumen auf und verschwand. Der Hauptwachtmeister lachte. Es war halb vier.
Der Streifenwagen draußen fuhr vor, Türenschlagen hörte man, die Tür zur Revierstube öffnete sich, und

herein kam ein Mann, sicher zwei Meter groß, mächtig am Oberkörper, trug enge, in Stiefelchen steckende Hosen und ein plunderweites wollenes Wams, gestrickt wie ein Kettenhemd, um den Hals einen langen Schal, auf dem Rücken einen Lautenkasten.

Dat isser, sagte hinter ihm der Streifenpolizist, Junge, Junge, Junge.

Der andere Streifenpolizist kam hinterher. Herrjeh, sagte er, nahm die Mütze ab, hängte sie an den Haken, nee, nee.

Der große Zivilist zog den Kasten vom Rücken, legte ihn sanft auf den Tresen, band den Schal ab, hob seinen Kopf – graubraunhaarig, rotbärtig, ein Kopf wie vor fünfhundert Jahren, rollte fünfmarkstückgroße Augen, ließ ein Kesseltankgelächter los, aber nur kurz, nahm das Klirren und Prasseln gleich wieder zurück bis auf das Rummeln von Filzballen auf dem Kesselboden, trat an die Wand, stand da, die dreifache Portion eines klassischen Tänzers in der Stellung *préparation*, machte eine Herzog-vor-seinem-König-Verbeugung: gekreuzte Füße, linke Hand am Herzen, rechten Arm mit dem langsamen Aufrichten des mächtigen Oberkörpers von unten herauf ausschwenkend, sagte – und das mußte man dröhnend nennen, also dröhnend sagte er: Oswald, der Volkssänger, developpierte zur *croisé derrière*, und, *grand jeté*, landete vor dem Hauptwachtmeister, hob mit der Hand dessen Kopf etwas an, drehte ihn, scharf betrachtend, im *battement* leicht nach links, leicht nach rechts, und sagte in sattem Baß: ein holzgeschnitztes, bergisches Gesicht, Vater, das hast du! Sei dankbar! *Entrechat* mit einer Umdrehung,

Stand, und Blick auf den Hauptwachtmeister, aber zeigend auf den Streifenpolizisten, der ihn hereingebracht hatte: Vater, dein Knecht dort, der Büttel, hat mich vergewaltigt.
Blödsinn, sagte der Streifenpolizist.
Im *grand jeté en tournant* war Oswald bei ihm.
Soll ich dir, hechelte er im höchsten Falsett, meinen Zeigefinger, diesen großen, dicken, süßen, ins Ärschchen stecken, dich rumzwirbeln, deinen Sack reiben, die Nülle lutschen?
Glissade, und jetzt zu allen: Quäken nannte er meinen Gesang dort am Schöpfbrunnen auf dem Markt. Wißt ihr überhaupt, was ihr in eurer Stadt habt, brüllte er, ihr Nichtsnutze, dieses prachtvoll geschnitzte Werk eines Meisters der Pestzeit. Es ist euer nit wert; leiser und tiefer: »Gut Gsell, und du mußt wandern«, habe ich gesungen, eins unserer schönsten Lieder, dem Meister zu Ehren. Und dieser Büttel spricht von Quäken.
Er ging an die Wand, stand gespreizt in Position zwei, die Hände über sein großes Geschlecht gekreuzt, und sprach fast flüsternd, aber dann in der Lautstärke sich steigernd: Ich habe gesungen und Scheiche in Zelten aus Ziegenfell rauchten nicht weiter, schwäbische Bauern begannen zu träumen, Navajoindianer vergossen den Branntwein im Sand, die Belegschaft des Stahlkombinats in Omsk bat mich schluchzend zu bleiben, Wallstreetgangster flennten wie Huren am Grab ihrer Mutter, Hindufrauen hielten mir ihre Kinder zum Segnen hin, im Auftrag des Goetheinstituts habe ich unser Liedgut getragen von Sydney bis Rejkjavik. Und der da – eine Phantom jaulte in den Sturzflug – der da, der da, nennt das Quäken.

Über der Tür zu den hinteren Räumen tickte die Uhr. In der Tür stand der kinnbärtige Polizeimeister mit hängenden Armen. Neben der Tür an der Wand machte der BRD-Präsident immer noch den belämmerten Versuch, unrheinisch auszusehen. Der Polizeimeister ohne Kinnbart hielt das Glas vor seinem Mund fest. Dem Hauptwachtmeister verrutschten die Basedowaugen. Einer der Streifenpolizisten hielt den Kopf gesenkt, der andere wischte sich die Stirn. Kappel, Schrage und Bery saßen auf der Bank, bewegungslos, sprachlos.

Oswald löste sich von der Wand, schritt zum Kasten auf dem Tresen, öffnete ihn, hob das Instrument heraus, drehte sich halb, wiegte es in den Händen.

Wendelin Tiefenbrucker hat sie erschaffen, sagte er leise, diese Laute.

Schreitend kam er zu Kappel, Schrage und Bery. Haaa, schrie er sie an. Alle drei zuckten zurück.

Ihr Kunden, Lecker, Luder und Gespane, ihr Brüder der Straße, und ganz leise: Wes ist euer Wesen?

Kappel sagte schnell und vom Gewaltigen vor ihm weg an Schrage gedrückt: Wir mögen von den Pfaffen nit genesen.

Gut, hauchte Oswald, legte das Lautenband um, wendete, rief: Was haltet ihr Maulaffen feil, ihr Gesellen, froh sei der Sinn, schlug die Saiten durch und, Laute vorm gewaltigen Leib, im *allemande*-Schritt vor dem Ganoventresen auf und ab stelzend, sang er mit hellem Bariton:

Mürrisch sitzen sie und maulen
auf den Bänken stumm und breit,
gähnend strecken sich die Faulen,
und die Kecken suchen Streit.

Bei der zweiten Strophe schrie der Kinnbärtige kreischend dazwischen: Aus jetzt. Verdammt noch mal. Schluß.
Oswald, der Volkssänger, brach ab.
Gustav, unterbinde das, sagte der Kinnbärtige zitternd zu dem Hauptwachtmeister. Merkst du das nicht. Wir sollen hier lächerlich gemacht werden. Verdammt noch mal. Das ist doch Taktik von denen.
Awatt, sagte der Hauptwachtmeister, hol din Mul, go nach Hus.
Jawoll, schrie der Kinnbärtige, jawoll. Und das wird ein Nachspiel haben dieses Mal.
Bleib doch, mach keinen Fez, Horst, sagte sein Kollege.
Ich bleibe nicht, dieses Mal bleibe ich nicht, schrie der Kinnbärtige, riß eine Mütze vom Haken, warf einen Mantel über den Arm und lief raus.
Vater, sagte Oswald, du kriegst Ärger, was? Die schmeißen dich raus?
Nein, sagte der Hauptwachtmeister, die alten Nazis haben das geschafft. Die neuen schaffen das nicht mehr. Im halben Jahr bin ich pensioniert. Mak wedder, Jong. Aber um fünf säid ihr inne Zelle, dann küt nämlich annere, un die sit och anners as egg und du.
Länger als eine Stunde noch sang Oswald von Ulla Winblad und vom Pfeifer Hänslein, von der schönen jungen Lilofee und vom armen Konrad, vom klein Waldvögelein und daß ein Schnee gefallen sey, laut und leise und manchmal innig und ohne falsche Töne, und alle sangen sie den Refrain mit von »Vater Noah, Vater Noah war ein Ehrenmann«. Und das brummte sogar Bery mit.
Sie schliefen ein paar Stunden in der Ausnüchte-

rungszelle auf Pritschen. Als sie geweckt wurden gegen neun, blieb Oswald, der Volkssänger, liegen. Ich harre aus bis Kirchweih, sagte er, drehte sich um und schlief weiter. Der Polizeimeister, ein neuer, junger und fröhlicher, lachte nur. Soll er noch schlafen paar Stunden, sagte er.
Ein Polizeikommissar verlangte die Personalien. Kappel hatte keine Papiere.
Rechtsanwalt, fragte der Kommissar nach, warum haben Sie das nicht eher gesagt?
Ich reise inkognito, sagte Kappel.
Ich auch, sagte Schrage und legte seinen Presseausweis vor.
Und Sie, fragte der Kommissar Bery und las in dessen Paß. Sie auch, Herr stud. med. Eduard Schibeck?

6

Die dem »Entsetzungseinsatz Schneisentanz« Entkommenen und andere fällten noch in derselben Nacht Bäume und sperrten damit die Straßen rund um Klein-Schweden. Der Nord-Süd- und der Süd-Nord-Verkehr, sonst fließend, tröpfelte am nächsten Tag nicht mal mehr. Als die Autos umgeleitet wurden, lagen bald Bäume, Waldholz, Fässer und anderes auf den Umleitungsstraßen. Beseitigungskommandos von Polizei und Männern des Straßenbauamts waren im fliegenden Einsatz von Barrikade zu Barrikade. Es gelang ihnen aber nicht, die Blockade wirklich zu brechen.

Sobald die Sperren beseitigt waren, entstanden an gleicher oder anderer Stelle gleiche oder andere Hindernisse.
Tag und Nacht hörte man Sirren und Knattern von Handmotorsägen. Kolonnen von Lastwagen standen stundenlang auf den Zubringern zu den Autobahnen. An den Straßensperren verteilten Leute vom Bürgerkomitee Klein-Schweden und auch solche, die nicht dazu gehörten, Flugblätter und diskutierten mit den Fahrern. Einige ließen sich überzeugen, unterschrieben eine Protestnote an den Verteidigungsminister. Einige schimpften auf die Regierung, andere schimpften auf die Verkehrsbehinderer, und die meisten schimpften auf alle beide.
In der Stadt fand noch am selben Tag nach dem Überfall auf das Zeltlager eine Kundgebung mit viertausend Leuten statt, auf der sogar der Stadtdirektor Worte wie *Vertrauensbruch* und *gerechte Empörung der Bevölkerung* benutzte, ein bißchen verlegen, aber laut. Presse und Rundfunk unterstützten die Proteste, selbst Talhoff schrieb im Generalanzeiger von *der Sachlage nicht angepaßten Mitteln und grober Mißachtung der Gefühle breitester Bevölkerungskreise, die keineswegs gleichzusetzen sind mit den Drahtziehern im Hintergrund. Bild* wägte ab: *Plump und unfähig* den Polizeieinsatz und den Innenminister wegen der sozial-liberalen Koalition in Düsseldorf, *knallhart und ehrlich empört* die Reaktion der Leute wegen zehn- bis zwanzigtausend Bildzeitungskäufern. Als der Innenminister im Fernsehinterview am nächsten Tag bullerte: Sowas muß kurz und knapp und schnell und vollrein erledigt werden, schrieb nicht nur die örtliche Presse, nun sei der Rücktritt aber fällig, Herr Sportbundpräsident!

Bundesgrenzschutz und der größte Teil der Bereitschaftspolizei waren abgezogen worden.
Am Fischsee und am Pillekes See liegen noch je eine Hundertschaft, sagte Herbert Ronsdorf, bekümmern sich aber kaum um die Straßensperren.
Der Chef war auch nachts unterwegs zum Fallenstellen, wie er das Bauen von Sperren auf den Straßen um Klein-Schweden nannte. Kappel hatte das zunächst für eine Art Räuber-und-Gendarm-Spiel gehalten, sich an einer der nächtlichen Fahrten beteiligt, wollte sich das mal ansehen, so aus Spaß.
Sie fuhren nach Mitternacht, der Chef im Dreihundertzwölfer-Allrad, beladen mit Schrott und Tarnzeug, und Bruno folgte im Porsche über den Höppelkesweg Richtung nördliche Bundesstraße. Einen halben Kilometer hinter der Zufahrt zum Großen See hielt der Chef an, aus dem Gebüsch kamen sechs Leute, warfen Baumstämme und Handmotorsägen auf, stiegen zu, der Dreihundertzwölfer fuhr weiter, und Bruno folgte. Vor einer leichten Linkskurve auf der B 235 hielten sie, Ronsdorf gab Zeichen, und Bruno wendete, parkte rechts und in Fahrtrichtung, stellte Warndreieck und Blinkleuchte hundert Meter vor der Kurve an den Rand der anderen, linken Fahrspur, setzte sich in den Wagen, wartete, hatte dreimal zu hupen, sobald sich ein Wagen näherte, notfalls mit dreien von denen aus Klein-Schweden zu fliehen. Während er Schmiere saß, richteten die anderen zweihundert Meter hinter der Kurve die Sperre, getarnt als Bautrupp mit rotweißgestreiften Umschnallhemden, Warnbock und Blinklicht.
Das geschah an zwei Stellen, und an der zweiten wurden sie durch einen Laster gestört. Der Fahrer stieg aus, ließ sich aber zurückschicken.

Wasserrohrbruch an zwei Stellen, Umleitung über B 51, rief ihm einer der sechs von Klein-Schweden im Gastarbeiterdeutsch zu.
Det muß ma anzeijen, vorher, ihr Kanacka, valier ick ne Stunde, schrie der Fahrer zurück.
Wo ist der Chef, fragte Kappel.
Der Lkw war von der entgegengesetzten Richtung gekommen, und deshalb war Bruno ausgestiegen, zur Sperre gegangen, um die Lage zu sehen.
Drüben, hinter dem Dreihundertzwölfer!
Auf dem Fahrhausdach vom Allrad blitzte die Warnleuchte.
Der Laster wendete und fuhr wieder los.
Nach zweihundert Metern sah Kappel den Chef hinter seinem Abschlepper und neben einem Gebüsch. Er rauchte und trug was vor dem Bauch, und das hing am Riemen, der über die Schulter führte. Als Bruno vor ihm stand, erkannte er das Ding: eine Kalaschnikow.
Da hatte sein Spaß ein Ende.
In der gleichen Nacht fuhr ein Opel Rekord auf eine Sperre.

So läuft das richtig, sagte der Chef. Pepe schüttelte den Kopf; das könne nicht gut gehen, meinte er. Aber sicher, sagte Ronsdorf, wenn wir weitermachen, ziehen die ab. Woanders hin. Wo mehr Ruhe ist.
Sie standen in der Werkstatt auf der Hebebühne unter einem alten Daimler-Benz 190, dem Pepe ein neues Ausgleichsgetriebe einbaute.
Ich mach mich an den Auffahr-Opel, sagte Bruno.
Die Reparaturwagen nannte man hier nach der Art ihrer Unfälle, und er wollte an dem vorne zerdrück-

ten Rekord die verbogenen Stoßstangenträger richten.

Ronsdorf hatte den Wagen von der Straßensperre abgeschleppt und dem Fahrer, der schnell nach München mußte, einen Gebrauchtwagen vermietet. In der folgenden Nacht war ein Lkw aufgefahren. Der Fahrer wurde schwer verletzt.

Wenn du jetzt nicht Schluß damit machst, gehe ich, hatte Maria gesagt, und Ronsdorf hatte losgeschrien, ob sie nicht sähe, was auf dem Spiel stünde, nämlich seine und ihrer aller Existenz; wenn der Truppenübungsplatz angelegt würde, sei er pleite, aus, fertig. Der Ruin. Da sähe er nicht ruhig zu.

Nein, hatte Maria gesagt, das ist es nicht. Es gibt andere Gründe. Das Abschleppgeschäft und der Handel mit Schrott und Gebrauchtwagen gehen immer schlechter, seit Monaten. Das weißt du genau. Die Firma *Herkules* übernimmt mehr und mehr Geschäfte, die ist größer als wir und arbeitet schon mit *Thomas & Co.* zusammen. Dazu kommt die allgemeine Krise, vor allem im Autogeschäft. In der Stadt hat sich der Gebrauchtwagenhändler Wellershaus vergrößert, und der kooperiert nicht nur mit *Herkules* und *Thomas*, der wird direkt von den Autofirmen beliefert, mit Altwagen. Wahrscheinlich schließen sich die drei zusammen, und du steckst dann dazwischen. So ist das.

Jawoll, und darum nehmen die mir das Revier hier weg. So ist das.

Das ist doch Wahnsinn, Chef.

Überhaupt nicht Wahnsinn. Das ist Geschäft, und ich mache mein Geschäft.

Du, du allein kannst nicht verhindern, daß hier der

Truppenübungsplatz hinkommt, siehst du das nicht ein?
Ihr vielleicht? Mit Busfahrten nach Bonn? Damit, daß ihr mit dem Wasserballer diskutiert? Ihr habtse doch nicht alle. Nein, die müssen merken, hier gibt es keine Ruhe, hier ist Aufstand. Und so was können die nicht gebrauchen in der Nähe von Militärplätzen. Die weichen dann aus, nach Süden vielleicht oder rüber nach Hagen; es gibt da paar schöne Plätze.
Kappel hatte sich eingemischt, wie Maria geredet, vorgeschlagen, sich mit den Konkurrenten zu einigen, er, Kappel, würde da gern vermitteln.
Halt du dich da raus, hatte Ronsdorf gesagt, was willst du hier überhaupt? Die Mode ist wohl am Ende, inne Betriebe gehen, Arbeiterklasse aufklären oder melken und striegeln aufm Bauernhof. Jetzt macht ihr Urlaub beim kleinen Gewerbetreibenden mit Werkstatt und Familienanschluß. Gefällt dir, was?
Bruno hatte das Flattern im Magen gespürt, die Wut, die hochkroch, aber er hatte leise gesprochen: Du freust dich doch richtig, daß Militär hier raufkommt. Dann hast du eine Entschuldigung dafür, daß du mal wieder loskloppen kannst, alles kaputtschlagen, hast du doch immer gemacht, wenn es mal schwierig wurde.
Maria war aufgesprungen.
Halt den Mund, hatte sie zu Bruno gesagt. Das geht dich wirklich nichts an. Was machst du denn? Nämlich überhaupt nichts. Bloß danebenstehen, zuschauen, Sprüche kloppen und abkassieren.
Paß auf, hatte Ronsdorf gesagt, dasse nich der erste bis, den ich kaputtschlage.
Sie hatten noch alle drei herumgeschrien, hatten sich dann beim Schnaps aber wieder vertragen.

Bruno schraubte ein stärkeres Rohr auf den Schweißbrenner, rollte den Flaschenkarren an den Rekord heran, entwickelte die Schläuche, kontrollierte den Druck auf den Manometern an Gas- und Stahlflasche, drehte das Gas langsam auf, rieb den Zünder. Die Flamme sprang mit kurzem Knall an. Er spielte am Gasventil, ließ die Flamme länger und wieder kürzer werden, probierte und gab dann Sauerstoff zu. Es zischte. Die Flamme wurde blau, war aber zu faserig, und er mußte regulieren. Zweimal ging sie aus, aber dann hatte er die Flamme so, wie sie sein sollte: ruhig, heiß, mit blauem Kern, erbsengroß, vor dem Mundstück.
Das Werkstattor stand offen, und man konnte in den Hof sehen, Hühner, die im Dreck scharrten, flatternde Tauben und zwei stelzende Ziegen.
Er zog die Schweißbrille von der Stirn vor die Augen, kniete sich an den Opel, stützte den linken Arm auf die Stoßstange, führte von unten her die Schweißflamme an den Träger, ließ sie ein bißchen kreisen. Die Stahloberfläche verfärbte sich langsam. Das Eisen begann, von innen heraus zu glühen.

Bruno Kappel wartete auf einen Anruf von Eduard Schibeck alias Bery.
Schibeck hatte zunächst so getan, als ob er nicht wüßte, worüber Kappel redete in dem Bahnhofsrestaurant von dem rheinischen Nest, wo sie nach ihrer Entlassung frühstückten und auf den Zug warteten. Als Bernd Schrage weggegangen war, um mit seiner Redaktion zu telefonieren, sagte Bruno: Hör zu, Schibeck, ich muß mit Karin Kunze sprechen. Wo finde ich sie?

Schibeck stippte sein Brötchen in den Kaffee und antwortete nicht.
Es ist wichtig. Wo ist sie?
Wer?
Karin Kunze.
Wer soll das sein?
Ich habe eine wichtige Information für sie. Deshalb bin ich in dieser Gegend. Ich suche sie. Außerdem bin ich ihr Rechtsanwalt.
Braucht sie einen Rechtsanwalt?
Vielleicht. Bestimmt aber eine Information von Martin Baller. Also!
Schibeck beugte sich über die Kaffeetasse, schob das Brötchen in den Mund, soweit wie es aufgeweicht war, sah ihn dabei von unten her an. Wo kann man dich erreichen, Informant? fragte er.
Hier, sagte Bruno.
No. Schibeck saß wieder gerade und stippte den Rest des Brötchens in den Kaffee.
Fährst du nicht mit zurück? fragte Bruno.
Nein, ich fahre mit einem anderen Zug und in eine andere Richtung.
Er hatte Schibeck die Nummer von Ronsdorfs Abschlepperei genannt.

Der Stoßstangenträger glühte jetzt kirschrot. Bruno stellte den Brenner ab, nahm den Zweipfünder, hielt ihn pendelnd hinter den Träger und schlug mit dem leichten Hammer das Stück in seine Gerade zurück.

Du kriegst die Kunze da nicht raus, hatte Maria gesagt. Das Fenster in ihrem Zimmer ging von der Decke bis zum Fußboden, und sie sahen von der breiten Matratze aus nach Klein-Schweden rüber.

Möglich. Ich will es aber versuchen.
Sie will nicht, oder sie kann nicht. Wir haben das einmal versucht mit einem von diesen Leuten. Das war schon schlimm.
Erzähl mal.
Da gibt es nicht viel zu erzählen, und es war auch falsch, daß wir es überhaupt versucht haben. Wir hätten gleich die Polizei hinschicken sollen, aber Ernst Spormann und der Chef kannten den Vater von dem Jungen sehr gut, einen Kumpel aus alten Tagen. Der Junge, vielleicht zwanzig, tauchte eines nachts hier oben bei uns auf mit zweien von seinen Leuten. Sie waren bewaffnet, und einer war verwundet. Wir brachten sie in die Erlenhöhle, nicht weit von hier.
Ja, die kenne ich.
Der Chef kennt sie auch, sehr gut sogar, und Ernst Spormann kennt sie auch sehr gut. Ich brauche dir nichts über die Strategie dieser Guerilleros zu erzählen. Der Chef jedenfalls war begeistert. Ich war überhaupt nicht begeistert. Die richteten sich nämlich ein in der Höhle, als Standort, verstehst du. Das wurde gefährlich, und es kam mal wieder zu einem schlimmen Krach zwischen dem Chef und Ernst. Jedenfalls bin ich allein mit Ernst in die Höhle gegangen, und es war sehr gut, daß Ernst die Höhle genau kannte und daß er bewaffnet war. Während er auf den Jungen einredete, zielte er auf die anderen und beleuchtete sie mit einem Strahler. Sie saßen in einer größeren Grotte, hatten zuerst geschossen, konnten uns aber nicht treffen, weil wir über ihnen in einer Gangnische hockten.
Du kannst an dieser Stelle nicht feststellen, woher

die Stimme kommt, wenn du laut sprichst. Das hallt und hallt zurück, und du meinst, der Sprecher ist überall. Ernst zerschoß ihre beiden Laternen, leuchtete sie mit dem Strahler an und sagte: Schmeißt eure Kanonen weg. Das war wirklich Wildwest, und ich fürchtete mich sehr.

Er sprach lange auf den Jungen ein, bot ihm Ausreise an in – naja, in ein befreundetes Land, wenn er sich stellen würde. Drei Jahre kriegst du, Junge, nicht mehr, das sitzt du mitm halben Arsch ab. Hat dein Papa auch getan. Und dann ist die Angelegenheit erledigt. Also.

Der Junge war eiskalt. Was aus euch geworden ist, sagte er, und was habt ihr früher gemacht! Ausgelaugt seid ihr, feige geworden. Abwarten, zusammenschlagen lassen, nicht zurückschlagen, linksherum, eins in die Fresse, rechts herum, eins in die Fresse. Die Partei wird schon wissen, warum. Das ist aus euch geworden, undsoweiter. Da ließ sich nichts mehr machen.

Maria hatte unter ihrer linken Brust einen Leberfleck. Den küßte Bruno und sagte, wir kriegen Drillinge.

Warum?

Weil du drei Brüste hast.

Leg dich auf den Rücken, sagte sie und drückte die Zigarette aus. Sie küßte ihn überall.

Was habt ihr mit ihnen gemacht, fragte er später, ich glaube, ich kenne den Jungen.

Dann weißt du, daß er im Knast sitzt. Die anderen auch.

Sie streichelten sich an den Händen, im Gesicht, überall.

Mußte das sein? fragte Bruno. Er lag über ihr.

Ja. Komm, beweg dich. So schnell wie du kannst.

Bruno zündete den Brenner wieder an. Er mußte das Eisen noch ein paarmal erhitzen, um es in seine Biegung zu richten, dahin, wo der Träger rüberlief zur Befestigung an den Rahmen.

Drillinge, hatte Maria später gesagt, Drillinge, warum nicht? Sag mal, wie stellst du dir das vor, eigentlich?
Drillinge? fragte er.
Nein, wie du dir das vorstellst zu leben, zum Beispiel mit einer Frau.
Mit dir?
Zum Beispiel.
Wir wohnen in meiner Wohnung. Kochen brauchst du nicht. Drillinge kriegen mußt du – aber später. Du arbeitest mit in der Anwaltskanzlei. Renner und Susanne werden dir gefallen, und die Arbeit macht dir Spaß, auch politisch, und gleichzeitig studierst du Jura. Das ist einfach, und wir können dir helfen; und wenn du dann fertig bist, machen wir beide eine Praxis auf in einem Viertel, wo normale Leute wohnen mit normalen Problemen, in Eimsbüttel vielleicht oder in Harburg, und wir arbeiten da zusammen mit einer Stadtteilgruppe, zum Beispiel.
Das hört sich nicht schlecht an, sagte Maria, ein bißchen idealistisch vielleicht das mit der Praxis im Arbeiterviertel, so, wie wenn Tom Strathmann von einer Landpraxis schwärmt. Aber mach mal weiter.
Ich möchte mal wieder reisen, sagte Bruno, sah durch das Fenster auf Klein-Schweden.
Zum Beispiel?
Zum Beispiel, hatte er gesagt, geschwiegen, von seinem Europa geträumt, den *quatre vents*, und dann erzählt aus der Lappmark, vom Saretjako, dem Berg-

see auf dem Hochplateau und der Bergheide, den Rentierherden, die über die Heide weiden an den Berghängen hoch und bis in die Täler, den rauchenden Lappenzelten, den Bergspitzen im Westen, die nachts rot leuchten, der heißen Sonne am Tag und dem Geruch von den Kräutern am Polarkreis, den kalten Nächten, und von der Hütte am See, ausgeschlagen mit Rentierfellen, und vom Lachsfischen in den kalten Flüssen.

Und er hatte geredet und wieder gesprochen von der Ägäis, Plaka auf Milos, nachts, wenn der Wind vom Meer kühl genug war, saßen sie wieder vor dem Café, tranken Raki, sahen die Sterne, Sterne, den Speckmond und draußen schwoite noch immer der rostige Tanker an Kette und Anker, langsam, so wie sie atmeten, und aus der Musikbox in dem Café hinter ihnen stampft ein Sirtaki, wird schneller und schneller, und die Bouzoukis winseln und klirren.

Aber das ist Griechenland, sagte er, da fahren wir später hin, nach der Befreiung. Wir müssen nach Portugal, seit dem April muß es gut sein zum Beispiel in Porto. In einem offenen Omnibus würden sie fahren, durch die Sierra da Cabreira und durch den Geruch von Eukalyptus, sähen die Sonne auf hellem Granit, von Süden würden sie kommen, von der Doppelbrücke über den Douro sähen sie Porto, leal e invicta cidade, getürmt am Felsen bis zur Kathedrale Se. Unten am Fluß waschen die Frauen und legen die Wäsche auf weiße Steine. Du riechst den Atlantik.

Ich kenne die Stadt, hatte Maria gesagt, wir sind einmal von Vigo aus hingefahren.

Gut, hatte Bruno gesagt, dann fahren wir eben die Wolga aufwärts von Astrachan bis Kazan, auf einem

Dampfschiff mit jungen Leuten, die Stahlwerke bauen, Eisenbahnen und Öltürme in Sibirien, die ihren Urlaub haben und lachen und trinken und singen und so optimistisch sind wie auf den Bildern in Öl und sozialistischem Realismus. Noch mehr?
Das reicht schon, sagte Maria, und wenn wir in Hamburg bleiben?
Wenn wir in Hamburg bleiben, bleiben wir morgens sehr lange liegen. Und er hatte von dem Haus und seiner Wohnung erzählt und den kleinen Park beschrieben, den man vom Bett aus sehen konnte, Enten auf einem Teich, rote und weiße Spieren, Rhododendron, Kastanienbäume und Ulmen. Morgens laufen die Leute über den Kies zur S-Bahn-Station, immer die gleichen, die man bald kennt, zum Beispiel den mit der zappelnden Aktentasche und die drei traurigen Afrikaner, das Mädchen, das jeden Tag andere Stiefel trägt, und die dicken Beamten. Später kommen die Kinder, zotteln und rennen zur Schule, dann ziehen die Frauen mit Einkaufstaschen und Tüten durch, die Rentner schleichen herum, und manchmal zeigt sich der Exhibitionist in Schlapphut und langem Mantel. Nach dem Frühstück fahren wir raus nach Norden, laufen durchs Moor, oder wir fahren nicht, gehen über den Markt unter den Eisenpfeilern der S-Bahn, spazieren am Isekanal; wenn es regnet, tragen wir diese gelben Mäntel, essen zu Mittag beim Griechen Hack in Weinblättern, Zwiebelreis, trinken Retsina, und Nico entwirft die griechische Revolution. In eins der Kinos im Zentrum setzen wir uns nach Mittag, »Cabaret« läuft oder der »Clou«, später trinken wir Kaffee in einem Trödelladen am Lehm-

weg, bei Iris, die immer noch fixt, oder bei Elmar, dem Waffenschmied, kaufen witzigen Krimskrams, Gürtelschnallen oder ein Lederkorsett, abends lassen wir uns von den Leuten schieben über den Dom, machen die Achterbahn und die Schiffschaukel, Teufelsrad, essen Hering am Stand, und später im »Tante Tai« hören wir uns satt an Musik und quatschen mit Freunden. Vielleicht spielt dort grade …

Das reicht, unterbrach sie, küßte ihn. Sei nicht sauer, Kappel. Ich bleibe hier. Ich habe hier sehr viel zu tun, und hier ist es so schön wie in der Lappmark oder in deinem Hamburg. Hier werd ich Lehrerin auf der Volksschule. Hier sind meine Leute, nicht Iris und Elmar und Tante Tai, Renner und Susanne, aber der Chef und Ernst Spormann und Irmgard Speckenbach und die anderen, und Urlaub mach ich auch mal, vielleicht sogar auf der Wolga. Verstehst du das?

Ja.

Sie war aufgestanden, hatte sich angezogen, und er hatte gesagt, bleib doch hier, ich möchte gern, daß du bleibst. Und sie hatte gesagt: Paß mal auf. Daß ich dich mag, hast du gemerkt, und mir macht das sehr viel Spaß, und zwar wie noch nie. Aber das ist für mich nur ein Teil. Da gibt es einen Teil, einen größeren Teil, einen weit größeren Teil, der mir genausoviel Spaß macht, und der wichtiger ist, schon weil er größer ist. Ich hoffe, du verstehst das. Jetzt, zum Beispiel, organisieren wir eine Protestfahrt nach Bonn zum Verteidigungsminister. Das ist nicht so lustig wie in »Cabaret« und »Clou« und bei »Tante Tai« und auf dem Dom, und da wird auch nicht die griechische oder eine andere Revolution entworfen. Aber

Spaß macht es trotzdem – einen anderen Spaß. Deshalb fahre ich in die Stadt. Wir müssen Omnibusse mieten. Du kannst ja mitkommen.
Nein.
Sie hatte ihn getroffen.

Gut, sagte Ronsdorf, kanns ja was!
Kappel blickte hoch, drehte die Schweißflamme zurück, schob die Brille in die Stirn.
Komm, Kaffee trinken.
Sie gingen in das Backsteinhaus, in dem Ronsdorfs Verwandte wohnten, setzten sich in der Diele an den Tisch. Die Kinder spielten um sie herum, fuhren auf Rollern, und die Kleinsten rutschten über den Boden. Irene, die Frau von Pepe, brachte zwei große Kannen, stellte sie auf den Tisch. Café forte par nos é non pos rapaces, rief sie.
Chocolate, chocolate, schrien die Kinder.
Si, o chocolate é pos rapaces.
Aaaaah!
Jimmy, der Lehrling, kam über den Hof, setzte sich dazu.
Gibts dich auch noch, fragte der Chef.
Seit dem Überfall in der Nacht hatte Bruno ihn nicht gesehen. Er lebte in Klein-Schweden mit vielen anderen.

Die Nachricht über die Polizeiaktion war wieder sehr schnell gelaufen. Schon am nächsten Tag kamen aus allen Teilen des Landes Herumzieher angereist – aber nicht nur Herumzieher. Wagen von Frankfurt, Hamburg, West-Berlin und so weiter brachten junge Männer mit kurzen Haaren und knappen Gesten ohne Gitarren und indischen Hanf. Sie biwakierten in klei-

nen Gruppen an verschiedenen Plätzen in Klein-Schweden.
Nagelbretter und Katapulte, Schlagstöcke, Gasmasken, Radketten; alles, was du willst, haben die bei sich, wahrscheinlich auch Schlimmeres, hatte Heini Spormann erzählt. Er hielt mit einigen anderen Rentnerfamilien auf dem Campingplatz aus.
Die sind überhaupt nicht ansprechbar. Rowdies. Das gleitet uns aus den Händen, wenn wir nicht aufpassen.
In der Stadt tauchten Flugblätter auf, in denen die Rede war von *neuer Qualität im Kampf um die Befreiung, Zurückeroberung, Sieg im Volkskrieg.* Einmal hatte der Chef von seiner nächtlichen Tour Leute mitgebracht, Herumzieher, die in Klein-Schweden kampierten, und einen Mann um die dreißig. Er hieß Gregor und kam aus West-Berlin, war nicht groß aber breit, hatte wenig Haare, schmale Augen und trug eine schwarze, halblange Lederjacke mit Gürtel, so, wie Kommissare in Filmen über die zwanziger Jahre.
Die Herumzieher, Jungen im Gammeldreß und mit Halskettchen, die sich bemühten, entschlossen auszusehen, hörten auf ihn, wenn er seine kurzen Sätze sprach. Kappel glaubte, ihn zu kennen, hatte ihn gefragt: Sag mal, dich kenn ich doch, warst du nicht damals im SDS Frankfurt?
Gregor hatte das verneint.
Wir haben hier eine gute Sache aufgebaut, sie funktioniert, hatte Maria gesagt. Dann kommt ihr als völlig Fremde hierher, und wie ihr euch aufführt, macht ihr unsere Arbeit kaputt. Wir können nur zusammen mit der Bevölkerung etwas erreichen, und wir haben

die Leute hier auf unserer Seite, ihr nicht. Was ihr vorhabt, schadet allen.
Gregor hatte gegrinst. So, was haben wir denn vor?
Das steht ja klar genug in euren Flugblättern, ihr Möchtegernrevolutionäre.
Jedenfalls begehen wir keinen dreckigen Verrat an der Arbeiterklasse.
Gregor war aufgestanden, hatte seine Fäuste in die Lederjacke gepackt, losgelegt, von den Stationen im Klassenkampf geredet, an die man prinzipiell herangehen müsse, immer mit dem Ziel, die Arbeiterklasse in ihrem revolutionären Drang zu stärken durch Entwicklung von Situationen, in denen die Härte der Auseinandersetzungen den Willen hervorbringe zum bewaffneten Volkskrieg um die proletarische Macht, den Sturm der proletarischen Revolution vorbereite undsoweiter.
Kommt, hatte der Chef unterbrochen, wir müssen wieder los.
Die Avantgarde des proletarischen Sturms, die Herumzieher, hatten vor Begeisterung nur geschluckt und genickt.

Jimmy schlürfte seinen Kaffee. Er sah übermüdet aus. Tut das gut, Mann, sagte er.
Hör mal, fragte Bruno ihn, erinnerst du dich an Bery, Gitarrenspieler, blues, hat die Barrikaden am Zeltplatz geplant, ein Schmaler, Großer mit Brille. Ist der bei euch in Klein-Schweden?
Der mit so kleinen, dicken Brillengläsern? fragte Jimmy.
Mit kleinen, dicken Brillengläsern, ja, der mit kleinen, dicken Brillengläsern. Mit kleinen, dicken Bril-

lengläsern, sagte Bruno noch ein paarmal vor sich hin. Diesen Ausdruck hatte er im Zusammenhang mit einer Personenbeschreibung gelesen. Das wußte er jetzt.
Nein, sagte Jimmy. Aber es gibt da paar Leute, die sieht keiner.
Weißt du, wo der sich aufgehalten hat vor und bei dem Überfall in der Nacht? War der im großen Zelt?
Der war immer draußen, der Mann, auf Wache. Im Zelt ist der nie gewesen, sagte Jimmy, das weiß ich, weil er so scharf drauf war, daß er draußen bleibt. Mag keinen Rock, hat er gesagt, ließ sich auch nicht ablösen, der Mann.
In der Polizeiakte bei Stephan hatte Bruno diesen Ausdruck gelesen, »mit kleinen, dicken Brillengläsern«, und ihn hatte irgendwas gestört an dieser Person, das wußte er jetzt.

7

Er bekam die Akte noch einmal von Stephan, und noch einmal für Geld.
Über die neuen Ereignisse fand er noch nichts, außer daß Bernhard Schlüter, der Polizeioberrat, den Kriminaloberrat Peine, den Stadt- und Oberkreisdirektor geohrfeigt und sich anschließend beurlaubt hatte.
Was Kappel suchte, hatte er bald: zwei Berichte von abgerichteten Polizeikommissaranwärtern in diesem dienstgeilen Zuträgerton:

Am Nachmittag des 15.6.1974 verrichtete ich als Angehöriger des 12. PKA-Lehrganges Dienst in bürgerlicher Kleidung. Der Lehrgang unter Leitung des PK Jörger hatte anläßlich der o.a. Versammlung den Auftrag, Aufklärung zu betreiben und eventuell beabsichtigte Straftaten insbes. Gewaltakte sofort der Führungsgruppe zu melden. Dabei sollten u.a. Versammlungsstörer beobachtet werden. Mit Beginn der o.a. Versammlung (15.00), die durch das Absingen von Liedern verschiedenen, m. E. nicht strafbaren Inhalts seitens einer sog. Song-Gruppe eingeleitet wurde, befand ich mich ca. 15 Meter von der Rednertribüne entfernt inmitten einer Gruppe Jugendlicher. Dabei fiel mir ein Mann, ca. 180 cm groß, ca. 25 Jahre, kurze Haare, Brillenträger (kleine, dicke Gläser), *bekleidet mit blauem Hemd und blauer Hose, auf. Dieser Mann versuchte durch Pfiffe und Rufe wie »Aufhören« zunächst den Liedvortrag und später durch Zwischenrufe wie »Betrüger«, »Kapitalistenknecht«, »Arbeiterverräter« die Ansprache des Redners 1 (Landtagsabgeordneter Waldemar Niehus) zu unterbrechen. Desgleichen versuchte der beschr. Mann mit den ihn umgebenden Jugendlichen ins Gespräch zu kommen, redete auf sie ein und behauptete, die Protestversammlung sowie die gesamten Aktionen des Bürgerkomitees Klein-Schweden seien ein abgekartetes Spiel zwischen »ortsansässigem Kapital«, SPD und Gewerkschaft, um die Bevölkerung davon abzuhalten, »selbsttätig den Kampf um Klein-Schweden mit geeigneten Mitteln aufzunehmen«. Die ihn umgebenden Jugendlichen gingen nicht auf ihn ein,*

drohten ihm allerdings für den Fall weiterer Störung Gewalt durch Schläge auf den Mund an. Als ich den Störer fragte, was er unter »geeigneten Mitteln« verstehe, drängte er sich seitwärts fort.
Zu dieser Zeit befanden sich ca. 2000 Personen auf dem Marktplatz. Ich konnte dem Mann, ohne aufzufallen, nicht schnell genug folgen und verlor ihn aus den Augen.

Und der POW (PKA) – 3189 – Buschke meldete:
Am Nachmittag des 15. 6. 1974 verrichtete ich als Angehöriger des 12. PKA-Lehrganges Dienst in bürgerlicher Kleidung. Der Lehrgang unter Leitung des PK Jörger hatte anläßlich der o. a. Versammlung den Auftrag, Aufklärung zu betreiben und eventuell beabsichtigte Straftaten insbes. Gewaltakte sofort der Führungsgruppe zu melden. Dabei sollten u. a. Versammlungsstörer beobachtet werden.
Ich befand mich zusammen mit POW (PKA) – 3191 – Backhaus mit Beginn der o. a. Versammlung (15.00) an der Nordseite des Marktplatzes, Höhe Ecke Blücherstraße/Neumarktstraße, ca. 120 Meter von der Rednertribüne entfernt. Als gegen 16.00 eine Resolution durch Redner 3 (Pastor Mühlensiepen) verlesen wurde, kam es an der Stelle »Ein Truppenübungsplatz in Klein-Schweden ist überflüssig. Durch den Abschluß der Ostverträge sind entscheidende Schritte zur Entspannung getan worden. Der Frieden in Europa ist sicherer geworden. Jetzt ist eine Verminderung der Rüstung möglich und notwendig« seitens einer sich in Höhe der Sparkasse befindlichen Gruppe

von Jugendlichen (10 bis 12 Personen) unter offensichtlicher Anleitung eines Mannes von ca. 35 Jahren, klein, schwarzhaarig, bekleidet mit weißem Hemd und grüner Hose, zu Zwischenrufen wie: »Ab nach drüben, wir wollen hier kein Prag« sowie zu dem wiederholt im Sprechchor vorgetragenen Vers »Moskau verrecke«.

Ein ca. 5 Meter von dieser Gruppe entfernt stehender ca. 45 Jahre alter ca. 1,90 Meter großer Mann im grauen Straßenanzug mit Hut und Schirm ermahnte die störende Gruppe zur Ruhe, worauf ihn der ca. 35 Jahre alte, kleine, schwarzhaarige Mann mit weißem Hemd und grüner Hose mit den Worten beschimpfte: Halt die Fresse, du bist auch so ein roter Pfaffe. Der beschimpfte ca. 45 Jahre alte, ca. 1,90 große Mann im grauen Straßenanzug mit Hut drängte sich daraufhin an den ihn umgebenden Personen vorbei und versuchte, mit dem Regenschirm den ca. 35 Jahre alten, kleinen, schwarzhaarigen Mann mit weißem Hemd und grüner Hose zu schlagen bzw. zu stechen. Es kam zu einem Handgemenge, wobei die störende Gruppe von mehreren umstehenden Versammelten (20 bis 25 Personen) über die Blücherstraße in Richtung Schulstraße abgedrängt wurde. In der störenden Gruppe fiel weiter auf ein ca. 1,80 großer, kurzhaariger, mit kleinen, dicken Gläsern *bebrillter junger Mann in Blue-Jeans-Tracht, der die ihn umgebenden Jugendlichen durch aufwiegelnden Zuspruch wie: Los! Helft ihm doch. Ran! zur Anwendung von Gewalt anhielt.*

POW Backhaus und mir gelang es, den sich erheb-

lich wehrenden, ca. 45 Jahre alten, ca. 1,90 Meter großen Mann im grauen Straßenanzug in den Polizeigriff zu bekommen und ihn Kollegen der Bereitschaftspolizei in der Schulstraße zu übergeben.

Am interessantesten war die Bemerkung der Politischen Abteilung der Kriminalpolizei dazu:

Bei der von POW Buschke (PKA) – 3189 – beschriebenen und festgenommenen Person handelt es sich um den Pfarrer der evangelisch-lutherischen Gemeinde, Martin Georg Kuhlbrink, weitere Personalien bekannt. Bei der von POW Buschke (PKA) – 3189 – beschriebenen Person von ca. 35 Jahren, klein, schwarzhaarig, bekleidet mit weißem Hemd und grüner Hose, handelt es sich um den hiesigen Kreisvorsitzenden der NPD, Oberstudienrat Hermann Weitel, weitere Personalien bekannt. Der von POW Werner (PKA) – 3178 –, POW Buschke (PKA) – 3189 – beobachtete Brillenträger ist bekannt. +

gz. Piepenbrink KOK

Schibeck war danach ein Mann, den die Politische Polizei gut kannte, dessen Namen sie aber nicht aktenkundig machen wollte. Das Kreuz hinter solchen Angaben zur Person, nahm Kappel an, hieß: *Person handelt im Auftrag.*

O Baller, dachte er, was bist du bloß für ein Schwein, du willst dich rückversichern bei deinen Freunden, Genossen, Kumpanen von damals, daß sie dir nicht auf die Augen rotzen, spürst Bisse im Bauch, willst dir von hinten herum durch die Beine selber die Hand geben, du Pastorensohn, Rück-

versicherer mit Schuldgefühlen und immer der große Durchblicker, wie so viele von denen, die damals über die Straßen und dann in die Institutionen stürmten und dann immer langsamer liefen, schlichen und schließlich im Sessel saßen. Ich etwa nicht, dachte Bruno, ich, der Anwalt von Leuten aus der gehobenen Mittelklasse und manchmal von Randgruppentypen ohne Geld, aber fürs gute Gefühl? Karin saß nicht im Sessel. Ein Treff mit ihr, sah er jetzt klar, war gefährlicher als er gedacht hatte. Aber er würde gehen, falls Schibeck anrief. Er mußte das zu Ende bringen und vielleicht noch mehr.
Auf dem Rückweg fuhr er bei Erwin Zibulla vorbei. Im Sälchen tagte das Bürgerkomitee. Doris Strathmann kam heraus, stellte sich neben ihn an den Tresen, verlangte ein Bier. Warte auf Maria, sagte sie, die ist ohne Auto. Liebst du sie?
Wat ne Frage, sagte Bruno, wat ne Frage.
Ich war ziemlich idiotisch damals am Zubringer, glaub ich.
Ja.
Hast du nicht mal solches gedacht?
Ja.
Tschüß. Ich geh wieder rein. Sie küßte ihn und ging.
Er fuhr mit Maria zu Ernst Spormann. In einem vergammelten Altbau auf der sogenannten anderen, also östlichen Seite vom Müller-Balzenbeck-Werk klingelten sie im dritten Stock. Die Vorarbeiterin aus der Nudelfabrik, Irmgard Speckenbach, öffnete.
Na, sagte sie, ihr zwei.
Um einen Tisch saßen Ernst und Gisela Spormann, Manfred und ein Mann, den Bruno nicht kannte. Der Mann saß im Ledersofa unter dem Aquarell mit

der frühlingszarten Ansicht des Müller-Balzenbeck-Werks, gesehen von Döhmanns Kopf aus und über zwei blühende Kirschbäume hinweg. Im Wohnzimmer von Brunos Eltern hing das gleiche Bild. Jeder Eisenwerker bekam es für zehnjährige Betriebszugehörigkeit.

Setzt euch, sagte Gisela Spormann. Bruno nahm Platz auf einem Stuhl, Maria setzte sich neben den Mann auf das Ledersofa.

Der Raum war Wohnzimmer, Büro und Versammlungslokal in einem. In und auf dem Schrank standen und lagen Aktenordner, Zeitungen, Bücher zwischen Fußballpokalen, Tassen, Gläsern und Flaschen. Es gab viele Stühle und kleine Sessel, die meisten bepackt mit Papieren, Zeitungen, eine Schreibmaschine auf einem kleinen Tisch, Nähmaschine voll Hemden und Kleidern. In der Ecke lag Spielzeug. Über dem Fernseher hing ein gerahmtes Foto von Karl Marx.

Das ist der Rechtsanwalt, Helmut, sagte Ernst Spormann und gab Bruno eine Flasche Bier.

Na, dann kann er ja zuhören, sagte Helmut im Ledersofa. Also noch einmal: Schluß mit den Straßensperren. Als direkte Antwort auf den Überfall war das richtig und ist ja auch bei den Leuten angekommen. Aber jetzt provoziert das unnötig. Provokateure sind genug da. Ich fürchte da noch Schlimmes. Paßt auf. Lies das mal, sagte er zu Bruno und reichte ihm ein Flugblatt.

Kampf dem Bourgoisie-Bürgerkomitee Klein-Schweden! las Kappel.

Bestimmt Eure Kampfmittel selbst!

Was ist der Hintergrund der »Wir-sitzen-alle-in-einem-Boot«-Ideologie des sogenannten B. K.

Klein-Schweden? Sind Klassen- und Parteigrenzen aufgehoben?
Die gemeinsame Absicht: Verhinderung des Truppenübungsplatzes soll die Zauberformel sein für das große Bündnis von Arbeitern und Kapitalisten, Ärzten und Pfarrern, Hausfrauen und Geschäftsleuten, CDU, SPD und DKP, Junge Union und SDAJ, Gewerkschaftsjugend und CVJM.
Aber in Wirklichkeit ist es so:
Geht es den Arbeitern um Erhaltung ihres Naherholungsgebietes, so fürchten die Müller-Balzenbeck und Konsorten Produktionsverlust durch nicht erholte und übermüdete Arbeiter sowie Expansionsgrenzen durch fehlendes Industrie- und Werkgelände in Klein-Schweden, geht es CDU/SPD um Wählerstimmen, handelt die Moskau-Filiale DKP im Auftrag ihrer Herren, die für ihre imperialistischen Ziele entwaffnete Zonen im Westen ihres Imperiums wünschen.
Den übrigen Herren und Damen geht es um nichts weiter als um Publizitäts- und Werbehascherei.
Dem Bürgerkomitee geht es nicht um die Interessen des Volkes! Nicht um die Befreiung von der Herrschaftskumpanei des Kapitals und Militärs, des US- und des Sowjet-Imperialismus! Deshalb distanzieren sich diese Betrüger von allen sogenannten gewaltsamen Aktionen.
Und das nach dem brutalen Überfall von Militär- und Polizeikräften mit Giftgas und Panzern auf die Arbeiter und Studenten in Klein-Schweden!
Nach dem faschistischen Terror!
Nach den Folterungen der Gefangenen!
Schluß mit der Heuchelei! Zerschlagt das perfide Bündnis!

Bestimmt Eure Kampfformen selbst! Protestkundgebungen, Diskussionen mit Polizeiministern, Resolutionen und Fahrten nach Bonn nutzen nichts. Damit werdet Ihr Klein-Schweden nicht zurückerobern.
Beginnt! Sammelt Eure Erfahrungen im Kampf gegen den bürgerlichen Staat mit Euren eigenen Kräften.
In den Volksmassen steckt ein gewaltiger Drang zum Sozialismus (Mao Tse-tung).
Sieg im Volkskrieg!

Bruno legte das Flugblatt auf den Tisch. Is denn was im Busch, was Konkretes? fragte Manfred.
Helmut sah Bruno Kappel an. Was meinst du dazu, fragte er.
Möglich, sagte Bruno. Woher soll ich das wissen. Ein Flugblatt von den Chaoten, was solls.
Die wollen und sollen Trouble machen, die und noch Schlimmere, sagte Helmut.
Wie immer, sagte Bruno.
Ja, aber jetzt besonders. Man hat nämlich was vor. Man rechnet mit einer Million Arbeitslosen noch in diesem Jahr. Also will man so schnell wie möglich die Dämme verstärken, zum Beispiel ein neues Demonstrationsrecht durchsetzen. Man muß also Trouble haben, den man den Leuten verkaufen kann als Bedrohung des Rechtsstaats. Dafür eignet sich unter anderem auch Operation Klein-Schweden. Möglicherweise hat man die Sache deswegen aufgezogen.
Und die wollen überhaupt keinen Truppenübungsplatz hier? fragte Gisela Spormann.
Vielleicht können sie beides bekommen, den Platz

für das Militär und Trouble deswegen, um die Leute scharf zu machen gegen das, was sie Gefährdung des Rechtsstaats nennen, also eine richtige Notstandsstimmung.

Das läuft doch gut im Augenblick und nicht in ihrem Sinn, sagte Manfred.

Das kann sich aber schnell ändern, sagte Helmut, oder? Er sah Bruno an.

Helmut trug Jackett, Hemd und Krawatte, eine schmale Krawatte, und die Haare eng am Kopf und straff nach hinten gekämmt. Er war schmal, klein, faltenlos im Gesicht.

Bruno schätzte ihn auf fünfzig. Er sah aber viel jünger aus, jugendlich auf die Art von Leuten, die durch alle Jahre hindurch Naivität und Glauben an die Sache, Unvorsichtigkeit und Kampfkraft nicht verloren haben. Viele Kommunisten, die Kappel kannte, sahen so aus, und manchmal gab es auch Priester, die so und also völlig anders aussahen als Bruder Norbert.

Die hier an der Regierung sind, wollen im nächsten Jahr wiedergewählt werden, sagte Bruno, ich weiß nicht, ob die jetzt Gefährdung des Rechtsstaats gebrauchen können. Fragt doch mal den Landtagsabgeordneten Niehus. Ich bin kein Durchblicker. Ich bin bloß Rechtsanwalt.

In jedem Fall müßten sie auf dieser Linie weiterkommen, erklärte Ernst Spormann: Entspannung und deshalb keine neuen Militärbasen. Weniger Geld für Rüstung und deshalb mehr Geld für Sicherheit der Arbeitsplätze. Unter solchen Losungen, sagte er, marschieren auch die Leute im Betrieb.

Und sobald es chaotisch wird, und ihr könnt das nicht verhindern – raus, sagte Helmut.

Sie redeten dann noch über die Protestfahrt nach Bonn zum Verteidigungsminister, die am nächsten Tag starten sollte mit sechshundertfünfzig Leuten in dreizehn Bussen, und während die anderen Einzelfragen der Organisation besprachen, fragte Helmut: Macht dir die Arbeit Spaß in Hamburg?
Sicher, sagte Bruno.
Du könntest aber auch in dieser Stadt als Rechtsanwalt arbeiten, ich meine ständig.
Ich müßte hier zugelassen werden.
Ist das machbar?
Ja. Und das soll gemacht werden, meinst du doch.
Helmut lachte. Wir können hier einen guten Rechtsanwalt brauchen, sagte er.
Ich bin sehr gern selbständig, sagte Bruno.
So, und du meinst, du bist selbständig als Rechtsanwalt in Hamburg?
Ich meine das anders, privat.
Ach, gibt es das auch?
Ja. Ich kann mir nichts sagen lassen, verstehst du. Wenn mir einer was sagt, das ich tun soll, dann geht hier im Gehirn bei mir, hier hinten, etwas durcheinander. Dann werde ich sehr unruhig.
Wie der Chef, sagte Maria, die das letzte gehört hatte, deshalb verstehen sich die beiden auch so gut.
Helmut lachte. Ein Selbständiger redet, sagte er.
Nein, ein Geschädigter, sagte Bruno, ich sag ja, das ist privat, das hat mit meiner Biographie zu tun.
So einfach kann man das natürlich auch erklären. Es bleibt aber trotzdem falsch.
Helmut stand auf. Ich muß los, sagte er, gab jedem die Hand.
Überleg dir das, sagte er zu Bruno, ich kenne jeman-

den, der sich auch privat darüber freuen würde, wenn du nach hier ziehst.
Ihr versucht es mit allen Mitteln, was?
Sicher, deshalb sind wir ja auch so erfolgreich.
Helmut lachte wieder. Viel Glück, sagte er, bei dem, was du vorhast.

Auf dem Tisch in der Küche bei Ronsdorfs lag ein Zettel: Für Jupp. Anruf von Schibeck. Morgen abend um zehn in Düsseldorf. Bei Henri. Kneipe, Altstadt.

8

Es war eine von den Kneipen, wo sich Medienmenschen treffen, Assistenten, ältere Studenten undsoweiter, die noch nicht oben sind, und denen abends die Decke auf den Kopf fällt, die dann einfach mal mit irgend jemand quatschen müssen und sich dabei einen Leichten antrinken mit Bier. Gebeichtet wurde hier und kommuniziert.
Der unübersichtliche Raum mit langem Holztresen, Tischen, alten Sofas, Sesseln und Stühlen war voll. Überall standen und saßen Männer und Mädchen, redeten, hielten Biergläser am Henkel in der Hand oder hatten sie vor sich stehen auf den Tischen. Man konnte auch als Fremder in solche Kneipen kommen, sich ein Bier geben lassen oder auch nicht, herumgehen, nach Leuten suchen, wieder hinausgehen und später noch einmal kommen ohne aufzufallen, vor-

ausgesetzt, man war gekleidet in dieses klüngelige aber nicht billige Boutiquenzeugs.
Trotzdem wollte Kappel nichts riskieren, drängte sich deshalb nicht weiter durch den Raum, setzte sich gleich vorn in die Nähe der Tür neben ein Mädchen ins Sofa.
Das Sofa stand an der Wand vor einem runden Tisch, und um den Tisch herum saßen Leute, und die Plätze links neben dem Mädchen an Kappels Seite waren auch besetzt. Ein Blonder, Schwarzschnäuziger am Tisch, der auf das Mädchen eingeredet hatte, sah Kappel zu, wie er sich niederließ, schwieg, trank, und sprach dann, sich wieder vorbeugend, weiter, machte jetzt auch Kappel zum Teilnehmer, indem er beim Sprechen mal ihn, mal das Mädchen ansah. Bruno lehnte sich ins Sofa zurück, der Blonde, Schwarzschnäuzige beugte sich noch weiter vor, redete, redete, ziemlich laut, weil um ihn herum lauter geredet wurde, und Kappel begann zu reagieren, nickte leicht, lächelte, machte ein fragendes Gesicht undsoweiter.
Es ging um das Verhältnis des Blonden, Schwarzschnäuzigen zu einer Frau, mit der er seit kurzem zusammenlebte.
Zum Beispiel, rief er fast, weil am Tisch jetzt gelacht und jemand laut begrüßt wurde, zum Beispiel, daß sie ihre Schreibmaschine einfach ins Bett stellt, vorne ans Fußende, du, verstehst du, das stimuliert sie, sagt sie, wenn sie morgens aufwacht, kann sie dann gleich, das hältst du doch im Kopf nicht aus, wenn du da liegst und du willst was und du stößt immer an das Ding, schmeiß ich dieses natürlich raus, bitte, wenn sie nicht anders motiviert ist hin-

sichtlich ihrer Schreibe, das ist Psycho, sag ich, und das ist nicht mehr relevant für mich, ex und hopp, und zwar seit langem und für immer, du, ich seh das einfach nicht ein, daß ich praktisch das Opfer bin, oder sagen wir mal so, daß ich das Reibungsobjekt bin in ihrem nachzuholenden Sozialisationsprozeß, da hat sie dieses Kind von dem Programmacher, kennt ihr nicht, natürlich darf das, soll es ja auch, aber doch nicht jedes Wochenende, was?

Natürlich, du, sagte das Mädchen, und Kappel sagte: Du, ich weiß nicht.

Du, diese Zweierbeziehungen, ich steh ja drauf, so oder so, natürlich auch auf sie, und irgendwie ist das ganze ja auch durchaus witzig, aber sieh mal, sie hat ja auch manchmal so 'ne kleine Ansage, Drittes Programm, aber diese Unterwerfungsgesten, daß sie mal wieder darf bei dem, meine Damen und Herren, zum Sendeschluß undsoweiter, total verinnerlicht, verstehst du, und das muß doch nicht sein ...

Der Kellner, ein hübscher Junge mit Lederschurz, drängte sich heran, sammelte die leeren Biergläser ein, gab volle dafür und stellte auch Kappel eins hin für zwofuffzig.

Bruno konnte die Tür sehen. Sie stand offen. Leute kamen und gingen. Neben der Tür hing ein Poster mit den Dubliners und darunter stand ein Sessel, in dem ein rothaariges Mädchen saß. Zwei Männer hockten vor dem Sessel mit dem Rücken zu dem Mädchen, sprachen miteinander, und das Mädchen sprach zu einem Mann hoch, der neben dem Sessel stand, und der Mann hörte einem Mann zu, der zum Tresen hin etwas erzählte. Einmal kamen drei Männer herein, in Anzügen und mit Hüten, bißchen

angetrunken. Hallooo, rief einer von ihnen, lachte laut und fröhlich.
Das Mädchen im Sessel, die Männer zu seinen Füßen und einige am Tresen hörten auf zu reden, sahen die fröhlichen Burschen an, sagten nichts, sahen sie nur an, und der so laut und fröhlich gelacht hatte, drehte sich als erster um, ging und zog die anderen am Ärmel mit sich. Das Mädchen und die Männer vor dem Sessel und die Leute am Tresen redeten da weiter, wo sie aufgehört hatten.
Der Blonde, Schwarzschnäuzige machte eine Pause und trank, und das Mädchen neben Kappel sagte, du, also das ist ja ein beinah diktatorisch aufgebautes Über-Ich, ich weiß nicht, du, sah Kappel dabei an, und Bruno sagte: Natürlich, du.
Komm, komm, fing der Blonde, Schwarzschnäuzige wieder an, ihr meint das ja gut mit mir, aber das ist schon beschissen, natürlich, ich will hier überhaupt nicht anfangen von wegen eben doch kollektiv verpflichtende Sollwerte so oder so, vorgeschaltetes Normensystem und der ganze Scheiß . . .
Es war halb zehn.
Der Raum war nicht sehr breit, aber tief. Er wurde beleuchtet durch gedämpftes Licht aus Steh-, Wand- und Hängelampen und einen langen, hellen Neonblock über der Theke. Kappel hatte die Stehlampe neben sich näher herangezogen, damit man sein Gesicht sehen konnte. Überall waberte Qualm von Schwarztabakzigaretten und -pfeifen. Jeder und alles, Haare, Arme, Gesichter, Gläser, schien sich zu bewegen. Er konnte von seinem Platz aus den hinteren Teil der Kneipe wegen der vielen herumstehenden und herumgehenden Leute nicht einblicken, spähte,

unauffällig sich etwas hochreckend, worauf der Blonde, Schwarzschnäuzige noch lauter auf ihn einsprach, und dann sah er Schibeck.

Er stand schräg gegenüber, so vier Meter entfernt zwischen Tresen und Nachbartisch und zwischen einigen Leuten. Er hatte Bruno wahrscheinlich schon eine Zeitlang beobachtet, weil er ihm gleich zunickte und ein paarmal leicht und kurz mit dem Kopf in den hinteren Teil der Kneipe wies.

Du, ich muß mal eben rüber, sagte Kappel über den Tisch, hob sich aus dem Sofa, nahm sein Bierglas und drängte sich in Richtung Schibeck, der jetzt wieder von anderen verdeckt wurde. Mit einigen: »Du, darf ich mal, du, laß mich mal und Danke, du«, arbeitete er sich in den hinteren Teil der Kneipe und fand Schibeck mit dem Rücken zum Tresen hin stehend, in einer Gruppe von Leuten.

Kappel verlangte über den Tresen ein Bier, tauschte das volle Glas gegen sein leeres, zahlte. Zwei bärtige Männer in rotkarierten Hemden machten die Wirte. Der eine zapfte, der andere spülte die Gläser durch.

Bruno drehte sich herum, stellte sich in die Gruppe von Schibeck, hörte eine Weile dem Mädchen zu, das einen »unheimlich intensiven Kontakt hatte zu einem anderen Mädchen, ohne das aber irgendwie sexuell auszunutzen, obwohl schon eine Menge Zärtlichkeit und so dabei war, wenn sie bloß zum Beispiel über Klamotten sprachen, weil die sich nämlich ganz unwahrscheinlich anzog, jedesmal, und zwar mehr als Schau«.

Da bist du ja, sagte Schibeck zu Kappel, nebenbei, und hörte weiter dem Mädchen zu oder tat doch jedenfalls so.

Kappel trank an seinem Bier, wurde von jemand angeredet, der nach Knoblauch roch und über einen Film von Chabrol was loswerden wollte.
Ich habe nicht viel Zeit, sagte Kappel zu Schibeck, komm, laß uns ziehen. Das mußte er wiederholen, ehe Schibeck verstand, weil der Mann, der über den Film von Chabrol mit ihm sprechen wollte, unentwegt laut dazwischenredete.
Wohin, fragte Schibeck.
Der Mann ließ von Kappel ab, ging zu einem der Tische.
Na! sagte Kappel.
Schibeck trank an seinem Bier und lachte, hörte weiter dem Mädchen zu, erzählte dann irgendwohin etwas von einem, der Ted hieß oder Fred.
Also los, sagte Bruno schließlich, als Schibeck dem ledergeschürzten Kellner sein leeres Bierglas auf das Tablett stellte.
Wohin denn, fragte er, nahm ein volles Glas, legte Geld aufs Tablett. Sie ist hier.
Du, das gibt es nicht, hörte Kappel das Mädchen plappern, das gibt es einfach nicht . . .
Das Mädchen trug eine bestickte Bluse mit Puffärmeln und war schön und schlank wie alle Mädchen hier.
Daß da was falsch gelaufen war, dachte Kappel sofort, daß Schibeck belauert wurde von irgendwem oder mehreren hier, daß er ihm – Kappel – bedeuten wollte, der Treff fiele aus. Aber Schibeck lachte – herzlich mußte man dieses Lachen nennen.
Ehrlich, sagte er, sie ist hier.
Karin ist hier?
Ja, sicher, guck dich mal um.

Bruno Kappel trank an seinem Bier. Er hörte fast ein Ticken in seinem Gehirn. Er blickte rüber zum Tisch, an dem der Knoblauchesser stand, der über den Chabrol-Film sprechen wollte. Da saß ein Mädchen. Von seinem Platz aus konnte er aber das Gesicht nicht erkennen.

Kalt, sagte Schibeck, da ist kalt. Hier neben mir am Tisch.

Bruno trank das Glas leer, schob sich am Tresen vorbei, hinter zwei Leuten her, an die Seite von Schibeck ans Treseneck.

Sieh mal, sagte das Mädchen in der Bulgarenbluse vor Schibeck, da muß es ja so etwas geben wie Spannung, sagen wir mal, oder Elektrizität, Erregung von Körper zu Kopf, und zwar zwischen den Typen, weißt du, so ein total positives Annäherungsverhalten, eben nicht nur hier Triebkonstellation und da Sensibilitätshaushalt, Intellekt oder was weiß ich, und keine Verbindung dazwischen, siehst du, und dann nur aufs Knöpfchen drücken, und dann kommt es, und hinterher wieder quatschen ...

Drei Meter entfernt vom Treseneck stand in einer Art Nische ein runder Tisch, um den im Halbkreis auf Stühlen Leute saßen. Am vorderen Teil zum Tresen hin fehlten Stühle. Über dem Tisch hing eine Stoffschirmlampe. In ihrem Lichtkreis sah man deutlich nur Gläser, Hände und Arme. Oberkörper und Köpfe der Sitzenden waren aber nicht völlig im Dunkeln, weil vom Neonblock über der Theke noch etwas Licht in die Nische kam. In diesem dämmerigen Halbrund saßen zwei Mädchen, und sie saßen nebeneinander, mit dem Rücken zur Wand.

Bruno wollte näher zum Tisch hin, ging einen Schritt

vor, aber Schibeck zog ihn zurück. Auch ein Mann am Tisch stand auf, setzte sich aber wieder, als Kappel am Treseneck blieb.
Nicht ögeln, sagte Schibeck, du kannst von hier aus sprechen.
Hallo Bruno, sagte eins der Mädchen, wie gehts Schako.
Das Mädchen hatte kurze Haare und möglicherweise ein schmales Gesicht. Um das linke Handgelenk trug es ein schmales Lederband, um die Schultern hing eine Jacke oder ein Mantel, jedenfalls etwas in Leder. Soviel konnte Kappel erkennen. Wenn der rechte Oberarm von dem Mädchen verletzt war, bemerkte man es nicht.
Wie der konditioniert ist, sagte das Mädchen mit der Bulgarenbluse vor Schibeck, zu Hause der Vater, ogottogottogott, das mußt du mal erleben, ein absolut analer Typ, aber echt ...
Schako hieß der Kater, den Karin und Bruno in ihrer Wohnung in der Hochallee gehabt hatten. Es hörte sich an wie Karins Stimme, tief und ein bißchen heiser. Bei diesem Durcheinander von Stimmen war er sich aber nicht sicher.
Er hatte auf der Fahrt zum Treff alle möglichen Varianten im Kopf durchgespielt, Ziel, Erwartung, Regel, Feld und Einsatz kombiniert. Auf diese Situation war er aber natürlich nicht gekommen.
Das andere Mädchen knickte eine Streichholzschachtel zwischen den Fingern, pfriemelte an der Pappe, riß die Reibflächen ein, sagte etwas zu dem Mädchen, das Karin sein konnte.
Schako ist tot, sagte Bruno. Ihm fiel nichts ein.
Schibeck lachte.

Erzähl mal was, sagte das Mädchen, das Karin sein konnte. Sie mußte laut sprechen, weil am Tisch geredet wurde.

... stellte damit natürlich sofort einen unheimlichen Bezug her zur Außenwelt, ließ seine Identität nicht ankratzen, der Typ, hörte man eine Männerstimme.

Bier, rief jemand, noch Bier nach hier; und hinter Bruno sagte einer: Das war gut, einfach gut, und das war Jazz, endlich mal wieder Jazz, verstehst du, richtiger Jazz, Jazz und keine Pisse.

Du hast mich sprechen wollen in Hannover, sagte Bruno Kappel ziemlich laut zum Tisch hin, also!

Das Mädchen neben Karin hatte die Streichholzschachtel kaputtgemacht, brach jetzt von einzelnen Hölzern die Zündköpfe ab, mit kurzen, dünnen Fingern.

Das hat sich erledigt, sagte das Mädchen; noch was?

Es gibt jemanden bei euch, sagte Bruno und versuchte, einen zynischen oder wenigstens schadenfrohen Ton reinzubringen, der ist von der Sicherungsgruppe, ein V-Mann, verstehst du?

Er horchte dem Satz nach und fand ihn mehr als albern in dieser Situation.

Tabaksqualm zog unter der Hängelampe her und über das Gesicht des Mädchens. Ein Mann an dem Tisch kratzte eine Pfeife aus, langsam, ungeübt. Seine Handrücken waren behaart, schwarz.

Sowas, sagte Karin oder nicht Karin, wie du das konstatierst, so lässig. Du hast getickt, was läuft, meinst du, was?

Schibeck hörte überhaupt nicht zu. Er sprach mit dem Jazzfan.

Du kannst ins Ausland. Vorschlag von Martin. Das ist ernst gemeint, soweit ich das beurteilen kann.

Alle Streichhölzer waren geköpft. Jetzt wurden sie in der Mitte zerbrochen.
Soweit du das beurteilen kannst, sagte sie und lachte. Grüß ihn mal, den Baller, das Schwein. Sag auch der Doris Strathmann, der Fotze, wir brauchen sie nicht mehr. Klar?
Die Pfeife wurde immer noch ausgekratzt. So hatte Karin früher nicht gesprochen.
Der Kellner mit Lederschurz kam an den Tisch. Es war aber nicht der Kellner, der vorher hier herumgegangen war. Er tauschte Biergläser, kassierte, machte ein paar Sprüche, zog dann an einen anderen Tisch.
Als Bruno das Mädchen im Halbdunkel hinterm Tisch wieder sehen konnte, sagte er: Nein, nicht noch was.
Der Pfeifenauskratzer lachte laut. Bruno sah deutlich nur dessen Hände. Der Mann saß so, daß ihn kaum Licht traf. Er war groß, das konnte man erkennen, und er hatte eine helle Stimme.
Wir stören euch in eurem Selbstverständnis, sagte er, weil wir nicht mehr Sprüche machen wie ihr, weil wir nicht von Handeln quatschen. Wir handeln. Ist nicht mehr so gemütlich für euch jetzt, was? Deshalb wollt ihr, daß wir so schnell wie möglich weg sind. Im Knast oder besser noch liquidiert. Aber bei diesem Wunsch habt ihr gleichzeitig wieder ein schlechtes Gewissen. Da müßtet ihr ja richtig mit uns leiden, was? Also, mal vernünftig mit uns reden, ordentlichen Vorschlag machen, Ausland ne Weile, Buße tun, Reue und Leid, und dann dürfen wir wieder mit euch. So denkt ihr euch das doch, oder? Was solls, was ihr auch tut oder quatscht, ihr nützt uns oder

nützt uns nicht. Bloß quatschen mit euch nützt nichts.
Da war wieder dieser Ton in der Stimme, und Bruno glaubte auch, dieses Lächeln zu sehen. Er hatte schon einen Schritt vorgesetzt, merkte das Taumeln in seinem Kopf. Aber da legte Schibeck ihm die Hand auf die Schulter.
Laß lieber, sagte er, und Bruno tat den Schritt zurück, drehte sich um, drängte sich zum Ausgang und hätte fast die Dubliners auf dem Poster neben der Tür bespuckt.

Er fuhr schnell und kurvenschneidend die B 228. Es war sternklar und trocken, aber ein paarmal rutschte er fast über die Böschung.
Allmählich beruhigte er sich, fuhr langsamer, dachte klarer, überlegte, warum man dieses Stück mit ihm inszeniert hatte in diesem Lokal, wo jeder alles quatschen konnte und auch tat, und keiner irgendwas oder irgend jemand wirklich ernst nahm.
Und er kam auch drauf.
Man hatte ihm klarmachen wollen und hatte ihm klargemacht, daß es gleich-gültig war, ob Karin Kunze oder irgendein anderer meinte, einer unter ihnen sei ein Spitzel oder nicht, daß es also gleich-gültig war, ob es einen Spitzel unter ihnen gab oder nicht, daß es gleich-gültig war, ob Karin Kunze aussteigen würde oder nicht, daß es also gleich-gültig war, ob Karin Karin war oder nicht, daß es gleich-gültig war, ob Kappel oder Baller oder wer auch immer mit der Sicherungsgruppe zusammenarbeitete oder nicht, daß es also gleich-gültig war, ob die Gruppe von außen gesteuert wurde oder nicht.

Er sollte ticken, merken, verstehen, begreifen und wissen, daß das Programm durchgeführt werden würde, und daß nichts und niemand, am allerwenigsten so ein Amateur wie Bruno Kappel, daran etwas ändern konnte.
Und Bruno Kappel kriegte sogar so etwas wie Hochachtung: ein perfekt konstruiertes, dynamisches Teilsystem war das, bei dem input, Verarbeitung und output so gekoppelt waren, daß das Programm unter jeder nur denkbaren Variante befolgt werden mußte – und dieses Programm schaltete nach einer Frist störungskompensierender Rückkoppelung todsicher auf Selbstzerstörung zugunsten des Gesamtsystems, aus dem dann wieder ein neues Subsystem mit dem gleichen Programm entwickelt werden würde. Wer immer das konstruiert hatte – oder hatte es sich selbst konstruicrt? – davor mußte man Achtung haben und Angst, vor dieser hohen Schule der Perversion.
Und Kappel begriff: So etwas wurde nicht konstruiert für irgendwas Bestimmtes. Das war zur Erhaltung des Gesamtsystems notwendig. Das würde in jedem Fall funktionieren, nicht bloß, um die Verzögerung in der Fertigstellung einer winzigen Militärbasis am Rande des Ruhrgebiets zu korrigieren. Da gab es weit wichtigere Fälle, die noch in diesem Jahr anfielen: gewerkschaftliche Mitbestimmung zum Beispiel, Radikale im öffentlichen Dienst, ein neues Demonstrationsrecht undsoweiter undsoweiter – ja, der zu jung aussehende Helmut, oder wohl besser die dahinterstehende Partei, hatten mal wieder recht.
Und das Gesamtsystem war noch nicht einmal in seiner kritischen Phase. Und Karin, die Arme, aus-

gezogen, den Hauptschalter zu zertrümmern, war – flippflopp – zu einem Element in dieser kybernetischen Maschine geworden. Und das war leider kein Märchen aus der Science-fiction-Serie.

Als Bruno die rheinische Nebenlinie kreuzte, hielt er sich rechts, durch die Unterführung fuhr er und bog wieder rechts in einen Feldweg ein, stoppte neben dem Bahndamm, kletterte hoch, ging quer über die Schienen und kam auf den Dreiecksdamm zwischen Haupt- und Nebenstrecke, ein Gelände von Ginsterbüschen und mit verrosteten Schienen und Schwellen, abgebrochenen Handstellböcken, Weichentrögen, zerfressen und überwuchert von Disteln, Kletten und Queckengras. Auch früher wurde hier selten rangiert, und Bruno war früher manchmal hierher geflohen, wenn er es satt hatte: seine Leute, die Stadt und natürlich auch sich. Hier war wenig verändert.
Er hockte sich auf einen Handstellbock. Aus dieser Perspektive sah der steile Ablaufhügel vor ihm aus wie ein schwarzer Keil gegen den Himmel. Oben hing ein abgeknickter Prellbock und darüber stand der Große Bär.

Er rauchte und dachte an Karin. Sie würde erschossen werden oder im Knast versiechen. Und nichts würde bleiben. Vielleicht würde bleiben ein Hohes Lied, die Legende von der Guerilla, hart im Haß und gütig mit den Genossen, dienend dem Volk und seiner Sache, und jede von uns ist auch wir und trotzdem etwas Besonderes, den Tod nicht liebend, aber ihn auch nicht fürchtend, all or nothing, nie halbe Sachen, die Revolution und nichts als die Revolution im Herzen, im Kopf den Kampf um Befreiung, o junge Waffenträgerin; oder auch nur die Ballade von Karin, der einsamen Wölfin, wie sie den Weg fand aus Luderei zur Einsicht, daß antiimperialistischer Kampf nur als bewaffneter Kampf überhaupt ne politische Perspektive hat, und daß der Sieg im Volkskrieg von Anfang an ne lebenslängliche Kiste ist, und wie sie anfing, die Waffen erbeutete, selbständiger fighter wurde, wie die Bullen sie jagten, und wie sie kämpfte, angeschossen noch weiterkämpfte, hasta la victoria siempre, àia; oder vielleicht nicht mal das, vielleicht nur die Moritat von Karin Kunze, dem Mädchen, das, wie so viele aus ihrer Klasse, nicht wußte – woher auch –, wohin mit dem Packen an guten Geistern und guten Gefühlen, den großen Gedanken im Töpfchen und großen Taten im Kröpfchen, den wichtigen Sprüchen und Mitleid und Wut, und der Refrain:

So war es denn, so soll es sein,
wer weiß, wie's ihr noch geht,
vielleicht sieht sie es noch mal ein,
aber nein, aber nein – zu spät.

Und Bruno Kappel erinnerte sich an Tage und Nächte und Tage, und wie sie zum letztenmal fortgefahren waren, zu dritt, in Ballers VW, zu Roland, dem Maler, mit dem sie hinter der Barrikade in der Rue Monge Molotowcocktails gebastelt und die Flaschen wie Steine geschleudert hatten, und sie hatten zusammen getrunken, gelacht.

Roland lebte seit dem zerschlagenen Mai in einem Dorf in der Nähe von Avignon. Das Dorf lag in den Bergen, und sein Haus, geschichtet aus diesen harten,

weißen Kalksteinquadern, konnte man nur zu Fuß erreichen. Das war ein provenzialischer Herbst gewesen, 69, hell und sonnig, mit Weinlaub und Rauch von verbrannten Reben, kalt, weil der Mistral wehte, und der roch nach wildem Thymian.
Roland tat nichts, seine Frau machte Töpfe, verkaufte sie in Vaison la Romaine an Touristen. Die Frau sprach kaum, das Kind blieb stumm, und Roland saß vor der Tür, rauchte Shit und trank Wein. Im Haus konnte man es nicht aushalten. Das Klo war verstopft, es stank überall, und der Kalkputz blätterte, in den Zimmern lag alles durcheinander, aber auf der Terrasse war es schön, windgeschützt, und sie saßen ohne Hemden in der Sonne, sahen vor sich den Mont de Lure und die Dentelles, gezackte Felsen, unter sich die Straße am Berg nach Orange, kniehohe Schutzmauern aus Bruchsteinen, Olivenhaine und Wein, und weit im Westen, im Tal, blitzte es manchmal auf. Das war die Rhône.
Roland war wirklich ausgestiegen. Er saß in der Sonne, lächelte, wenn die anderen sprachen. Leben, sagte er ein paarmal, nur leben, nichts weiter.
Sie hatten auf ihn eingeredet, vor allem Karin: das gilt nicht, aussteigen, das bist du nicht, undsoweiter. Und was ist Leben, so doch nicht, und aufrechter Gang und menschliches Antlitz, Che Guevara hatte Karin zitiert und Dimitroff, Hammer sein, verstehst du, nicht Amboß, und sie hatte für sich gesprochen, nicht für Roland, der nur dasaß, rauchte, trank und lächelte.
Nach zwei Tagen waren sie geflohen, Roland hatte nicht mal gewinkt, und auf der Rückfahrt nach Hamburg – ohne Rast einen Tag, eine Nacht, hatten sie

kaum noch miteinander geredet, und dann hatten sie sich getrennt.

Ein Nachtvogel strich über den Ablaufhügel. Wind kam auf. Vielleicht soll ich nach Hamburg zurückfahren, dachte Bruno, jetzt gleich, »Auftrag ausgeführt« dem Baller melden, »ohne Ergebnis« und weitermachen. Aber er wußte nicht, ob er überhaupt noch Lust hatte zu dieser Art Arbeit mit Renner und Susanne. Er fand es mit einem Mal kindisch, daß er hierher gekommen war, zu diesem Erinnerungsplatz auf dem Bahndamm, stand auf und ging schnell zum Wagen zurück.
Erwin Zibulla schloß gerade ab, ließ Kappel aber noch herein.
Sie machten die Wasserprobe. In der Spüle schwamm ein Bierglas mit Wasser gefüllt. Aus einem zweiten Glas mußte man Wasser ins schwimmende Glas tröpfeln lassen, reihum, jeder hatte eine halbe Minute Zeit, und wer das schwimmende Glas sinken ließ, mußte die Runde, also jedem Spieler ein Bier und einen doppelten Schnaps, bezahlen.
Sie waren zu viert. Der Gastraum war dunkel. Nur über der Theke brannte Licht. Zibulla stellte ihm eine Lage hin, und Köttmann aus der Armaturenabteilung gab ihm das achtelvolle Schüttglas. Bruno beugte sich über die Spüle – Aufstützen galt nicht. Das Füllglas schwamm zwischen Bürste und Überlaufrohr, trudelte leicht, blieb aber oben. Ein Tröpfchen dazu, und es würde sinken. Kappel hielt das Schüttglas in der rechten Hand, kippte es leicht, brachte es ein paar Zentimeter über den kreisrunden Wasserspiegel im schwimmenden Glas, zielte genau

auf den Mittelpunkt, kippte mehr und ließ etwas Wasser an den Rand fließen, schnippte, ein Tropfen schob sich über den Rand, blieb hängen, er tippte den steifen Zeigefinger noch einmal ans Glas, der winzige Tropfen löste sich, kam ins Füllglas, exakt in die Mitte, das war's, fast nichts bewegte sich, und das Glas blieb im Wasser hängen, sank nicht.

Zibulla als nächster hielt das Schüttglas zwischen Daumen und Zeigefinger fast waagerecht über dem schwimmenden Glas, drehte es schnell, zwirbelte es, daß sich winzige Sprühtröpfchen vom Rand lösten und das Füllglas netzten. Es trudelte, schien abzusacken, und der vierte Mann, Alex, ein Maurer, lauerte, beugte sich tief über die Spüle, aber Zibulla stieß ihn zurück.

Von wegen blasen durch die Nase, sagte er.

Das Glas ging nicht unter, Alex wartete zu lange, vergab zu viel Zeit, konnte sich nicht mehr genügend sammeln, der Tropfen wurde zu groß, und das Glas sank.

Nach der nächsten Runde, die Zibulla verlor, sagte Köttmann: Schönes Spiel.

Sie beugten sich wieder über die Spüle, füllten langsam das schwimmende Glas. Diesmal verlor Bruno.

Sie tranken ihre Gläser leer, Zibulla füllte nach, und sie spielten weiter.

Nach jeder Runde wurde das Spiel schwieriger.

Meine Hand bleibt ruhig, sagte Alex, so viel Schabau gibt es gar nicht. Aber sie sahen öfter auf ihre Hände und legten größere Pausen ein.

Einmal rief Zibullas Frau von hinten durch die Tür: Kommst du bald, guck mal auf die Uhr.

Nein, sagte Zibulla.

Die Weiber, sagte Köttmann, gibt et bei mir nicht mehr, so watt.
Sie sprachen von Frauen, und wie sie einen Mann von wichtigen Dingen abhalten können. Das Füllglas sank bei jedem Spiel schneller. Einzelne Tropfen konnte keiner mehr aus dem Schüttglas bringen. Dann sprachen sie vom Wert des Geldes früher und heute, und Alex erzählte die Geschichte von jemand aus seiner Kolonne, der fünfzigtausend Mark im Lotto gewonnen hatte. Früher hat man sich damit ein Mietshaus gekauft, sagte er, Kassierbuch in die Tasche gesteckt und rumgegangen, Miete kassieren. Geht auch nicht mehr heute. Wertpapiere kaufen, natürlich streuen, wenn mal was passiert, jedenfalls ist dann nicht gleich alles inne Wicken, so sagte Albert und hat das auch getan, und jetzt sitzt er morgens aufm Bau-Klo und liest Börsennachrichten. Albert ist inner Aufsichtsratssitzung, sagen die Kollegen. Die Hälfte vom Geld hat er schon wieder verloren.
Sie tranken und spielten.
Nu sag du auch mal was, sagte Zibulla, hasse Ärger? Guckst die ganze Zeit Löcher inne Luft.
Bruno hatte wenig geredet, meist stumm getrunken und gespielt, zwischendurch immer wieder ein Bronzerelief auf Holz angeguckt. Es hing neben dem Gläserregal und zeigte einen Schmied. Bruno trank, zeigte auf das Bild. Hammer sein, nicht Amboß, sagte er. Dimitroff hat das gesagt vor dem Reichsgericht in seiner Schlußrede; stammt aber von Goethe der Spruch, glaube ich.
Ach herrjeh, sagte Köttmann, komm, gib uns noch einen, Erwin.

Hammer sein, sagte Alex, hättesse gerne, woll? Und wer ist Amboß? Nee Junge, erst mal überhaupt keinen Amboß mehr und dann darfsse auch mitm Hämmerken spielen, Herr Goethe, meinswegen.
So isses recht, sagte Köttmann. Sie sahen alle auf das Bronzerelief.
Hat mal einer gekriegt, sagte Zibulla, wer, weiß ich nicht mehr, für fünfundzwanzig Jahre im selben Betrieb.
Ob der Hammer war? fragte Köttmann.
Das issn Hammer, sagte Alex, für fünfundzwanzig Jahre son Bild.
Zibulla sagte: Von wegen Hammer und Amboß. Geh mal inne Brauerei, wie die abgefüllten Flaschen verschlossen werden, kommen an, Tausende und Tausende aufm laufenden Band, ein Hakenarm schiebt zehn auf einmal untern Druckpresser, son Zehnfingerkranz, tack-schrack, sind die Blechverschlüsse drauf und weg mit den zehn, kommen die nächsten, tack-schrack, weg und die nächsten, tack-schrack, und das immer, Tag und Nacht, tack-schrack, tack-schrack, tack-schrack. So, und was möchteste da lieber sein, Druckpresser, Blechverschluß oder Flasche? So mußt du fragen, heute.
Also, was willse lieber, dasse bis, fragte Köttmann.
Der, dem die Brauerei gehört, sagte Bruno.
Genau, sagten die anderen.
Kommt, nochn Spiel, sagte Alex.
Köttmann balancierte das Schüttglas zwischen zwei Fingern in gespreizter Hand, einen halben Meter über dem trudelnden Füllglas, kniff ein Auge zu, schwankte am Tresen, kommandierte sich: Jetzt, und gab einen vollen Guß.

Alle neune, sagte Zibulla, goß die Gläser wieder voll, stöpselte den Musikautomaten an, drückte eine Platte. »Der Teufel hat den Schnaps gemacht, um uns zu verderben, ich hör' schon, wie der Teufel lacht, wenn wir am Schnaps einmal stähäärben«, sangen alle den Refrain mit.

Kappel ging hinter den Tresen ans Telefon, wählte die Nummer der Abschlepperei. Es tutete einige Male, ehe abgenommen wurde. Pepe meldete sich.
Ich bin es, der Jupp, sagte Kappel, ich möchte mal Maria sprechen, verstehst du, Maria.
Pepe schimpfte und fluchte auf spanisch herum, stellte dann aber durch. Marias Stimme klang leise, verschlafen, abweisend: Ja, was ist?
Hör mal, sagte Bruno, hörst du?
Ja, natürlich, was ist denn?
Hör mal, ich möchte zu dir eine rein erotisch motivierte Zweierbindung knüpfen, ne Beziehung aufbauen, langfristig und ausschließlich, mit eingeplantem Kinderprojekt. Wie schätzt du das ein?
Wo bist du?
Ist doch egal.
Maria lachte. Du bist betrunken, sagte sie.
Ja, aber trotzdem echt.
Also okay, ist gebongt, sagte sie und lachte wieder.
Ich komm noch.
Komm, sagte sie, aber mach das Schiebedach auf, wie beim letztenmal. Ich liebe dich.
Sie hängte ein, und Bruno hielt den Hörer noch eine Weile am Ohr, drehte sich dabei um und sah in das Grinsen der Tresenkumpane. Da legte er auf.
Laß mich raus, sagte er zu Erwin Zibulla.

Dann hämmer man schön den kleinen Amboß, rief Alex, der Maurer, hinter ihm her, und das schäbige Meckern der drei in der halbdunklen Kneipe hörte er noch, als er den Motor anließ.

9

Man erwartete den Innenminister im Städtischen Saalbau. Die öffentliche Podiumsdiskussion über das Thema »Klein-Schweden, Erholungsgebiet oder Truppenübungsplatz« sollte um sechs Uhr beginnen.
Die Stadt war voll Polizei. Sternförmig aneinandergestellte Peterwagen sperrten die Straßen zur Innenstadt. Um den Saalbau herum hatte man einen Dreiringkordon gelegt. Am äußeren Ring parkten Panzerwagen mit Rundumsichtfenstern und die Wasserwerfer in Nebenstraßen. Den mittleren Ring bildeten Häftlingstransporter und Mannschaftslaster mit doppelten Ausstiegstüren auf Bürgersteigen. Im inneren Ring patroullierten Schäferhundstaffeln und eine Reitereinheit, und den Saalbau selbst sicherte eine Doppelkette aus fünf Hundertschaften, Männer mit Helmen, Visiere noch hochgeschlagen, Plastikschildern und Gummiknüppeln hinter Hamburger Gittern. Vor allen Eingängen warteten Rettungswagen mit laufenden Motoren. Über dem Ganzen kreisten zwei Helikopter.
Recht gern und in aller Offenheit werde er öffentlich diskutieren mit Bürgern der Stadt und dem Landtags-

abgeordneten Waldemar Niehus, hatte der Innenminister des Landes dem *Generalanzeiger* geschrieben. Dabei werde er allerdings über die Notwendigkeit von Militärstützpunkten im allgemeinen nicht mit sich reden lassen. Es gehe lediglich darum, ob die Landesregierung die vom Bundesverteidigungsministerium geforderte Zurverfügungstellung des Landschaftsschutzgebietes im Norden der Stadt zu Verteidigungszwecken in ihrer endgültigen Stellungnahme befürworte oder nicht. Dazu wolle er – der Minister des Innern – die Argumente der Bürger hören, und die Bürger sollten die Argumente der Landesregierung dazu hören. Wie unter Demokraten üblich, solle das Für und das Wider geklärt, besprochen und abgewogen werden, selbstverständlich vorbehaltlich der endgültigen Entscheidung der Landesregierung.

Bruno Kappel ging die Treppe zum städtischen Saalbau hoch.

Er war einige Tage unterwegs gewesen. In Frankfurt hatte er im Konkursverfahren über eine Schokoladenfirma zwei Gläubiger aus Hamburg vertreten, eine Quote herausgeschlagen, die kaum die Einziehungskosten deckte. Im Knast in Kassel hatte er mit einem Mann geredet, der wegen Bankraub fünf Jahre absitzen mußte und auf seine Verhandlung in Hamburg wartete, wo er aus einer Filiale der Sparcasse von 1897 mit einer Beretta dreitausend Mark geholt hatte. Wir müssen das System in seinen logistischen Bereichen treffen, da, wo das Geld sich umschlägt, hatte der Mann, ein fünfundzwanzigjähriger Junge, der vor drei Jahren aus Karl-Marx-Stadt geflohen war, erklärt. Aber darüber kein Wort. Die Verteidigung

machen wir auf der Linie: Flucht von drüben, lange vorbereitet, irrsinnige Erwartungen infolge abgeschnittener Informationen, Erwartungen nicht erfüllt, kein entsprechender Job, ungenügende Verarbeitung des Milieuwechsels, explosionsartiger Druckablaß und, boing, Griff in die Kasse, klar?
Er hatte drei Stunden lang versucht, vernünftig mit dem Jungen zu reden, und mußte ihm schließlich sagen: Such dir einen anderen Anwalt.

Bruno zog den gallischen Kapuzenmantel von den Schultern, warf ihn über den Arm. Zum drittenmal mußte er die Einlaßkarte vorzeigen, drehte sich an der Tür zum Saalbau herum, sah über die ankommenden Leute und die Polizeikettenköpfe hinweg über den Vorplatz und auf die Schäferhundstaffeln, sah die Reiter und die grauen Mannschaftswagen, sah in die Sonne, hörte das Knattern der Helikopter, roch verblühenden Flieder und Auspuffgase, roch den Geruch von Gewalt.
Ja, in diesen Tagen roch es nach Gewalt. Ein fauliger Gestank zog durch die Städte, und er hörte auch fast das lauernde Ungewisse im Verrückten, und er wußte auch, woher das kam.
In diesen Tagen war die Zahl der Arbeitslosen auf fast eine halbe Million angestiegen. Rund zwanzig kleine und mittlere Betriebe machten Pleite zugunsten der größeren Betriebe, der Konzerne. Überall wurden Feierschichten gefahren. Die Müller-Balzenbeck AG zum Beispiel hatte zunächst dreihundert Leute von siebentausend gefeuert, und die Betriebsleitung kündigte für die nächsten Monate über tausend Entlassungen an. Die Kurzarbeit bedeutete zwanzig Prozent

weniger Lohn, zum Beispiel für Manfred, den Rohrschlosser, verheiratet und ein Kind. Achthundertneunzig Mark hatte der im letzten Monat nach Hause gebracht, und seine Frau, Verkäuferin, fünfhundertfünfzig. Davon gingen weg für Essen und Trinken und Rauchen und Kind bei der Oma knapp sechshundertfünfzig, für Miete und Strom und Heizung und Fernsehen und Abzahlungsraten für Wohnzimmerschrank und zwei Sessel fünfhundertachtzig, also blieben zweihundertzehn, davon ein Paar Schuhe für Manfred und für das Kleine Hose und Hemd, Sommerkleid für die Frau und zwanzig Mark Material für Klein-Schweden. Den Rest, vielleicht fünfzig Mark, wollten sie für den Urlaub sparen. Aber der Urlaub wurde zu ungewiß. Vielleicht, hatte der Abteilungsleiter zur Frau von Manfred gesagt, vielleicht müssen wir mit Entlassungen rechnen im nächsten Monat. Und die Lebenshaltungskosten waren auf beinahe acht Prozent gegenüber dem Vorjahr gestiegen. Die Preise hatten sich innerhalb von fünf Jahren mehr als verdoppelt, aber die Löhne nicht. Ein Kilo Roggenbrot zum Beispiel kostete in der Gegend einskommaneunzig Mark, und die billigste Fahrt mit Bus oder Straßenbahn kostete achtzig Pfennig. Billiger wurde nichts. Ungewiß war, wie hoch die Preise noch steigen würden. VW und Daimler-Benz hatten in diesen Tagen Preiserhöhungen angekündigt.

Im Foyer des Saalbaus standen die Leute in Gruppen herum, sprachen laut miteinander. Aus dem Saal kam Blasmusik.

Bruno mußte noch einmal die Einlaßkarte vorzeigen.

Mantel abgeben anne Garderobe, sagte der Ordner, wegen Waffen, können se versteckt haben, los!
An der Garderobe stand Thalhof zwischen anderen Journalisten.
Das wird voll, sagte er zu Bruno, proppenvoll. Die beiden Müller-Balzenbecks werden auch kommen. Was meinst du, wie wird es werden? Die andere Seite ist vollzählig da, Spormann, die ganze rote Truppe.
Di trettse vortens inne annere Siede, Ferkenskopp dasse büss, sagte Kappel zu ihm, lächelte und trat ihm dabei hart auf den Fuß.
Thalhof wollte etwas sagen, kriegte aber nichts raus, stotterte etwas und verbeugte sich dann vor Eberhard Müller-Balzenbeck, dem Jüngeren, der in einer Gruppe von ihn schützenden Werkschutzmännern an die Garderobe hinkte.
Kappel gab seinen Mantel ab. Die Blasmusik im Saal spielte: »We all live in a yellow submarine.«
Thalhof hatte heute im *Generalanzeiger* über eine Versammlung berichtet, in der Ernst Spormann vor Betriebsangehörigen gesprochen hatte.

Der stadtbekannte Kommunist und Betriebsrat, hieß es da, *ließ wieder mal seine Haßtiraden gegen den demokratischen Rechtsstaat los. Natürlich bezeichnete er auch die Lohnforderungen seiner Gewerkschaft als sehr niedrig im Vergleich zu dem »Profit der Gegenseite (!)«. Natürlich stellte er die bekannten Forderungen auf nach sogenannter paritätischer Mitbestimmung und Investitionskontrolle. Natürlich verlangte er die Beendigung der Kurzarbeit und die Wiedereinstellung der Entlassenen. Das ist ja alles so einfach. Dabei weiß dieser »Arbeitervertreter« ganz genau, daß dies ange-*

sichts der angespannten Lage auf der Ertragsseite zum Beispiel auch des größten Unternehmens am Ort, das ihn immer noch beschäftigt, im Augenblick utopisch ist. Die Katze ließ unser »Wirtschaftsexperte« aber dann aus dem Sack, als er die hohen Verteidigungskosten als mitursächlich bezeichnete für die allgemeine Teuerung im Lande. Ja, das hätten sie gern, die Genossen von Moskaus Gnaden. Abrüstung hier, Aufrüstung dort. Das alles brachte Spormann vor in deutscher Sprache, mit der er ja bekanntlich auf Kriegsfuß steht. Die Versammelten ließen sich durch die demagogischen Sprüche Spormanns nicht irritieren. Dafür brachten ihn Zwischenrufe nach den Zuständen in der DDR sichtlich aus dem Konzept, so daß er ein paarmal die Beherrschung verlor.

So etwas konnte in diesen Tagen wieder geschrieben werden.

In diesen Tagen wurde auch geschrieben, entscheidender Grund für die Krise sei mangelnder Gewinn bei den Unternehmen, verursacht durch maßlose Forderungen der Gewerkschaften. Als die Gewerkschaften auf die für das laufende Jahr geschätzten Gewinnraten der wichtigsten Konzerne zeigten – sie lagen sämtlich zwischen dreißig und fünfzig Prozent, bei den Ölkonzernen sogar bei sechzig Prozent –, wurde in allen Medien gewarnt vor »Verteufelung des Gewinns«. Die Zeichen seien nicht mehr zu übersehen, lächelte der katholische Wirtschaftsminister sein Ihr-ertappt-mich-nicht-auf-dem-Klo-Lächeln, die Neigung der Unternehmer zu investieren werde immer geringer.

Der naheliegende Einwand, weshalb für alle so wichtige Dinge wie feste Arbeit und ausreichender Lohn von den Neigungen einiger Privatleute abhängig sein sollten, wurde von ihm und der Klasse, die er vertrat, nicht akzeptiert.

In diesen Tagen war wieder vieles von dem möglich geworden, was ein Jahr zuvor noch unmöglich schien. Der Dr. Hanns Martin Schleyer zum Beispiel, Präsident der Bundesvereinigung der Deutschen Arbeitgeber, hatte wieder ein gesundes Solidaritätsgefühl unter seinen Klassengenossen hergestellt. Albernheiten, wie sie sogenannte fortschrittliche Unternehmer von sich gegeben hatten, wie zum Beispiel *Gewinnmaximierung ist ein Irrweg* oder *Zweck des Unternehmens ist Dienst an der Gesellschaft,* wurden unter seiner Führung nicht weiter geduldet. Das Wirken dieses Mannes in aller Öffentlichkeit wurde in bestimmten Unternehmerkreisen zwar als ein bißchen peinlich empfunden. Schleyer war immerhin ein Kader aus der Zeit des deutschen Faschismus, Angehöriger der SS und Industrieprotektor von Böhmen und Mähren gewesen. In Krisenzeiten war man aber nicht pingelig. Außerdem trat der Mann ein für eine *ordnungspolitisch werthafte Basis,* äußerte unmißverständlich, daß er Mitbestimmung, Investitionskontrolle und Vermögensbildung, die die Bundesregierung plane, für das Ende der Demokratie halte, und daß er und seine Kollegen die Demokratie in jedem Fall schützen und jedenfalls nicht tatenlos zusehen würden, wenn man die Freiheit demontiere. Unmißverständlich hatte er auch gefordert, die paritätische Mitbestimmung müsse weg, formal könne das zwar bleiben, aber vom Inhalt her gebe es da überhaupt keine Debatte, im Verschleyerungsjargon:

Wir warnen vor Reibungsverlusten, die dieses Gesetz ohne einen entsprechenden Effektivitätszuwachs in der Kooperation mit sich bringen wird, und vor dem Störpotential, das es den Betriebsräten anbietet. Das war die chilenische Drohung auf deutsch.

In diesen Tagen stand also die materielle Umverteilung zugunsten des Großkapitals wieder mal auf dem Spielplan. Damit dies ohne großen Widerstand über die Bühne ging, mußte vorher der Macht- und Herrschaftsanspruch des Kapitals in den Betrieben und in der Gesellschaft gesichert werden. Eine Gefährdung des von Schleyer und seinen Kollegen geschützten Rechtsstaats auf ordnungspolitisch werthafter Basis konnte der Durchsetzung dieses Anspruchs nur förderlich sein.
Ja, es stank nach Gewalt in diesen Tagen, und das Ungewisse lauerte im Verrückten.
Daß in diesen Tagen die fünfte zyklische Krise nach Kriegsende auf weitere Krisen stieß, Währungs- und Energiekrise zum Beispiel, und daß die allgemeine Krise der westlichen Weltwirtschaft sich verstärkt hatte und weiter verstärken würde, weil nämlich die sozialistischen Staaten weltweit sich verstärkt hatten und ohne Krieg sich weiter verstärken würden, sollte nicht zu den Leuten dringen.
In diesen Tagen bildeten sich daher Legenden, wie immer in diesem Land, wenn die Gründe des Wirtschaftens unklar bleiben sollten.
In Engelberts Kneipe zum Beispiel gaben viele die Schuld morgenländischen Scheichs und Emiren, andere hielten die Ausländer im allgemeinen für verantwortlich; Faulheit, und daß man den Hals nicht

vollkriegen kann, sagten die Rentner; für den bankrotten Bauunternehmer kamen nur die Gewerkschaftsfunktionäre, Sozis und Kommunisten in Frage. Engelbert selbst meinte: Eins greift da ins andere, und klar durchblicken tut sowieso da keiner. Sie folgten damit den Erklärungen von *Bild: Klopft den Ölscheichs auf die Finger! Mißbrauchen die Gastarbeiter das Gastrecht? Schluß mit dem Schlemmen. Das kann uns nur guttun. Und ist gesund. Was Gewerkschaftsbosse so verdienen. Mister Zwölfprozent langt wieder hin. Eins kommt zum anderen. Und kommt auf uns zu. Da muß jemand her. Der das verkraftet.* Undsoweiter.
Legendenzerstörende Blätter wie zum Beispiel die UZ wurden noch immer zu wenig gelesen in Engelberts Kneipe und anderswo.
Für gehobene Ansprüche erklärten Politologen, Soziologen, Theologen undsoweiter, daß die Klimaverschiebung in der wirtschaftlichen Großwetterlage nicht mal annäherungsweise Analysen gestatte, daß das gesamte Weltwirtschaftssystem durch eine von noch unbekannten Kräften gesteuerte Revolution erschüttert werde, gegen welche die uns bekannten Techniken überhaupt nichts ausrichten könnten, daß vieles, das bis jetzt als selbstverständlich erscheine, in Frage gestellt werden müsse, daß nach einer Periode des Überflusses eine Periode der Kargheit beginne, daß ein phantasievollerer Begriff für Vollbeschäftigung gefunden werden müsse, daß nicht mehr die Frage »Was bekomme ich?« das Grundproblem sei, vielmehr die Frage »Was ist das Ziel des Lebens?«, daß nichts so bleiben könne, wie es gewesen sei, daß aber Unterschiede leugnen hieße,

Lebenschancen und damit Freiheit leugnen undsoweiter. Teufelsaustreiber und Löffelverbieger, Psichologen und Solschenizyn deckten die steigende Nachfrage auf triviale Metaphysik ab.

Die Dichter hielten sich zurück. Sie befanden sich auf der Reise ins Reich der Phantasie. So kompliziert sei alles heute geworden, vor allem die Wirklichkeit, meinten sie, daß man diese einfach nicht darstellen und so einfach darüber nichts aussagen könne. So einfach wollten sich aber die nicht fortstehlen, die früher einfach zu allem was ausgesagt hatten. Realismus gelte natürlich, versicherten sie, aber der verschränkte, und das sollte heißen, konnte man meinen, verschränkt für die hinter den Schranken, vielleicht konnte es aber auch was ganz anderes meinen. Jedenfalls hatten alle den objektiven Faktor Subjektivität wiederentdeckt, und der hatte nun wirklich nichts mit der Krise zu tun.

Aber in diesen Tagen hofften die meisten von denen, die sich mit Sprüchen und Solschenizyn nicht trösten konnten, immer noch auf Reformen. Auf mehr Lebensqualität, die man versprochen hatte, hoffte zum Beispiel Gerd Köttmann, fünfzehn Jahre alt. Der hatte wie achtzigtausend andere Schulabgänger noch keine Lehrstelle, und er hoffte und wartete und hoffte in Klein-Schweden.

Für Krisen ohne Ende und für zerschlagene Hoffnungen lassen sich auf die Dauer nicht Ölscheichs, Schlemmen, Klimaverschiebungen, Revolutionen im Weltwirtschaftssystem und dergleichen Unfaßbares verantwortlich machen. Die Schuldigen müssen Namen und Anschrift haben.

Ja, es stank nach Gewalt in diesen Tagen, und im Verrückten lauerte das Ungewisse.
Es war fünf vor sechs.

Der Saal faßte zweitausend Leute und war nahezu besetzt, auch auf den Rängen. Man sah wenig junge Leute. Die meisten waren Männer und über Dreißig. Sie trugen Straßenanzüge, einige hatten Freizeitzeug an, und die Oberstadtbewohner erkannte man am besonders gediegenen Freizeitzeug.
Im Mittelgang hatte man zwei Fernsehkameras aufgebaut, und die Männer der Teams lachten und tranken Schnaps aus Flaschen. Die übrigen Leute im Saal sahen nicht fröhlich aus. Sie schwiegen oder flüsterten miteinander.
Das ist ja ein richtiger Aufmarsch draußen, sagte ein Mann, der mit Kappel hereingekommen war, wie im Krieg.
Wie im Bürgerkrieg, sagte Tom Strathmann, der am Eingang stand und Leute begrüßte.
Wo ist Maria, fragte Bruno.
In Klein-Schweden, sagte Tom, sie paßt auf. Doris und andere sind auch oben.
An der Rampe hinter Blumenschmuck stand ein langer Tisch für die Diskussionsteilnehmer, dahinter saß auf terrassenförmig ansteigenden Podien das Musikkorps der Landesschutzpolizei in großer Besetzung.
»All you need is love« spielten die Uniformierten, als Kappel hineinging. Auf dem dunklen Vorhang neben, über und hinter dem Musikkorps hingen Spruchbänder: »Erholung statt Kriegslärm, Panzer nicht vor unserer Haustür, Statt Truppenübungsplätze Kinderspielplätze« und ähnliches.

Als Kappel an den Sitzreihen einen Platz suchend vorbeischritt, sah er seinen Vater. Neben ihm gab es noch freie Plätze. Bruno drückte sich an den Sitzenden vorbei, begrüßte seinen Vater, setzte sich neben ihn. Was machst du denn hier, rief er in die laute Musik und ins Ohr seines Vaters. Der lächelte. Er hatte sein Hörgerät abgestellt.
Man habe ihm eine Eintrittskarte geschickt, deshalb sei er hier, erzählte sein Vater nach dem Beifall für »All you need is love.«
Mehr verstand Bruno nicht, weil der Schlagzeuger losdrosch und kurz darauf alle Polizisten auf der Bühne einstiegen in Mick Jaggers »Street fighting man«. Dabei blieben nur die Holzbläser sitzen, und der Dirigent im Obristenrang stampfte mit dem linken Fuß den Marschpolka-Rhythmus mit und lachte manchmal verschmitzt ins Publikum.
Die sind ja richtig ausgelassen, was? rief Brunos Vater.
Dann stiegen die Diskutanten auf die Bühne, standen herum, sprachen miteinander, setzten sich aber noch nicht. Sie warteten auf den Innenminister: Tom Strathmann und Pastor Mühlenspiepen vom Bürgerkomitee Klein-Schweden, drei Stadtparlamentarier von CDU, SPD und FDP, der Landtagsabgeordnete Waldemar Niehus und Bürgermeister Lappmann als Diskussionsleiter. Ernst Spormann fehlte. Mit Kommunisten setze er sich nicht an einen Tisch, hatte der Innenminister wissen lassen.
Es war Viertel nach sechs.
Was hältst du von der Belagerung draußen, fragte Bruno, haben die Angst? Vor wem denn? sagte sein Vater.

Waldemar Niehus ging zu seinem Platz am Diskussionstisch.
Meine Damen und Herren, sagte er ins Mikrofon, der Herr Innenminister wird bald eintreffen. Er hat vorher noch in Begleitung des Herrn Oberkreisdirektors Klein-Schweden inspiziert, hat sich also an Ort und Stelle informiert, was wir nur begrüßen können. Er kommt von dort per Hubschrauber direkt zu uns.
Einige klatschten.
Jemand rief: Kostenpunkt?
Einige lachten, und in das Lachen hinein spielte das Blasorchester »When the Saints go marchin' in«, und die, die gelacht hatten, klatschten den Rhythmus mit.

Waldemar Niehus hatte in diesen Tagen wieder mal Ärger mit seiner Parteiführung gehabt. Er hatte öffentlich bezweifelt, daß die Höhe der Rüstungskosten gerechtfertigt sei. Es war durchgesickert, daß sich jenes *größte waffentechnische Projekt seit Christi Geburt,* das Mehrzweckkampfflugzeug MRCA, immer noch nicht vom Boden erheben konnte, daß die Bundesregierung aber dreihundertzwanzig davon zum Stückpreis von fünfzig Millionen Mark anschaffen würde. Vor Jusos und Verfassungsschutzbeamten hatte Niehus erklärt, eine der Hauptursachen der Inflation läge darin, daß ein großer Teil des von der Gesellschaft erarbeiteten Gesamtprodukts unproduktiv verwendet werde, und zwar für militärische Zwecke und zur Tilgung der Staatsschulden, die durch Rüstungsausgaben entstünden. Die internationale Entspannung erlaube aber eine Senkung der Rüstungskosten. Man hatte Waldemar

Niehus für die kommende Wahl einen aussichtslosen Listenplatz angedroht, falls er weiter *in dieses östliche Horn stoße* und damit weitere Unruhe in die Bevölkerung trage.

Freiheit ist kostbar. Kein Preis dafür ist zu hoch. Schluß mit dem Gezänk über Rüstungsausgaben. Das nützt nur dem Gegner, erklärte *Bild.*

Ja, es roch nach Gewalt in diesen Tagen, und Ungewisses lauerte im Verrückten, und als ein Polizeioffizier von der Seite her auf die Bühne kam, als das Musikkorps der Landespolizei mitten im Stück abbrach, als die Diskutanten aufsprangen, als der Polizeioffizier mit Nachrichtensprecherstimme erklärte, auf den Minister sei in Klein-Schweden ein Attentat verübt worden, als viele aufsprangen und Josef Kappel kicherte: Schlauberger ist der! und als Ernst Spormann auf die Bühne kletterte, drängte sich Bruno Kappel zum Ausgang.

Vor der Garderobe standen nur ein paar Ordner. Mein Gott, sagte die Frau, warf Kappels Mantel auf den Tisch, zog die Stecknadel mit dem Nummernzettel aus der Kapuze, steckte die Nadel in den Mund. Was das noch werden soll bei uns!

Aus dem Saal kam lautes Stimmendurcheinander und Pfeifen. Dann schlugen die Saaltüren auf, und Leute liefen heraus und an die Garderobe. Es war halb sieben.

Draußen, direkt vor den Eingangstüren, postierte eine Kette, Rücken zum Saalbau, hielt aber eine Gasse, durch die Kappel lief, die Treppe hinunter. Einige Meter vor den unteren Stufen stand die Schäferhundstaffel mit Blick zu den Eingangstüren. Die Hunde ließen die langen Zungen hängen, hechelten, saßen an kurzer Leine, so wie man sie kennt von tausend Fotos: deutsche Schäferhunde vor Zuchthausmauern, Stacheldrahtzäunen und Waffendepots, in Lagerstraßen und Werksgeländen, auf Dressurplätzen und Schlachtfeldern, allzeit bereit zum Sprung und Biß. Auch die Schäferhundstaffel ließ eine Gasse, und dahinter die Reitereinheit, und auch die Mannschaftskette hinter der Reitereinheit.

Sein Wagen parkte am Bahnhof, und er lief durch die Innenstadt, an Mannschaftswagen und Panzerfahrzeugen vorbei, kam in die Fußgängerzone und auf die Einkaufsstraße voll mit Schaufensterbummlern, und die Leute sahen ihn an, weil er lief. Eine Frau blieb stehen, hielt ihren Mann an der Hand fest. Sie hatte vorstehende Zähne, schwarze Härchen über der Oberlippe, gepuderte Nase, schwarzes, nach hinten gekämmtes Haar und Pickel auf der Stirn. Wenn er sich später erinnern würde an diesen Spätnachmittag im frühen Juli, wußte Kappel, würde er als erstes dieses Gesicht sehen.

Über den Parkplatz vor dem Bahnhofsgebäude wanderte eine Reisegesellschaft zu ihren Bussen, und die Leute schimpften, als er sie mit Hupen und Motorjaulen auf die Seite scheuchte. Im Rückspiegel sah er, wie ein Dünner mit Brille und Baskenkappe hinter ihm her drohte und irgend etwas aus der Brusttasche zerrte, wahrscheinlich ein Notizbuch.

Er fuhr die Abkürzung durch die Unterstadt, aber die Zufahrt zum südlichen Zubringer war gesperrt.

Seine Haut juckte an den Händen und im Gesicht.

Er fuhr langsam an den Verkehrspolizisten heran, drehte die Scheibe herunter.

Ich will nach Bochum, sagte er, wie komm ich dahin? Seine Stimme klang flach, fand er.

Zurück, sagte der Beamte, hinten herum und über die B 7.
Auf dem Revers seiner Uniformjacke hafteten Brotkrümel.
Kappel wendete, fuhr in die Adolf-Kolping-Straße und hinter dem Bahndamm über den schmalen Rennweg bis zum Viadukt, Döhmanns Kopf entlang auf halber Höhe über den Rundweg, erkannte die Stelle am Viehgatter wieder, wo er das kaum flügge Rotschwänzchen getroffen hatte mit einem kantigen Stein, aus drei Meter Entfernung geworfen, und der Vogel hatte im Gras gelegen, gejappt, und er hatte nicht den Mut gehabt, ihn zu töten.
Ein paarmal drehten die Räder im Lehm durch, und er mußte zurücksetzen, wieder anfahren, und vor Rehschopps Mulde bog er in den spurbetonierten Weg, der über Rehschopps Hof unter den westlichen Zubringer auf die B 235 führte; und vor Rehschopps Fachwerkhaus, an der grüngestrichenen Tür mit den aufgenagelten Hufeisen über den Rundfenstern, sah er sich stehen neben seiner Mutter, die Milch haben wollte für Nägel und Schrauben, und sie klopfte und klopfte, bis ein Mann kam und schrie: Haugett ab, datt giät nix bi us. Und Cläre Kappel hatte verhandelt, gebettelt; und als die Tür wieder verriegelt wurde, hatte sie einen Stein ins Fenster geworfen, geschrien: Nazischwein, dich hätten wir aufhängen sollen. Und dann war ein anderer Mann von hinten über den Hof gekommen mit dem Hund und mit dem Gewehr, und sie waren gerannt, gerannt, und der Mann hatte geschossen.
Noch vor dem Bahnübergang kam er auf die nördliche Bundesstraße, trat durch, überholte im Gegen-

verkehr, und hinter der Einfahrt zum nördlichen Zubringer sah er die ersten Löschzüge der Feuerwehr vor sich. Kiefern und Birken kamen bis an die Straßenböschung der rechten Fahrbahnseite. Der Verkehr wurde einspurig auf der linken Fahrbahn in Richtung Norden, rechts standen Mannschaftswagen und Schützenpanzer und Männer vom Bundesgrenzschutz, und als er die Biegung erreichte, vor der sie in der Nacht die Straßensperre gebaut hatten, sah er Rauch und Qualm, und dann sah er den Schein vom Feuer, und vor der Einfahrt in die Nebenstraße durch Klein-Schweden, den Höppelkesweg, sah er das Feuer bis zum Himmel.

Er fuhr über die linke Straßenböschung, hielt vor dem Zaun einer Weide, sprang raus, rannte über die Straße zum Höppelkesweg, rannte in eine Kette von Männern in Kampfanzügen, sah über Schultern auf den Höppelkesweg, sah Mannschaftswagen hintereinander, sah das Feuer und hörte das Prasseln und schrie: Ihr Schweine, ihr Schweine.

Sie rissen an seinen Armen, er versuchte sich loszureißen, spürte, wie seine Füße zitterten und seine Beine, und sein Hals war ausgetrocknet. Sein Oberkörper knickte nach vorn, sein rechter Arm wurde nach hinten gerissen. Er schrie vor Schmerz, sein Kopf klemmte zwischen Stiefeln, und dann wurde er hochgehoben. Sie schleppten ihn über die Straße und warfen ihn vor seinen Wagen.

Er stand auf, lehnte sich an das Auto. Das Zittern lief von den Füßen über den Rücken in die Hände. Als er sich eine Zigarette anstecken wollte, fielen ihm die Streichhölzer aus den Händen.

Er blieb eine Viertelstunde so stehen, sah in das

himmelhohe Feuer im Süden, hörte Bersten und Brechen von Bäumen, hörte Rufe und Schreie hinter dem Verkehr auf der Straße vor sich. Dann fuhr er weg.

10

Die Tagesschau hatte den Innenminister in einem Ledersessel am Schreibtisch gefilmt. Auf dem Schreibtisch standen gerahmte Fotos, ein faustgroßer Wasserball aus Bronze und zwei Bücher. An der Wand hinter dem Innenminister hing ein Ölbild, das wahrscheinlich Bismarck darstellte. Man sah nur den unteren Teil, dünne Beine in Knautschstiefeln, nach außen gespreizte Füße und das Stück von einem Stock. Der Innenminister hatte ein entschlossenes Gesicht geschnitten, dem Interviewer betont langsam geantwortet. Ob man ihn habe entführen oder ermorden wollen, lasse er einmal dahingestellt, auf seine Person, die unverletzt geblieben sei, ebenso wie seine Begleiter, komme es auch nicht an; auf der Tagesordnung stünde der Angriff der radikalen Kräfte aller Schattierungen auf den Rechtsstaat; anarchistische Gewalttäter seien die Vorhut; und sie scheuten vor nichts zurück.
Schnitt, und die Totale von Klein-Schweden aus einer Hubschrauberkanzel zeigte geknickte Bäume, verbranntes Land, Rauchfäden. Die Totale verengte sich zu einem Ausschnitt, der füllte langsam den Bild-

schirm aus, zeigte das Gebiet um den Großen See. Ein Kommentator redete, und man sah die Stelle, wo der Campingplatz gewesen war. Im aufgerissenen Boden steckten gekippte, zertrümmerte, qualmende Reste von Wohnwagen, lagen zerbrochenes Geschirr und aufgeschlitzte Matratzen. Im See schwammen Töpfe, Schüsseln, Plastikhelme, Holzstücke, Teile von Betten und Stühlen. Das Ganze glich einer Absturzstelle.

Schnitt, und, nahe, der Innenminister wieder: Wir werden nicht zulassen, daß fanatisierte Banden diesen Staat zugrunde richten. Zu Angst und Panik, das sei hier einmal klar und deutlich festgestellt, besteht aber kein Anlaß. Unsere Polizeikräfte sind gut ausgerüstet und vorbereitet.

Schnitt, und die Totale aus einem Hubschrauber zeigte den Aufmarsch der Polizei um den Städtischen Saalbau. Der Kommentator erzählte einiges über Stärke und Ausrüstung.

Schnitt, und, nahe, der Innenminister wieder: Unmittelbar nach dem Anschlag haben Polizei und Bundesgrenzschutz unter meiner persönlichen Einsatzleitung das Gebiet umstellt und durchkämmt. Dreihundertzweiundzwanzig Personen wurden festgenommen. Wir werden die Täter finden.

Der Innenminister hatte ein Zuversicht ausstrahlendes Gesicht geschnitten, bis Herr Köpcke wieder an der Reihe gewesen war.

Heini Spormann hatte erzählt: Um vier Uhr hörten wir Hubschrauber, kamen von Norden, dieses flappende Sausen wurde lauter, und dann landeten sie, einer direkt am See, der andere auf dem Parkplatz am

Eingang. Wir gingen auf die Lagerstraße und sahen uns das an. Es waren vielleicht zwölf Leute, der Dicke immer umgeben von ein paar Polizisten, zwei trugen MPs am Riemen, winkte uns zu, der Dicke; sie zogen rechts an den Toiletten vorbei, blieben stehen, Halbe, der Oberkreisdirektor, zeigte ihnen die Gegend, die anderen nickten, und als sie weitergingen zum Birkenbüschchen, knallte es, drei oder vier Schüsse. Die schießen zurück, wir werfen uns sofort hin, Schreien und Knallen, und dann waren die auch schon wieder in ihren Hubschraubern und weg. Ich bin mit Heinz und Erwin zum Birkenwäldchen gelaufen, war niemand zu sehen da. Aber dann kamen die Rowdies von überall aus den Büschen gelaufen, Helme auf, Knüppel inne Hand. Eine Gruppe kam rüber zu uns, die anderen blieben auf der Südseite, wo sie ihre Barrikaden gebaut hatten.
Jetzt geht's los, sagte der Anführer, als sie bei uns standen, ihr bleibt in den Wohnwagen, wir verteilen uns am Aschenweg und vor der Lagerstraße.
Wenn ihr nicht abhaut hier, vom Platz, hab ich gesagt, aber schnell, dann mach ich euch Beine, und hab ihm die Luger gezeigt. Er wollte noch quasseln, aber unsere Jungs haben ein paar gepackt, und ich habe mit der Luger auf ihn gezielt. Sie zogen wieder ab auf die andere Seite, und wir beraten noch, was wir tun sollen, da ruft jemand: Feuer. Und dann sehen wir es, hinter uns, vor uns und rechts im Westen. Von da kam der Wind. Zum Höppelkesweg hin war die Luft rein, da wollten die uns also erwarten, die Saubande. Das Feuer kam ziemlich schnell heran, na ja, was sollten wir machen? Das war wie auf der Treibjagd. Wir mußten vor den Flammen flie-

hen. Die haben uns am Höppelkesweg eingesammelt wie die Hasen.

Maria hatte erzählt: Wir rechneten damit, daß irgend etwas passieren würde. Aber wer denkt an so was? Daß der Innenminister einfliegen wollte, wußten wir. Wir nahmen an, die Hubschrauber landen auf der Heideschneise, die Struppis besetzen ihre Barrikaden und werfen mit Steinen und dergleichen. In dem Fall wären wir auf die Barrikaden zugegangen. Wir waren fünfunddreißig, davon zwanzig Mädchen, und wir hätten versucht, die Jungen zu beruhigen. Als die Hubschrauber am Campingplatz landeten, haben wir zunächst mal in den Büschen neben der Heideschneise abgewartet. Dann hörten wir die Schüsse, sahen die Leute zu den Hubschraubern zurückrennen und wegfliegen, und als die Struppis zu den Barrikaden liefen, haben wir mit ihnen geredet. Sie waren genauso perplex wie wir über den Verlauf, die Hippies sowieso, aber auch die anderen; ich glaube nicht, daß sie sich verstellten. Als sie das Feuer rings herum sahen, wurden sie schon zappelig, aber als dann die gepanzerten Wagen, Kettenfahrzeuge und Hundertschaften über die Heideschneise herankamen, drehten sie durch, wurden richtig hysterisch. Das ging alles so schnell. Später sprangen auch viele ins Wasser, weil es unerträglich heiß wurde. Aber wir haben uns durch den Kiefernwald gearbeitet zum Höppelkesweg. Das war schon schlimm. Die Stämme stehen da dicht bei dicht. Halbvertrocknete Äste und Zweige bilden ein verschlungenes Gitter bis herunter zu den Knien. Hände und Gesicht verkratzten uns, und schließlich sind wir über den Nadelboden weitergekrochen, und am Höppelkesweg wurden wir empfangen. Aber wie! Die haben zugeschlagen, gezielt, und voll. Junge, scharfgemachte Leute von der Bereitschaftspolizei, und du hast gemerkt, das macht ihnen richtig Spaß.

Jimmy hatte erzählt: Also, mein schönstes Urlaubserlebnis, kann man wohl sagen. Wir liegen im Wald auf ner Wiese, hören Musik, rauchen und schlucken aus Flaschen. Sehr gut, das Klima. Die Mädchen machen mit uns, was wir wollen, und wir wollen an dem Abend nach Dortmund, weil da nämlich John Mayall spielt. Nicht mein Mann, aber besser wie Heino und wasses sonst noch gibt aus deutschen Landen frisch auf den Tisch. Schüsse haben wir keine gehört. Aber wir haben was gesehen, Babe, I've seen two big men. Zwei Männer, ganz in Weiß; mit einem Blumenstrauß war aber nicht dabei. Dafür mit Masken und mitm Ofenrohr, und was Dickes dran, und aus dem Rohr kam Feuer, und zwar ein gewaltiger Strahl. Alo meint, Flammenwerfer, und Alo versteht was davon. Der war mal kurz beim Bund, der Mann. Aber das sagt Alo, wo wir schon am See sind, mitten in der Schau. Und wie wir gelaufen sind. Viel gelacht haben wir, weil wir nämlich voll waren, und in den See sind wir gesprungen. Und dann bin ich geradewegs, straight on, zu den Bullen marschiert, Mann, und die haben mich niedergemacht. Was noch zu sehen ist.

Der Chef hatte erzählt: Ich hab schon um zwölf Uhr mittags mit dem Feldstecher oben gesessen. Ab eins fing das an mit den Truppenbewegungen. Gut durchdacht, das Ganze. Sah so aus, wie wenn die alle in die

Stadt fahren, die Mannschaftswagen, Schützenpanzer, Transporter undsoweiter, für den Sicherungsschutz bei diesem Podiumsgespräch. Blieben aber welche oben. Zum Froschsee sind einige abgebogen, welche sind hier vorn kurz hinter der Heideschneise im Weg geblieben, zwei Kettenpanzer; und am Pillekes See, das konnte ich nicht genau sehen, aber da lag ja vorher schon eine Hundertschaft von damals noch. Kradmelder fuhren die ganze Zeit immer rundherum, und als die Hubschrauber anflogen, kamen hier am Hof vorbei zehn Lkws voll mit Bullen. Die haben gesungen, das glaubsse nich, aber die haben gesungen »Auf der Heide blüht ein kleines Blümelein«. Den Campingplatz kann man von uns aus nicht einblicken. Ob ich Schüsse gehört habe, weiß ich nicht. Vielleicht. Gab viele Geräusche zu der Zeit. Aber ich habe Rauch gesehen, an fünf verschiedenen Stellen, und zwar fast gleichzeitig, und dann das Feuer; und da bin ich losgefahren. Am Aschenweg hab ich gehalten, bin rausgesprungen, aber die Bullen, na ja. Und wie die Leute dann hustend und fix und fertig aus'm Busch torkelten und krochen und zusammengeschlagen wurden, das hab ich mir nur kurz angeguckt. Wenn ich die Kalasch beigehabt hätte, ich glaub, ich hätte reingehalten. Ich bin dann zurückgefahren und hab mit Pepe zwei Flaschen Schnaps getrunken oder auch drei.

Bild hatte geschrieben: *Angst geht um. In der Stadt verrammeln die Bürger Fenster und Türen. Nicht nur bei Nacht. Wann hat der Spuk ein Ende? Wo schlägt die Bande beim nächsten Mal zu? Und wann? Drüben lacht man sich ins Fäustchen.*

Thalhof hatte geschrieben: *Wir haben vorher gewarnt und Namen genannt. Aber einige, die sich unsere Mitbürger nennen, fahren fort in ihrer schmutzigen Agitation, schamlos, als sei nichts geschehen.*

Sie hatten Flugblätter verteilt, und die Leute in der Stadt hatten sie ihnen aus den Händen geschlagen oder vor ihren Augen zerknüllt und hingeschmissen. Haut ab, dahin, wo ihr hingehört, inne Zone, aufhängen, vergasen undsoweiter, hatten auch Leute gesagt, die damals beim Volksfest in Klein-Schweden dabeigewesen waren. Die meisten zogen wütend oder lachend weiter.
Hass du se nich mehr alle? sagte Alfred, alter Kumpan, zu Bruno. Hat'n Beruf, und steht hier rum und labert auf die Leute ein. So was!
Zuerst war sich Bruno Kappel tatsächlich vorgekommen wie einer von Jehovas Zeugen. Aber seine Wut war stärker. Er lief hinter den Leuten her, redete auf sie ein, und das war natürlich falsch.
Musse nicht machen, sagte Ernst Spormann. Steh ruhig da, verteil dein Zeug, und mach ein nettes Gesicht. Durchhalten.
Das ist doch die Höhe, sagte sein Vater, wie du dich benimmst.
Laß ihn doch, meinte Cläre Kappel, wenn es für eine gute Sache ist! Jedenfalls läßt er fremde Frauen in Ruhe, anders als sein Vater.
Mit Doris Strathmann war er von Haus zu Haus in der Kolpingstraße gegangen. Die Leute kannten ihn und wurden sehr verlegen, wenn er in ihren Küchen oder Wohnzimmern mit ihnen sprach, ihnen erklärte, daß Klein-Schweden keinesfalls Truppen-

übungsplatz werden dürfte, daß sie nichts mit dem Anschlag auf den Innenminister zu tun hätten, daß sie den Brand nicht gelegt hätten undsoweiter.
Der Bruno, sagten sie oder ähnliches, nein, ach Gott, komm rein, trink Tasse Kaffee mit oder Schnäpschen. Nein, damit wollen wir nichts zu tun haben, musse verstehn.

Nächtelang saßen sie zusammen, das geschrumpfte Bürgerkomitee Klein-Schweden, die Stadtteilgruppe, überlegten, wie sie besser an die Leute herankämen, verfaßten neue Flugblätter, eine Informationsschrift. Die Abziehmaschine stand bei Spormanns, und bei Spormanns saßen sie viele Stunden und ganze Nächte hindurch, berieten und tranken und lachten und erzählten Geschichten, und es war oft wie damals, als sie bei Niehus gesessen hatten mit der alten Berta, Waldemar und dem Direktor Interbrigadist.
Tom Strathmann und Bruno Kappel versuchten Egon Halbe, den Oberkreisdirektor, zu sprechen. Halbe war früher ein Freund gewesen, ein Freund auch vom Direktor Interbrigadist und Waldemar Niehus. Aber Halbe ließ sich nicht sprechen.
Tom Strathmann agitierte in seiner Praxis. Im Wartezimmer lagen Flugblätter aus und die Informationsschrift, und weil die Leute ihm vertrauen mußten, hörten sie sich auch an, was er ihnen beim Blutdruckmessen, Injizieren, Verschreiben, Bestrahlen undsoweiter erklärte.
Das kannst du als Rechtsanwalt auch, sagte er zu Bruno.
Einmal hatten Bruno und Maria Waldemar Niehus besucht. Der wohnte mit seiner Frau, Kind und der

alten Berta Niehus in einem Reihenhaus am Südhang. Niehus war bedrückt, fertig, wie er sagte: Manchmal möchte man alle Brocken hinschmeißen. Immer wieder die Rückschläge. Das ist doch nicht nur die Sache wegen Klein-Schweden. Das ist nur ein Steinchen im Mosaik. Dieser Marsch nach rechts, überall, es ist zum Speien. Vertrauen, das vorhanden war, das man aufgebaut hatte: weg, einen über den anderen Tag. Zurück in die Höhle, abwarten, langsam wieder hervorkommen, Schritt für Schritt altes Land neu gewinnen. Immer wieder dasselbe. Ewig hält man das aber nicht aus.

Berta Niehus hatte den Kopf geschüttelt und ihren Enkel böse angeblickt.

Aber sie merkten einen Umschwung in der Stimmung. Er kam langsam. Die Leute hörten manchmal schon zu, antworteten, sprachen mit ihnen.

Zu einer Versammlung in Zibullas Sälchen kamen dreihundert Personen. Viele schimpften zwar auf die Roten, die Kommunisten, die Baader-Meinhof-Bande, die Ölscheichs, die Gewerkschaftsbonzen, die alles kaputtmachten, doch in den Diskussionen wurden sie ruhiger, sahen ein, daß trotz allem ein Truppenübungsplatz vor der Stadt überflüssig war.

Dann hatte Kappel einige Tage in Hamburg zu tun gehabt und in München, bei schwierigen Sachen, die Renner und Susanne allein nicht vertreten wollten.

Dein Urlaub muß aber bald zu Ende gehen, hatte Renner gesagt, du bist Rechtsanwalt, kein Provinzpolitiker. Das Mädchen muß ja fabelhaft sinnlich sein. Heirate sie schnell, dann hast du die Sache aus dem Kopf. Wir haben ziemlich viel zu tun und brauchen dich. Und Susanne hatte gesagt: Mein Armer, so verliebt? Er hätte ihr fast eine runtergehauen. So humorlos war er geworden.

Als er zurückgekommen war, hatte ihn Maria lange umarmt.

Und einige Tage später, am Samstag nachmittag, war der Protestmarsch durch die Stadt gegangen mit zweitausend Leuten, und die meisten waren Arbeiter aus dem Eisenwerk. Ernst Spormann und einige Kollegen aus dem Betriebsrat des Werks führten den Marsch an. »Abrüstung statt Preiserhöhung«, »Sichere Arbeitsplätze schaffen!«, »Schluß mit der Kurzarbeit«, »Keine Panzer vor unserer Haustür« stand auf den Spruchbändern, die sie trugen.

Die Leute hatten an den Straßen gestanden, nur wenige hatten geschimpft, und einige hatten sich angeschlossen.

Das war die erste Demonstration seit Jahren, an der Bruno Kappel wieder teilgenommen hatte, und als sie auf dem Marktplatz standen, rauchten, den Reden zuhörten von Gewerkschaftern und von Waldemar Niehus, hatte er gewußt, daß es nur so weitergehen würde, wenn es weitergehen sollte. Mit denen, die hier standen, und mit denen, die was sagten.

In einer der Nächte, in denen sie geredet hatten, beraten, Flugblätter verfaßt, und die aus der Stadtteilgruppe hatten an Betriebszeitungen gearbeitet, in einer dieser Nächte, als sie müde geworden waren, hatten die anderen »Roter Wedding« gesungen: »Drüben stehen die Faschisten, drohend am Horizont. Kämpft, Genossen.«

Das war kein Traditional mehr, kein Lied aus vergangener Zeit. Das Lied war wieder aktuell, jetzt nach der ersten Hälfte des Jahres.

Bruno Kappel fuhr zurück nach Hamburg, kam vorbei an den Brandstellen. Am Aschenweg zum Campingplatz hielt er an.
Vor dem Aschenweg stand ein Schützenpanzer. Auf der Luke saß ein Junge vom Bundesgrenzschutz und spielte Mundharmonika. Kappel schaltete den Motor aus, drehte das Fenster herunter, hörte zu. Der Junge spielte »John Brown's body lies a-mouldr'ing in the grave, his soul goes marching on. Glory, glory, halleluja, his soul goes marching on«, und Bruno erinnerte sich sofort: Soldat im olivgrünen, verknuffelten Overall voller Taschen auf einem Panzer sitzend; der Soldat baumelt mit den Beinen; er trägt halbhohe Schnürstiefel; neben dem Soldaten liegt ein Stahlhelm, der aussieht wie ein Maulwurfshügel; der Soldat spielt auf der Mundharmonika »Glory, Glory, halleluja«. Keine Filmszene, kein Tagesschaubericht, nein, der Soldat war wirklich dagewesen, man hätte ihn anfassen können, und er hätte reagiert vor dreißig Jahren in der Straße, die damals noch nicht Adolf-Kolping-Straße hieß, gegenüber dem Haus, in dem sie wohnten, das ihnen damals aber noch nicht gehörte. Damals war Bruno fünf Jahre alt. Nach langen Tagen und Nächten verließen sie den Luftschutzkeller, ihr Vater holte sie herauf. Kommt, rief er, es ist soweit. Die Amerikaner sind da, und wir sind erlöst. Bruno erinnerte sich genau an diese Worte: Die Amerikaner sind da, und wir sind erlöst. Sie gingen in den Vorgarten. Die Sonne schien. Auf der gegenüberliegenden Straßenseite stand ein Panzer, darauf saß der Soldat und spielte auf der Mundharmonika »Glory, Glory, halleluja«. Brunos Mutter winkte dem Soldaten zu. Der Soldat hörte auf zu spielen, schüttelte die

Faust gegen sie, schrie irgend etwas und kletterte durch die Luke in den Panzer. Ist das deine Erlösung? hatte Cläre Kappel ihren Mann gefragt.
An irgendeinem dieser Tage, der Panzer stand immer noch gegenüber dem Haus, waren Männer gekommen, hatten lange mit Brunos Vater gesprochen, der alte Ronsdorf und Pottmann und Stumpe, Eisenwerker wie Josef Kappel. Sie wollen Vater ins Rathaus holen, hatte seine Mutter gesagt, sie brauchen ihn, Kommunisten können nicht lesen und schreiben.
In jenen Tagen meinte Bruno auch, sein Vater sei ein Held, ähnlich wie Mölders oder Prien. Sie hatten in der Fabrik gegen SS gekämpft, gewonnen, und Josef Kappel war mit dabeigewesen.
In jenen Tagen erklärte Josef Kappel auch, wie das werden würde: Demokratie. Bruno erinnerte sich nicht exakt, behalten hatte er nur, daß Fronleichnamsprozessionen durch die ganze Stadt gehen würden, nicht nur um die Kirche herum und durch den Pfarrgarten, daß man sich begrüßen würde, indem man den Hut oder die Kappe zog, und daß jeder, vorausgesetzt, er hatte sich ordentlich zu Wort gemeldet, aufstehen konnte und sagen: Ich bin dagegen.
Sowas frißt sich fest, wenn einer fünf Jahre alt ist, und Bruno hatte diese Vorstellung von Demokratie als Kern einer von komplizierten Verfahrensregeln geordneten Gesellschaft im wesentlichen behalten – viel zu lange, wußte er, bis er den Direktor Interbrigadist, Doris Niehus und die anderen kennengelernt hatte.

Der Junge vom Bundesgrenzschutz im Kampfanzug spielte immer noch. Bruno winkte ihm zu, als er

den Motor anließ und anfuhr. Der Junge nickte und spielte weiter.
Kappel bog in die nördliche Bundesstraße ein. Die Skyline des Reviers tauchte vor ihm auf.
Beim Blick in den Rückspiegel wartete er nicht mehr darauf, daß er verfolgt würde. Der Verfolgungstick jedenfalls ist mir abhanden gekommen, sagte er laut, drückte die Kassette mit Charlie Parker in den Rekorder, hörte »Confirmation«, pfiff mit.
Er grinste, als er an Renner und Susanne dachte.
Er hatte schon am Telefon gekündigt, aber die beiden hatten nur gelacht.
Die Zulassung für den Landgerichtsbezirk hier würde er bekommen. Dafür hatte Egon Halbe, der Oberkreisdirektor, den er doch bitte verstehen sollte, mein Gott nochmal, sich verbürgt, »trotz aller Schwierigkeiten gerade bei dir«.
Ja, er würde zurückkommen in diese Stadt, in der er geboren war und erwachsen geworden, in der immer noch der Ruß im Westwind flockte, der Gestank von faulen Eiern mit dem Nordwind kam.
Kurz vor dem Kamener Kreuz hielt er an der Kneipe *Em Kotten*, parkte.
Es war ein hellblauer Sommerabend mit violetten Rändern am Horizont. Die Mauersegler schrien, und die Fenster der Kneipe standen offen. Es roch nach Bier und blühenden Linden.
Er ging hinein.
Hella, die Wirtin, und ein paar andere erkannten ihn.
Unser Kapitän, sagte der Polier und Platzboß.
Willsse uns wieder einen vertellen?
Bruno lachte, trank ein Bier.
Ich muß euch mal was erzählen, begann er.

Die Doppelkopfspieler legten die Karten hin, die Rentner reckten die Köpfe, die Männer am Tresen drehten sich zu ihm. Hella, eine Hand am Zapfhahn, die andere hielt das Glas in der kurzen Schräge unterm laufenden Bier, öffnete die schönen, großen, feuchten Lippen, sah ihn an mit den aralblauen Augen.

Die Fenster standen offen, die Mauersegler schrien, es roch nach Linden und Bier.

Aber ein anderes Mal, sagte er, wenn ich zurückkomm.

Er legte zwei Mark auf den Tresen und ging zu seinem Wagen.

Laßt nicht die roten Hähne flattern, ehe der Habicht schreit...

29 Songs des Liedermachers Franz Josef Degenhardt.

Dieses Buch enthält sowohl von den Schallplatten „Die Wallfahrt zum Big Zeppelin", „Mutter Mathilde", „Kommt an den Tisch unter Pflaumenbäumen" Bekanntes sowie neue Lieder.
Lieder über Gastarbeiter, Probleme der Emanzipation, den Paragraphen 218, über Angela Davies und Chile, über Arbeiterführer, Unterdrückung und Freiheit, über Feiern, Essen und Trinken und Singen. Lieder, die die sozialen und politischen Bewegungen unserer Zeit begleiten, polemische und lyrische, jedenfalls aber politische Lieder.

Jedem Text sind Noten für Singstimme und Gitarre beigegeben!

Franz Josef Degenhardt:
Laßt nicht die roten Hähne flattern,
ehe der Habicht schreit
Lieder mit Noten
144 Seiten

C. Bertelsmann Verlag München

AutorenEdition

Franz-Josef Degenhardt, Brandstellen. Roman

Gisela Elsner, Herr Leiselheimer und weitere Versuche, die Wirklichkeit zu bewältigen.

Bernt Engelmann, Großes Bundesverdienstkreuz. Tatsachenroman

Gerd Fuchs, Beringer und die lange Wut. Roman

Hans Gebhardt, Der Skat-Weltmeister. Roman

Christian Geissler, Das Brot mit der Feile. Roman

Richard Hey, Ein Mord am Lietzensee. Roman

Auskunft. Neue Prosa aus der DDR.
(Hrsg. Stefan Heym)

Roland Lang, Ein Hai in der Suppe oder das Glück des Philipp Ronge. Roman

Hannelies Taschau, Strip und andere Erzählungen

Friedel Thiekötter, Reisebekanntschaft. Erzählungen

Uwe Timm, Heißer Sommer. Roman

Uwe Wandrey, Lehrzeitgeschichten

Auf Anhieb Mord. Kurzkrimis von 13 Autoren.
(Hrsg. Wortgruppe München)

AutorenEdition
im C. Bertelsmann Verlag, München